山がわたしを呼んでいる
浅葉なつ
Natsu Asaba

目次

山がわたしを呼んでいる！

浅葉なつ

Natsu Asaba

アプローチ

「お前、正気か？」

目の前の男は、驚愕《きょうがく》と怒りを押し殺したような顔であきらにそう尋ねた。

「……はい？」

質問の意図がわからず、あきらは切れ切れの息の途中で、無理矢理作った笑顔のまま問い返す。

もしかすると、自分が聞き間違えたのかもしれない。先ほどから息が上がっていて、吸っても吸っても肺に空気が入ってこないような感覚がする。そのせいで若干頭が朦《もう》朧《ろう》としているせいだろうか。だいたい訪ねて来た初対面の人間に、玄関先で突然こんな失礼な質問をする人が、

「正気かって訊《き》いてんだよ」

……ここにいた。

とっさに言い返す言葉が見つからず、あきらは目の前の山猿のような男を呆然《ぼうぜん》と見返した。日焼けした肌と、Tシャツ越しでもわかる筋肉のついた体軀《たいく》。頭には白のタオルを覆《おお》うように巻いて、どこか気味悪そうにこちらを見下ろす双眼。わざわざ二回も口に出して訊くとは、彼には自分が狂気じみてでも見えるのだろうか。こちらは至って普通の女子大生のはずなのだが。

「お前……ここをどこだと思ってんだ？」

答えられないでいるあきらに、山猿は眉根《まゆね》を寄せたまま吐き捨てるように再度尋ねる。

どこだかわからないから訊いたのですが、と思いつつも、あきらは思考がまとまらずに、困惑しながら首元の汗を拭《ぬぐ》った。朝からずっと歩き通しで、足を止めた途端噴き出すような汗が止まらない。

「……ええと、ですから、菊原《きくはら》山荘という山小屋を、探してるんですが、」

最初に尋ねた質問を、あきらはもう一度口にする。

なんだか唐突に失礼なことを言われたが、それに釣られないよう、あきらは女の子らしく丁寧な口調でしゃべることを心がけた。そのために自分は、この夏のアルバイトを決意したのだ。道を尋ねるために立ち寄っただけの、お世辞にも美しいとは言えない掘っ建て小屋のようなところで、見知らぬ山猿の胸ぐらを摑《つか》むわけにもいかない。

あきらは自分を落ち着かせるように、ゆっくりと息を吐いた。それにしても、この思考の鈍さと一向に治まらない息苦しさはなんだろう。

「……その格好で、一人で登って来たのかよ」

質問には答えず、山猿は苦い目つきで無遠慮《ぶえんりよ》にあきらを眺め回した。

先月のバイト代をはたいて買った、小鳥のブローチがついたチュニックにコットンフリルのボレロを羽織《はお》って、クロップドパンツとローカットスニーカー。内貼《うちば》りの小花柄が気に入ってすぐに購入《こうにゆう》を決めた少し小ぶりの革のトランクには、同じようなテイストの洋服を詰め込んできた。ただ予想よりずっと長時間の道のりだったため、トランクを担いできた両手はだるく、すでに握力がなくなってしまっている。足元のスニーカーは砂まみれで、元が何色だったのか判別できないほどだ。腰も足もあちこちが痛くて、筋肉が張っているのか筋がおかしいのかもわからない。

「この格好で、一人で、来ましたけど……？」

あきらは一言ずつ区切るように答える。確かに、千円ほどで買えてしまいそうな無地のTシャツに薄汚れたチノパンを穿《は》き、腰の辺りには黒のトランシーバーのようなものをぶら下げ、泥だらけの長靴を履《は》いているという、今年から農業始めましたとでも言いそうな格好の山猿からすれば、自分の格好は洗練されたシティガールに見えるかもしれない。だからといって、そのカルチャーショックをぶつけられても困る。

ようやく息が落ち着いてきたところで、あきらは身震いし、二回続けざまにくしゃみをした。汗が冷えたのだろうか。八月という真夏には充分の格好のはずだが、なんだか妙に寒い気もする。

「信じらんねぇ……定時連絡でも聞いてねぇし、誰《だれ》も止めなかったのかよ……」

震えるあきらを気遣うわけでもなく、山猿は長い溜《た》め息《いき》を吐いた。その意味が理解できず、あきらは困惑したままその場に立ち尽くしていた。

確かにここに来るまでの間、すれ違ったり追い抜かれたりした何人かに、不思議な目で見られていたような気もする。今、街では女の子たちがこぞって買い揃《そろ》えるブランドの服だというのに、自分と同じような格好をした人を見なかったのも事実だ。だがそんなことなど、逸《はや》る気持ちを抑えて目的地に向かっていたあきらにとっては些《さ》細《さい》なことだった。とにかく早くアルバイト先である菊原山荘に辿《たど》り着いて、暖炉に薪《まき》をくべたり、ロッキングチェアに座って揺られたり、干し草のベッドに倒れ込んだりしてみたいと思って歩いて来たのだ。その道のりが少々遠かろうが、険しかろうが、……雪が残っていようが。

「……あの、」

あきらはもう一度、山猿に目をやる。自分がこれから二週間アルバイトをするはずの山小屋の場所を訊いているだけなのに、なぜ正気かどうかと尋ねられるところから始まらねばいけないのか。格好のことも、一人で来たことも、彼にとやかく言われる覚えはない。こちらはただ、目的地の場所を教えて欲しいだけなのだ。

「あの、菊原山荘って、」

この男に訊いてしまったことが、そもそもの間違いだったのだろうか。若干苛立《いらだ》ちながら再度尋ねたあきらへ、山猿からは鬱陶《うっとう》しそうな視線が返ってくる。

「……ここだ」

その険しい双眼を見返して、あきらは二、三度瞬《まばた》きをする。

「……はい？」

空耳だろうか。

聞き返すあきらに、山猿は再び大きな溜め息をついて、面倒くさそうに自分の上を指差した。

庇《ひさし》のすぐ下に掲げられている、黒ずんで古びた板に、何やら文字が書いてある。もう随分顔料が薄くなって消えかかっているそれを、あきらは目を細めるようにして眺めた。

『白甲ヶ山《はっこうがさん》　菊原山荘』

「え、」

空耳の次は空目か。

あきらは目をこすってもう一度その看板を見やる。酸素不足で幻覚でも見ているのだろうか。まさかそんなはずはないと言い聞かせながら、今度は少し距離をとって全体像が見えるようにし、その文字ひとつひとつを指を差して確認する。

「……嘘《うそ》でしょ」

その文字は確かに菊原山荘と読める。ということは、ここが自分のアルバイト先だということだ。道を尋ねに寄っただけの、この掘っ建て小屋のような場所が。

「嘘、だったらよかったよなぁ、お互いに」

棘《とげ》のある口調でそう吐き捨て、山猿はイライラと頭を掻《か》いた。

「あのおっさん、ちゃんと面接したんじゃねぇのかよ……」

そしてその強い双眼を、呆然自失になっているあきらへと向ける。

「どこのバカだか知らねぇけどな、」

その単語にあきらが反応する暇《ひま》もなく。

「標高二〇〇〇メートル舐《な》めんな!!」

夏山の空に、響《ひび》き渡る。

トレイル

一

「逢衣《あい》ちゃん、山に行こう」

大学の三号館の地下にある学食は、午後一時半を過ぎて幾分落ち着きを取り戻していた。それでもまだテーブルで談笑したり、ノートを写したりする学生もいる。来週から始まるテスト期間に向けて、学生同士の知恵の絞り合いが頻繁《ひんぱん》に行われる時期だ。本来であればあきらも、ずっと出席しそびれている授業のノートを確保するのに、必死にならなければいけない頃《ころ》だ。マークシート方式の出席確認に加え、筆記試験と手書きノートの提出までさせるのは、どれだけ楽をして単位を取得できるかと考える学生に対抗した、大学側の苦肉の策と言えるだろう。

しかし、今のあきらにとって重要なのはまったく別の問題だった。

「……なんで？」

唐突に山へと誘うあきらに、逢衣が不審《ふしん》な目を向ける。目の前では、彼女のその可憐《かれん》な巻髪には似合わない、唐揚げ定食大盛りキムチ付きランチが強烈な匂《にお》いを放っていた。

「なんでいきなり山なのよ。アウトドアにでも目覚めたの？　それとも山伏にでもなって、修行でもする気？」

「何？　山武士って。野武士の親戚《しんせき》？」

「………そうよ、野武士の母方の従兄弟《いとこ》よ」

あきらへ冷ややかな目を向けておいて、逢衣はランチに向かっていただきますと手を合わせた。

「あきらのことだからまた雪乃《ゆきの》絡みでしょ。だいたい予想はつくけど」

「そ、そんなこと……当たってるけど」

あきらの思考回路を熟知《じゅくち》している彼女の前では、物事を隠し通せることの方が少ない。図星を指され、あきらは背中に隠していた雑誌をテーブルの上へ広げた。掲載されている記事は、モデルであり女優でもある『雪乃』の連載しているエッセイだ。

初めてメディアで雪乃を目にしたときの、あの言い知れない衝撃《しょうげき》をあきらは今でも覚えている。手のひらに収まってしまいそうな小さな顔と、透き通るように白い肌と華奢《きゃしゃ》な体。濃《こ》いまつ毛で縁《ふち》どられた目は大きく、いつでも微笑《ほほえ》みをたたえる優しい桜色の唇。それはあきらの憧《あこが》れを絵にしたような女性だった。他《ほか》の女性芸能人たちと違って、彼女は派手派手しいメイクや服装をせず、無添加や自然素材のものを好み、家では家庭菜園をやっていて、オーガニックカフェのプロデュースもしている。癒《いや》し系女優のランキングではいつも上位に入っており、年齢や性別を問わず彼女を理想の女性に挙げる人は多い。特に女性の間では、雪乃になるためのメイクやファッション、ライフスタイルなどが注目され、一種の社会現象にもなっていた。

「バイトはどうするのよ？　あれだけ大喜びして働いてた雪乃のカフェ。あたしの遊びの誘いを断るほどパンパンにシフト入れてたじゃない」

あきらとは小学校から大学までの腐《くさ》れ縁《えん》で、仲間内ではその冷静な性格から真夏のエアコンと称される逢衣は、ドライ機能を搭載した眼差《まなざ》しでもう一度あきらを眺めた。その指摘に、あきらは気まずく視線を泳がせる。確かに彼女の言う通り、先月から雪乃プロデュースのオーガニックカフェでホールのアルバイトをしていたのは事実だ。書道二段の逢衣に履歴書《りれきしょ》の代筆を頼み、面接のリハーサルを何度もやって勝ち取ったバイトだった。

もう、過去形になってしまったが。

「バ、バイトはね、……辞めたの」

「……なんで？」

ちらり、と、逢衣のアイラインで美しく縁どられた目があきらを捉《とら》える。

「なんでって言うか……まぁ、いろいろあって？」

「何よいろいろって？」

追及の手を緩《ゆる》めない逢衣から、あきらはごまかすように目を逸《そ》らした。面倒くさがる彼女をなだめすかしていろいろと協力してもらった手前、この事実を伝えるのは非常に心苦しい。

答えないあきらに溜め息をついて、逢衣は痩身《そうしん》効果があるというミネラルウォーターをカバンから取り出した。

「自分から行きたいって言い出したくせに、辞めたって何よ。大体あんたはがさつだし声でかいし、朝までカラオケした後駅のベンチで昼まで爆睡《ばくすい》できるような女の子にあるまじき性格なのに、カフェのバイトも続けられないで雪乃になりたいだなんて、本当にやる気あるの？」

恐ろしいほど心当たりがあるあきらは、逢衣の目を見ないまま返事をする。

「も、もちろん」

その声が上ずったのは、意気込みのせいだと思いたい。

小学校高学年の頃から早くも美意識が高く、髪の毛から爪《つめ》の先まで女の武器になりうるものを念入りに磨いている上、恋愛経験が豊富な逢衣とは違い、あきらは男のような名前をからかわれることもあって、男子といえば敵だという認識が先に来る十代を過ごした。中学までは男子と取っ組み合いの喧嘩《けんか》も日常茶飯事で、手入れを面倒がって髪はいつも短く、周りが化粧に興味を持つ年齢になっても日焼け止めすら塗らなかった。そんな自分が、女の子の理想の塊《かたまり》のような雪乃になろうとしているのだ。逢衣が言いたいこともよくわかるのだが。

「や、やる気はあるってば！　先月号で雪乃が着てたこのオーガニックコットンのワンピだってほら、超似合ってるし。同じブランドの、小鳥のブローチがついたチュニックも買っちゃった。あとガーゼのスカーフとぺたんこサンダル」

指折り数えるあきらを、艶《つや》のある髪を耳にかけながら逢衣が冷ややかに見つめる。

「そもそもなんでいきなり雪乃なの？　教室の花瓶から始まって、バドミントンのラケット、掃除用のデッキブラシなんかを一年に一回は破壊《はかい》して、プリントの数は大体でしか数えない、物は机の中に突っ込めばいいと思ってる、がさつ戦隊オオ・ザッパとまで言われたあきらよ？　その中身がそう簡単に変わるとは思えないけど」

紛れもない事実の羅列《られつ》に言い返すことすらできず、あきらは声を詰まらせる。高校生の頃と変わったことといえば、髪を肩の辺りまで伸ばしたくらいだが、それも洗いざらしのまま放っておくだけだ。がさつで大雑把《おおざっぱ》で気の強い性格は、大学二年の今になっても一向に直る気配がない。

「だ、だから、今こそ女の子らしくなるべきっていうか。そろそろ頑張って変わらなきゃっていうか。そのお手本にね、雪乃を、」

「あきらが？　今更？　雪乃に？」

「……努力次第で、人生いくらでも変えられますわのよ」

「……ゴールは遠いわね」

逢衣からの冷ややかな視線が痛い。そもそもあきらには女の子らしいというスキルがまったく足りていないのだ。

「……で、でも、だからこそ山なのよ逢衣ちゃん！　ここ見て、ここ！」

だがこんなところでくじけている場合ではない。あきらは雑誌を逢衣に押し付けるようにして、ある記事を指差す。

「なによ、雪乃のいつものエッセイでしょ？　日本全国のヒーリングスポットを回るとかいう」

「そう！　それで今回は山に行ったらしいの！　ほら、ここに書いてあるでしょ？　キャンプしたんだって。〝木漏れ日と、心地《ここち》よい木々の香り、なんだか山に来ると優しい気持ちになる。ここは重要な私の充電スポット。皆にもこのエネルギーを感じて欲しい〟ね？」

「何が言いたいの？」

逢衣は雑誌を押しやって、キムチに箸《はし》を伸ばす。世の中の大半の女子が雪乃について何らかの興味を示すはずなのだが、この幼馴染《おさななじみ》に至っては全身が低反発素材でできているのかと思うほど反応がない。

「だーかーら、雪乃の重要な充電スポットってことは、雪乃の雪乃たるエネルギーが山にあるってことよ。そのパワーを取り込めば、あたしだって少しは雪乃に近づけるかもしれないでしょ？」

「……あんたのその理論、世界中の山男が泣くわよ」

逢衣が大きな溜め息をついたその隙《すき》を見逃さず、あきらは畳み掛けるようにして続けた。

「ねぇいいじゃん、逢衣ちゃんも一緒に登ろうよ！　ほら、日帰りできる山もいっぱいあるしさ、ハイキング気分でお弁当持っていこうよ」

「嫌よ！　あんたこの間から散々そんなこと言って、雪乃オススメの何とかの巨木とかパワーが出てる井戸とか、よくわかんないパワースポットにあたしを連れまわしておいて、結局何にも変わってないじゃない。それにあたし別に雪乃になりたくないし、今の季節に登山なんて日焼けするでしょ！　行くなら一人で、」

そう言いかけた逢衣が、不意に言葉を切ってあきらを見やる。

「そうよ、どうせ行くなら日帰りなんて言わずに徹底的《てっていてき》に行ってくればいいわ」

「徹底的って……？」

よく意味が呑《の》み込めないあきらの前で、逢衣はどこかへと電話を掛けた。話の内容から、どうやらゼミの先輩《せんぱい》だということだけはわかる。数分しゃべって、お大事にと言って電話を切った後、あきらに向けられた逢衣の目はどこか楽しそうに笑みを含んでいた。そこはかとなく、あくどい笑みでもあるような気がしたが。

「行く予定だった先輩が怪我《けが》して行けなくなっちゃって、代わりに行ってくれる人を探してもらえないかって頼まれてたの。まだ決まってないって言うから、二週間みっちり行ってくればいいわ、山小屋のバイト」

「……山小屋？」

その言葉を繰《く》り返して、あきらは自分が持ちうるすべての想像力を駆使してそのイメージを展開する。

清々《すがすが》しい空気にそよぐ緑の木々。どこまでも広がる草原に馬や羊がのんびりとくつろいで、夜には暖炉の炎に照らされて揺れるロッキングチェア。コトコト煮込まれているキノコのスープ。お日様の匂いがする干し草のベッドと、木の枝に吊《つ》るしたブランコ。青空に響き渡るアルプスホルン。跳ねまわる子ヤギと頰《ほ》っぺたの赤い少女。その山小屋には、こんな世界が広がっているのだろうか。

「二週間も自然の中で過ごせば、雪乃に近づけるんじゃない？　嫌ならいいのよ。他の人に頼むだけだから」

長年の付き合いにより、どう言えばあきらが乗ってくるか逢衣は熟知している。それにまんまとはめられるようにして、あきらは手を挙げた。

「い、行く！　それ絶対行く！」

二週間も自然に触れ合えば、この気の強い性格も少しは丸くなるかもしれない。言葉遣いも優しくなって、不意に手が出る癖《くせ》も直るかもしれない。なんたって山小屋だ。ハイジとアルムおんじとユキちゃんがいるあそこだ。

「決まりね」

逢衣がにっこりと微笑む。その瞬間《しゅんかん》、彼女と先輩の間でお礼と称して焼肉をおごってもらう約束が成立していたことなど、すでに心をアルプスへと飛ばしてしまったあきらは知る由《よし》もなかった。

二

国立公園に指定されている白甲ヶ山は、あきらの住んでいる街から電車とバスを三時間かけて乗り継いだところにある。日本百名山のひとつにも選ばれているらしいが、山になどまったく興味のないあきらは、名前を聞いてもピンとこないほどだった。その白甲ヶ山にある菊原山荘という山小屋が、あきらのアルバイト先になるらしい。

朝五時半の電車に乗って、八時半すぎに登山口の最寄駅《もよりえき》へと辿り着いたあきらは、駅前にある弁当屋の店先で、詳しい行程と怪我をしたときの連絡先などが書かれたチラシをもらって、登山口へと向かった。

そして順調に登山道を歩きはじめたのはいいものの、歩けども歩けども小屋が見えてこない。途中避難小屋らしい無人の小屋はあったが、そこの案内板によると菊原山荘はもっと先だという。砂利道《じゃりみち》は途中から木の根が張り出した歩きにくい道に変わり、這《は》いつくばらないと登れないような、石だらけの急な坂を進んだりもした。

岩の上に鉄パイプを組んで作った橋を渡り、草の生い茂った道を抜けた辺りでなんだかやけに遠いなとは思った。道幅が徐々に狭くなり、斜面に無理矢理作ったような道を落ちないように進み、八月だというのに雪が残る道を、赤茶色のペンキのような印に沿って注意深く歩いた頃、本当に道が合っているのか不安にもなった。それでも地図を見る限り正しい方角へ進んでいるようだったし、だんだん岩塊が大きくなってよじ登らないと先へ行けないとか、草の中を延びる木道がやけにはるか遠くまで続いているとか、道の片側が断崖絶壁《だんがいぜっぺき》だとか、そんなことは深く考えないようにして、むしろ逸る気持ちを抑えて歩いていた。そこに行けばきっと雪乃に近づける。彼女の感じるエネルギーを体中に取り込んで、女らしい遠坂《とおさか》あきらになって帰るのだ。大自然の中でクララが立ったように、自分もまた生まれ変われるはずだ。そう信じて、疑わなかった。

そうして歩くこと、八時間半。

その終点で、どんなに自分が浮かれていたかを思い知る。

こんなにも擦《す》り切れている畳を初めて見た、とあきらはぼんやり思った。編み込まれているイ草がほどけるようにして毛羽立ち、畳の目がなくなってしまっている。窓は開け放たれているが、日当たりが悪いのか部屋自体もなんだか湿っぽく、汗臭い。部屋の壁際《かべぎわ》には二組の布団が畳まれて置かれているが、その周りには使用済みとおぼしきタオルや、脱ぎ捨てるようにした衣類が置かれたままになっている。部屋の隅《すみ》には大きな段ボールが無造作に積まれ、押入れの戸は片側が半開きになっており、襖《ふすま》は隅の方が破れて茶色くなっていた。

「………なにここ、」

あきらはもう一度部屋の中を見回し、呆然とつぶやく。あの山猿のような男は、言い返すこともできなかったあきらを、厨房《ちゅうぼう》を通る裏口からここへ連れて来た。おそらく山小屋で働く従業員の寝泊まりしている部屋だろう。問答無用でここに放り込まれたため、他の部屋をじっくりと見る暇もなかったが、至る所に古さと傷みが見て取れる、本当に料金を支払って寝泊まりする宿かと疑いたくなるところだ。山荘という別荘でも思わせるような名前にかなりの夢を見てしまったが、まさに山『小屋』と呼ぶにふさわしい場所だろう。

「なんか臭いし……」

いくら従業員しか出入りしない部屋とはいえ、もう少し綺麗《きれい》に維持できないのか。この感じで、どこにロッキングチェアや暖炉があるのだろう。山小屋に来る途中に木道が整備された平地はあったが、馬も羊もユキちゃんもいなかったのは確認済みだ。外観も中身も、なんだか期待していた山小屋と随分違う。

「それに痒《かゆ》い……」

あきらは、直《じか》に畳に触れている脛《すね》の辺りを手で払った。

擦り切れた畳がちくちくと刺さっているのか、それとも別の原因か。例えば虫、などと考えて、あきらは慌てて自分の座っている辺りを確認した。確かにダニやらノミやらがいてもおかしくない環境だ。百歩譲《ゆず》ってその程度の小物を容認するとしても、もっと大きな黒光りするアレが出てきたらどうしてくれるのだ。あきらは急に不安になって、持ってきたトランクを倒してその上に正座した。自分の体重に耐えられるか不安ではあるが、この危険地帯にむざむざ座り込んでいるよりはましだろう。

「信じらんない……」

身を縮めるように、あきらは両腕を抱え込んだ。せっかくのこのコットンフリルのボレロが到底似合わない場所だ。そりゃあペーターの代わりに山猿が出て、ユキちゃんの代わりにねずみだって出る。

「……ねずみ、」

つぶやいて、あきらはいつの間にか足元に現れたその物体を凝視《ぎょうし》する。忙《せわ》しなく鼻先を動かし、つぶらな目であきらを見上げている手のひらサイズの灰色の毛玉。

「ねずみ!?」

絶叫したあきらは、同時に飛び上がるようにして窓の方へ身を寄せた。その声に驚いたように、ねずみは素早く部屋の隅にある段ボールの後ろへと姿をくらます。まさか黒光りするアレより先に、哺《ほ》乳類《にゅうるい》にお目にかかるとは思わなかった。

「ね、ねずみってあんなに堂々と出てくるもんなの!?」

幼い頃から都会暮らしのあきらにとって、ねずみといえば田舎《いなか》の屋根裏にいるものというくらいの認識しかない。この目できちんと姿を見たのは、もしかすると初めてかもしれなかった。あきらはまだ落ち着かない鼓動に、胸を押さえる。そして息を吐きながら、何気なく目をやった窓の外。

そこに、おっさんが一人。

「っ……ど、どなたですか⁉」

一瞬驚きでヒッと息を呑んだあきらは、呆然とこちらを見つめている男を不信感たっぷりに見返した。

六十代前後だろうか、何度も洗濯を繰り返したような色あせたTシャツと、グレーのスウェットを穿き、山の中だというのに足元はサンダルだ。白髪交じりの頭髪と顎《あご》鬚《ひげ》が同じような色をしており、顔立ちだけ見れば、昔はさぞかしと思わせるような目鼻立ちをしているオヤジなのだが、右手にはなぜか小さなタンクがついたブルーの水鉄砲を握っている。

「……女の子がいる……」

ようやくその一言を男はつぶやいて、信じられないように片手で口元を押さえた。

「どうしよう、幻覚？　お迎え？　今朝食べた梅干しがちょっと酸っぱすぎると思ったけど、そのせい？」

なぜ梅干しの酸度で、自分の出現が左右されねばならないのか。

あきらは再度、居心地悪く尋ねた。

「……あの、…………あなたは？」

先ほどまで誰もいなかったはずなのに、一体どこから降って湧《わ》いたおっさんか。

「ああ、オレ？　オレはジョージ・クルーニーと言います」

どこかで聞いた名前だ。

さらりと答えた男に、あきらは数秒思案してから、確認するように尋ねる。どう見ても日本人に見えるのだが。

「……ジョージさん？」

「進《すすむ》です」

間髪容《い》れず訂正された。

呆気《あっけ》にとられているあきらをよそに、男はさらに続ける。

「オレは武雄《たけお》進と言いますが、お嬢さんは？　泥棒？」

窓枠を摑んで至近距離まで顔を寄せてくる男から、あきらは慌てて距離をとった。

「ち、違います！　あたしは、今日からバイトに来た遠坂あきらです！」

もちろん幻覚でもお迎えでも泥棒でも、まして梅干しの精でもない。

あきらの言葉を聞いて、何やら思案するように斜め上を見上げていた男は、思い出したように声を上げた。

「ああ、バイトの！　市原《いちはら》くんの代わりの！　……え、今日からだっけ？」

一瞬腑《ふ》に落ちた顔をした武雄が、再び眉をひそめる。

今日からだっけ？　などとこちらに訊かれても困る。あきらは何を言うべきか迷って、視線を泳がせた。だが自分がバイトに来ることを知っているところを見ると、彼も山小屋の関係者なのだろうか。

「あの、武雄さんは山小屋の、」

そのあきらの声を遮《さえぎ》るようにして、半開きになっていた押入れの戸が、不意にけたたましい音を立てて勢いよく開け放たれた。

「武雄、隙あり！」

戸が開くと同時に中から転がり出てきたのは、山吹色の妙な装束《しょうぞく》を着た男だった。しかもその手には、武雄が持っている物と色違いのオレンジ色の水鉄砲が握られており、そこから発射された水が、ちょうど窓の外に立っていた武雄の額《ひたい》に命中する。

「あー!!　やられたぁ！」

「見たかこの腕前！　毎日毎日、学生を的《まと》にしてるだけのことはあんだろ！　これでオレの四勝二敗だ!!　約束通りナスとトマトはうちでもらうからな」

わはははは！　と高笑いして、妙な装束を着た男が胸を張る。額の辺りが禿《は》げあがった頭と、頑固そうな口元の無精鬚。おそらく窓の外で悔しがっている武雄と同じくらいの年代だろう。しかし、その格好は時代錯誤《さくご》もいいところだ。少し着崩した山吹色の着物に白の脚絆《きゃはん》をつけ、胸元には黒の大きな玉房のようなものが四つあり、頭にはご丁寧に兜巾《ときん》までかぶっている。若干ぽっちゃりと突き出た腹が、妙な貫禄《かんろく》を醸《かも》し出していた。

「修行不足じゃねぇのか、武雄。なんならもう一回戦やるか？」

白の手甲《てっこう》をつけた手で黄色いタンクのついた水鉄砲を誇らしげに掲げ、装束の男はふと傍《かたわ》らに立つあきらに目をやった。

「ところで、おめぇ誰だ？」

そっちこそ何者だ。

急に話の矛先《ほこさき》を振られ、呆然としていたあきらは慌てて口を開く。

「……あ、あたし、今日からバイトに来た遠坂あきらです。……あの、お二人は山小屋の方、ですか？」

いきなり窓の外に一人のおっさんが現れたかと思えば、押入れの中からもう一人増え、しかもいきなり水鉄砲の勝負が始まったこの展開の意味がまったくわからない。

恐る恐る尋ねたあきらに、そうだそうだ、と再び思い出したように武雄が手を打った。

「そうそう、オレがこの菊原山荘の主人だよ。そこのオヤジは赤の他人。あきらちゃん、だったよねぇ？　そんな名前だからてっきり男の子が来るのかと思ってたよ」

額から垂《た》れる水滴を拭いながら、武雄がヒヒヒと笑う。

「……ご主人、ですか？」

あきらは武雄の言葉を確認するように繰り返した。このおっさんが？　とまで言わなかったのは及第点だろう。想像していたアルムおんじとは、恒星間よりほど遠い。しかも苗字《みょうじ》ではなく、いきなり名前の方で呼ばれてしまった。馴《な》れ馴れしいというか、おそらく四十歳近くは年が離れているというのにお友達感覚だ。一応これでも、その男に間違われる名前をコンプレックスに思っているのだが。

「なんだ、新入りのバイトか。てっきりヒロが女でも連れ込んだのかと思ったじゃねぇかよ」

装束の男が、まじまじとあきらを見下ろした。そう言えばこの男、いつから押入れに潜《ひそ》んでいたのだろう。あきらはこの部屋に放り込まれるようにして連れて来られた、数分前を思い返す。自分の独り言もすべて聞かれていたのかもしれない。気配すらまったく感じなかった。

「……もしかして、忍者かなんかですか？」

この山にはまだそんな生き物が残っているのかもしれない。

神妙に尋ねたあきらに、装束の男はわかってねぇなぁと溜め息をつき、さも当然のように答えた。

「忍者じゃなくて、山伏！」

「山武士⁉　野武士の母方の従兄弟の？」

「……そりゃ初めて聞く血縁関係だな」

「おい、」

あきらと山伏がそんな会話をしている間に、窓の外には先ほどの山猿が姿を見せ、不機嫌《ふきげん》そうに呼びかけた。

「いい年したおっさんが、水鉄砲で遊ぶなっつっただろ！」

自分の親よりもおそらくは年上の男たちに向かって、山猿は躊躇《ちゆうちよ》なく一喝する。

「大丈夫だよヒロ。入ってる水はちゃんと買ったから！」

「そうだ、このオレ様が百円出してちゃんと買ったんだよ！　その方が勝負にも真剣さが出んだろ！」

「そういうことじゃなくて、これで遊ぶなっつってんだよ！　ていうか金払って水の無駄遣いすんな！」

どこかずれた言い訳をするオヤジ二人に、山猿はイライラと頭を掻いた。

「んだよヒロはぁ。相変わらずカタイっつぅか、融通がきかねぇっつぅか。息抜きだよ息抜き！　こんくらいいいじゃねぇか」

水鉄砲を片手に、山伏が弁解するように両手を広げた。格好とは裏腹に、随分俗っぽいしゃべり方をする。

「先生はいつだって息抜きしてんだろ！　ていうか、学生がパニックになるから早く帰れよ。綾《あや》さん呼ぶぞ！」

「ば、馬鹿野郎《ばかやろう》！　そりゃ卑怯《ひきょう》だぞヒロ！」

二人が言い争う中、山猿に叱《しか》られたもののまったく意に介してないような武雄が、呆気にとられたままのあきらに目をやった。

「そうそうあきらちゃん、この凶暴な山猿は後藤大樹《ごとうひろき》、あきらちゃんの先輩ね。もう何年もアルバイトに来てるベテランなんだよ。よく吠《ほ》えるけど嚙《か》まないから安心して」

その言葉を聞き逃さなかった大樹が、その強い目を再び武雄へ向けた。

「誰が凶暴な山猿だ？」

「え、ヒロ耳遠くなったの？　可哀想《かわいそう》に、まだ若いのにねぇ」

「そういう意味じゃねぇよ！」

「……え、せ、先輩？」

主人を主人とも思わぬ口調で責め立てる大樹を見ながら、あきらは呆然とつぶやいた。先輩ということは、この凶暴な山猿からいろいろと教育されるということだろうか。

未《いま》だに状況がよく呑み込めていないあきらへ、窓の外から大樹の鋭い視線が向けられる。明らかにあきらを敵視した、その意識を隠そうともしない無遠慮な目だ。

「本当に雇うのかよ？　標高二〇〇〇メートルに来るのに、そんな格好してくる奴《やつ》だぞ？　絶対頭おかしいだろ。役に立つとは思えねぇけど」

なんだかムカつくことをさらりと言ってくれるものだ。あきらは強張《こわば》った顔のまま、なんとか大樹から目を逸らさずにその視線を受け止める。

「まぁその格好見りゃ、ヒロの言いたいこともわからんでもないけどよ。でも来ちまったもんはしょうがねぇだろ。追い返すわけにもいかねぇし、いいんじゃねぇの、使ってみりゃ」

意外にも山伏の方から援護《えんご》射撃がくる。だが大樹は面倒くさそうに溜め息をついた。

「よくねぇよ。邪魔《じゃま》になるのなんか目に見えてんじゃねぇか」

あきらが目の前にいるにもかかわらず、大樹はきっぱりと言いきる。思わず言い返しそうになって、あきらは唇を噛んだ。落ち着け、落ち着けあたし、と呪文《じゅもん》のように心中で繰り返す。ここに来た目的は、雪乃のような女性になること。怒鳴《どな》ったり、怒ったりしない、穏《おだ》やかな女性になることだ。

そんな葛藤《かっとう》するあきらの前で、武雄がのんびりと口を開いた。

「それは働いてみなきゃわかんないでしょうよ。確かに格好のことはいろいろ言いたいこともあるけど、今から帰らせるのは危ないよ。それに女の子だよ？　いてくれるだけで華があるっていうか、目の保養？　男しかいない場所の空気吸っても、精力と気力が回復しないっていうかねぇ」

なんだかさらりとセクハラめいたことを言われた気がする。先ほどから外国人名を名乗ってみたり、水鉄砲で遊んでいたり、一体何なのだこの山小屋主人は。

武雄のペースに巻き込まれまいと半《なか》ば無視して、大樹はその瞳《ひとみ》をもう一度あきらに向けた。

「お前もどういうつもりでここに来たのか知らねぇけど、本当に働きたい奴だったらそれなりの格好してくるもんだろ。多いんだよそういうの。憧れとイメージだけで来る奴。悪いけどここには、暖炉もなけりゃロッキングチェアもねぇよ。別にお前がやっぱり無理って言い出したところで驚かねぇから、さっさと帰れ」

随分きれいに脳内イメージを読み取られたものだ。そのことに若干鼻白《はなじら》みつつも、積もり積もっていたものがこの言葉で一気に沸点に達しそうになるのを、あきらはやけに冷静に捉えた。握りしめた拳《こぶし》と裏腹に、口元は勝手に笑みを浮かべようとする。だめだ、まだ耐えろ。ここで怒鳴り返してしまっては意味がない。

「……正直言って、あたしも暖炉やロッキングチェアを夢見てここに来ました。憧れとイメージだけで来たのは確かに悪かったかもしれません。でも、そんな言い方しなくても、」

なるべく穏便《おんびん》な言葉と言い方を選んで、あきらは口にする。だが、彼の鋭い双眼は一向にひるむことがない。女だと思って舐められているのかバカにされているのか、むしろ最初から相手にされていないような気もするが。

つい右手の拳が動きそうになるあきらを、武雄がまぁまぁと制した。

「ごめんねぇ、あきらちゃん。山猿はちょっと融通が利《き》かなくてねぇ、気にしないで」

「そうだ、真《ま》に受けて今から下山されたんじゃたまったもんじゃねぇ。どうせライトも持ってねぇだろ。それにヒロは真面目《まじめ》すぎるんだよ。もうちっとなぁ、適当にやれ！」

続いて山伏も同意したが、大樹の態度は一向に緩まない。依然、あきらに強く乾いた凍《い》てつく視線を向けてくる。これは真夏のエアコンどころの騒《さわ》ぎではない。極寒《ごっかん》の砂漠の夜だ。しかし落ち着け、とあきらは自分に言い聞かせる。腹は立つが、ここで怒っては元も子もない。雪乃の雪乃たるエネルギーを見つけるまでは、ここを離れるわけにはいかないのだ。自分が変わるためにも、丁寧に、穏便に、言葉を選ぶようにしなくてはいけない。そうやってあきらが思案している間に、後方からすいませんと遠慮がちに声がかかった。

「あ、あの、そろそろ夕食の……」

部屋の入口から小動物のように恐る恐る顔を出したのは、線の細い色白の青年だった。あきらと同い年くらいに見えるが、テレビでよく見るアイドルグループの一員かと思うほど、とても中性的な顔立ちをしている。背もそれほど高くはなく、それなりの服を着れば女性と間違えられるかもしれない。首元になぜかヘッドフォンを付けたままの彼は、右手首の腕時計で時間をしきりに気にしていた。

「え、やっくんもうそんな時間？　しょーがないなぁ。あ、あきらちゃん、彼は曽我《そが》部《べ》安彦《やすひこ》くんね。一ヶ月前からバイトに来てくれてる子」

武雄に紹介され、曽我部は目を泳がせながらぺこりと頭を下げる。つられるようにして、あきらも頭を下げた。ということは彼も先輩になるのだろうが、随分頼りない感じもする。

「じゃあ、あきらちゃん、これから夕飯の時間でちょーっと忙しくなるから、この辺でゆっくりしてて。高度に体も慣らさなきゃいけないし。外に出てもいいけど、あんまり遠くまで行かないようにね。ほら、熊《くま》とかオバケとか、山伏とか出るから。仕事は明日の朝からね。おじさん張りきって教えちゃうよ。朝の方が元気なんだよねぇ、いろんなとこが」

捨てセクハラを残し、武雄はその場からいそいそと立ち去った。そして残された大樹が、あきらに向かって聞こえるように舌打ちし、武雄の後を追って歩き出す。

「……あっ、ちょっと！」

「あきら、」

大樹を呼び止めようと窓から身を乗り出したあきらに、山伏がやけに神妙な顔で近寄ってくる。しかも初対面だというのにすでに呼び捨てだ。できれば苗字で呼んで欲しいのだが、ここの人々は皆そんな感じなのだろうか。

「な、なんですか？」

山伏の妙な迫力に、思わずのけぞるようにしてあきらは身を引いた。

「今のはな、嘘だぞ」

「……はい？」

言っている意味がよく呑み込めない。すると山伏はさらに顔を近づけ、さも大事のようにゆっくりと告げる。

「朝の方がいろんなとこが元気だとかって武雄が言っただろ、ありゃ嘘だ」

「……は？」

「もう六十すぎたあの年で朝も夜も元気なわけがねぇだろ！　あいつは昔からなんでも大げさに言うんだよ。学生時代はモテモテだったとかムキムキだったとかイケイケだったとか。本気にすんじゃねぇぞ！　オレの方がモテたんだからな！」

どうでもいい。

呆気にとられるあきらの前で、山伏はまだ延々と話し続ける。

「だいたいなんで百合《ゆり》ちゃんが、ああ百合ちゃんってのは武雄の女房で、今は麓《ふもと》の旅館の方にいるんだけどよ、彼女はあいつのどこが良くて本気で結婚しようなんて思ったのかずっと謎《なぞ》なんだよなぁ。いい女なのになぁ」

「はぁ……」

一体なんの話だろう。これは延々付き合わないといけないのだろうか。あきらが戸惑っているうちに、外の方から若い女性の声が聞こえてくる。誰かを捜しているような、おとなしく投降を呼びかけるものだった。その声に、山伏が息を呑む。

「やばい、追っ手だ！」

「お、追っ手？」

「じゃあああきら、またな！」

そう言い残すが早いか、山伏は素早く廊下を警戒しながら部屋を出て、あっという間にその姿は見えなくなる。

「………………なんなの、」

一人残されたあきらは、しばらく呆然とその場に立ち尽くしていた。

三

「……寒っ……」

午後六時半を過ぎ、快適とは言い難《がた》いあの部屋にいるのも飽きて、あきらは一人外に出た。トランクをひっくり返して着られそうな物はすべて着込んだが、それでもまだ寒い。

薄雲の中の太陽は、まだらに雪の残る西の山に隠れてもうすぐ見えなくなるだろう。東から空は濃紺《のうこん》に染まり、辺りは薄暗くなるとともに一段と冷え込んできている。昼間周囲に見えていた山々も、今は漆黒《しっこく》のシルエットへ変わりつつあった。雲とも靄《もや》ともつかぬものが薄《う》っすらと漂《ただよ》い、その幻想的な景色をより一層かきたてる。

あきらは両腕をさすりながら、とりあえず自分が登って来た道を辿って歩き出した。山小屋の周辺は、見事に何もない。短い草が生えてはいるが、木はなく、ところどころ岩が転がり、砂礫《されき》のような地面がむき出しになっているところもある。荒涼、というのはこんな場所を言うのかもしれない。小屋が立っている周りのわずかな平地を除いて、あとはすべて起伏にとんだ地形になっており、道を外れるとすぐ斜面になっていた。

五分ほどそんな道を歩いていくと、今度は鬱蒼《うっそう》とした茂みが現れる。森と呼ぶには生えている樹木の背が低く、あきらの背丈ほどの細い木が、生い茂る草の中に混生していた。その茂みの手前までやって来て、あきらは足を止める。低木が茂る道には当然街灯なども無く、ライトなしでは歩き出すのを躊躇する暗さだった。都会で暮らしているあきらにとって、街灯ひとつない暗闇《くらやみ》というのはほとんど経験がない。その先に何があるのかわからない不気味さに、思わず足がすくみそうになる。あきらはしば

踵《きびす》を返した。しばらく逡巡《しゅんじゅん》していたが、結局先へ進むことをあきらめ、

「……なんか、すごいとこに来ちゃったなぁ」

正直、自分は果たしてあの山小屋で働けるのかどうか不安でいっぱいだ。主《あるじ》はセクハラで、従業員は凶暴な山猿と頼りなさげな男の子。それに正体不明の山伏がうろついている職場などそうそうありはしない。しかも想像とはかけ離れた、ハイジもユキちゃんもいないオンボロの山小屋だ。こんなところで働いて、果たして本当に雪乃に近づくことなどできるのだろうか。

あきらは大樹に言われた言葉を思い出しながら、またふつふつと怒りが湧き上がってくるのを感じた。

「頭がおかしいとか、役に立たないとか邪魔だとか……」

確かに軽装で来たかもしれないことは認めるが、何もそんな言い方をしなくてもいいと思う。言い返したいことは山ほどあったが、それをしてしまっては意味がない。この気の強い性格を直すためにここへやって来たのだから。

「おまけに小屋はボロいし、なんか痒いし、変な人だし山武士だし」

それでも消化できない思いをぶつぶつとぼやきながら、あきらはお手洗いと書かれた看板に目を留める。

「……なんで、ここにトイレだけあるの……？」

山小屋へと戻る道の途中、茂みの手前に、トイレだけが独立して存在している。山小屋からは百メートルほど離れた位置だ。公衆トイレのようなものなのだろうか。外観は山小屋と同じくらいお世辞にも綺麗だとは言い難いが、思い出したように感じた生理現象のため、あきらは女子用の入口へと足を踏み入れる。すると、入口を入ったすぐのところに、菊原山荘と名前の入った四角い箱のようなものがあるのに気付いた。

「……なにこれ」

街のトイレでは見かけないそれにまじまじと目をやり、あきらは百円と書かれた文字と、長方形にくりぬかれた硬貨の投入口を見つける。

「お金とるの⁉」

街を歩けば無料で利用できるトイレなどいくらでもある。最近は常に清潔に保たれるよう一時間ごとに清掃していたりするところも多い。そんな時代にトイレが有料とは一体どういうことだ。

あきらは、あまりのショックでふらつきながらトイレを出た。もしかすると自分はとんでもないところに来てしまったのではないか。トイレを使用する人からお金を徴収せねばならないほど貧乏な山小屋なのだろうか。暖炉がないどころの騒ぎではない。

「……逢衣ちゃん、知っててあたしをここに寄越《よこ》したの……？」

寒さと脱力で壁際に座り込み、あきらはポケットから携帯を取り出した。雪乃がCMをしている海外ブランドキャリアの機種だ。とにかく逢衣に現状を訴えようとメールの作成画面を起動させたあきらは、液晶の左隅に圏外という文字を見つけて愕然とする。

「嘘でしょ⁉」

遭難したときは携帯電話で助けを呼ぶとか、GPS機能で居所を捜してもらうとか、そんな時代に生まれたのではなかったか。あきらは立ち上がって、どこかで電波を拾うところはないかと、携帯を空に掲げながらうろうろと歩き回った。怪しい儀式に見えなくもないが、そんなことにかまってはいられない。今はこの地の果てに置き去りにされたような精神状態の方が問題だ。

「は、初めまして、僕の名前は曽我部安彦と言います」

宇宙と交信する勢いで携帯を空にかざしていたあきらは、背後からの唐突な声に一瞬間を置いて振り返った。

「七月一日からここでお世話になっています、曽我部安……あ、違う、名前はもう言った、」

名前どころか、先ほど会ったので初めましてですらないと思うのだが、振り返ったあきらに隠すようにして背を向け、曽我部は手にした本らしきものを慌ただしくめくる。薄暗いために、わざわざ携帯のバックライトでページを照らしているようだった。初めて見かけたときと同じように、彼の首元には巨大なヘッドフォンがぶら下がったままだ。

「あの、ええと、あなたの、お名前を、お伺いしてもいいですか？」

本を背中に隠してたどたどしく口にし、曽我部はちらりと遠慮がちにあきらに目をやった。英文を直訳しているのかと思うほどぎこちない。

「……遠坂あきら、です」

なんだろう、この不思議な生き物は。彼が隠そうとしている本が何なのか、気になってしょうがない。まさか会話のすべてをその本に頼っているのだろうか。なんだかここに来て、妙な人ばかりに会っている気がする。

あきらから返事が返ってきたことで一瞬嬉《うれ》しそうな顔をした曽我部は、再度背を向けて本のページをめくり、ちらちらとあきらの表情を窺《うかが》いながら口を開く。彼が小顔な分、ヘッドフォンがやけに大きく見えた。

「よかったら、ご一緒に、お食事でも、いかがですか？」

「……ナンパ？」

「ち、ちがっ！　ええと、あの、ちょ、ちょっと待って、」

あきらが想定外な返答をしてしまったのだろう、曽我部はさらに慌てて本をめくる。

それを照らす携帯に何気なく目をやったあきらは、それが自分と色違いの同じ機種だと気付いた。

「ねぇ、それ！　携帯！」

詰め寄るように近寄ってきたあきらに、曽我部が半ばおびえるように身を縮める。

「電波通じなくない⁉」

あきらが傍《そば》に来たことと、思考を遮られたことで、曽我部の目が完全に泳ぎはじめる。その目の動きに合わせて、あきらは自分の携帯を突きつけた。

「見て、ほら、あたしの携帯。一緒でしょ？　さっきから全然電波入らないの」

目の前に出された携帯に、曽我部は小刻みに頷《うなず》く。

「そそそ、そのキャリアは、ここでは入らないんだ。ぼぼ僕のも、い、今は使い物に、なってない。つ、強いのは、国産の老舗《しにせ》キャリアで、」

「そうなの⁉」

「ア、アンテナが、あるんだ、近くに。だから、白甲ヶ山の山小屋は、ほとんどその国産キャリアの携帯か、え、衛星電話《えいせい》」

曽我部の言葉に、あきらは溜め息をついてしゃがみ込んだ。ということは、これから自分の携帯で自由に下界との連絡が取れないということだ。電波が届かない携帯など、それこそバックライトと電卓くらいの使い道しかない。

「……あ、あの、」

携帯で再び本を照らした曽我部は、しゃがみ込んだままのあきらに向かって再び先ほどのセリフを読み上げる。

「よかったら、一緒に、お食事でも、」

「それさっきも聞いた」

「あ、いや、ナンパじゃなくてっ」

「じゃあなんなの？」

先ほどのやり取りをみれば、本を読み上げなくても普通に会話ができると思うのだが。あえて尋ねたあきらに、曽我部は意を決したように口を開いた。

「た、武雄さんと、先生が、歓迎会やるから、おいでって言ってて、その、」

「……歓迎会？」

繰り返したあきらに、曽我部は小刻みに頷いて、明かりの灯《とも》る山小屋の方を指差した。

　菊原山荘は、決して大きな山小屋ではない。一応二階建てではあるが、ロッジやペンションなどといった感じとは程遠く、トタンの赤い屋根は目立つものの、外壁は何の色も塗られていない板壁のままだ。長年風雨にさらされたそれはくすんだ灰色に変色し、ところどころ表面がささくれ立っている。正面には、一応木造のテラスのようなものがあるが、特におしゃれな椅子《いす》やテーブルなどが置かれているわけではなく、丸太をぶつ切りにした椅子と、同じような造りのテーブルが無造作に三組ほど置いてあるだけだった。

　あきらを伴った曽我部は躊躇なくテラスをのぼり、その先にある、倉庫やプレハブ小屋でよく見るような、上部にガラスがはめ込まれた戸を引き開けた。

「お、来たな」

　扉の向こうはすぐ食堂になっており、そのまま土足で入れるようになっている。足元は打ちっぱなしのコンクリートだ。

「あ、山武士！　いなくなったと思ったのに」

　眩《まぶ》しさに一瞬目を細めて食堂へ踏み込むと、油と土のような匂いが鼻をついた。中には木造りの簡素なテーブルが三つ。どれも形が均一ではなく、使われている素材もばらばらだ。そこにある椅子も、パイプ椅子や、座面のスポンジが少し剝《は》げた丸椅子があったかと思えば、黒ずんだ木造りの椅子もある。壁面や天井は木の風合いを残した造りになっているが、壁にはところどころ何かの染みのようなものもあり、酒屋の名前が入った日めくりのカレンダーと、食器の返却はこちら、という手書きの黄ばんだ張り紙があった。

「追っ手を巻くのは慣れてっからなぁ。ちょろいもんだ」

テーブルの一角では、昼間見かけた妙な装束の男が、すでに顔を赤くしてビールを飲んでいた。先ほど姿をくらましたはずだが、一体どこからまた湧いて出てきたのだろう。確か武雄は赤の他人だと言ったが、当然のようにテーブルについている姿を見ると、まさかこの男も山小屋の従業員なのだろうか。

「ほら、あきらちゃんも座って座って」

厨房の中が見えるようになっている小さなカウンターから武雄が顔を出し、山伏の隣《となり》を指差す。あきらは食堂の中をぐるりと見回してみたが、天敵山猿の姿は見当たらなかった。

「お腹《なか》すいたんじゃない？　ごめんねぇ遅くなって。この野菜、常連のお客さんが今日下から持って来てくれたんだよ。ナスとトマトはミヤさんにとられちゃったけど」

厨房から出て来る武雄の手には、大きな皿にカボチャやアスパラなどの野菜の天ぷらが盛られている。その他にも、テーブルには肉じゃがや焼きそば、鶏《とり》の唐揚げ、塩茹《ゆ》での枝豆、それにきんぴらごぼうなどが並んでいる。山小屋や食堂の汚さに反して、料理は意外にも美味《おい》しそうなものばかりだった。

「ほらあきらちゃん、食べよう」

武雄に促《うなが》され、あきらは近くの丸椅子を引いて腰を下ろした。いざ料理を目の前にすると、急に空腹を自覚する。

「やっく……んは、精神統一中だね」

武雄が続けて手招こうとした曽我部は、食堂の一番隅の席に腰を下ろし、ずっと首元にあった巨大なヘッドフォンを耳に当て、何やら無心に聴き入っていた。

「知らねぇ奴と会話すると、ああやってお気に入りの音楽聴いて心を静めないといけないんだとよ。めんどくせぇ奴だよなぁ」

山伏が呆《あき》れたように肩をすくめ、枝豆を口に放り込んだ。

「初日なんか大変だったんだよ、お客さんの相手するたびに部屋に引きこもってあんなふうになっちゃって。最近は、一日の終わりにああなるくらいに落ち着いたけどねえ」

あきらに新しい箸と取り皿を手渡し、武雄は心地よい音を立てて缶ビールを開ける。

あれでも落ち着いた方なのか、とあきらはそっと曽我部に目をやった。ヘッドフォンをしっかりと両手で押さえ、眉間《みけん》に皺《しわ》すら寄せて真剣に聴き入っている姿は苦行にすら見える。というか、この山小屋にはまともな人間がいないのだろうか。

「あきらちゃん、お酒は？」

「あ、いえ、あたしは」

武雄に勧《すす》められたビールを、あきらはやんわりと断った。飲めないわけではないが、なんとなくここで飲む気にはなれなかった。

「そお？　残念。酔っぱらってもちゃんと介抱してあげるのに」

一体どんな介抱をされるのかわかったものではない。あきらは隣で山伏にビールのおかわりを尋ねる武雄をうろんな目で眺めた。このセクハラオヤジが雇い主だという時点で、本当にこのバイト先は大丈夫なのかと心配でたまらない。

ビールを断った代わりに、あきらにはやかんから注がれたほうじ茶が渡され、では改めまして、などと言って武雄が缶ビールを掲げる。

「ようこそあきらちゃん、これから二週間よろしくね！　かんぱーい！」

突き出された武雄の缶と、あきらの持つ湯飲みがぶつかって、縁から少しだけほうじ茶が零《こぼ》れた。それに慌てている間に、今度は山伏から新しく開けたばかりの缶をぶつけられる。

「少々零《こぼ》れたって気にすんな！　今更茶が零れたところで、汚れたうちにも入りゃしねぇよ」

「ちょっとミヤさん、そんなこと言ってビールこぼして帰らないでよ。もったいないから！」

そんなことを言って、武雄と山伏は笑い合う。

オヤジたちに圧倒されつつ、それでもとりあえず空腹を満たそうと、あきらはいただきますと手を合わせ食事に箸をつけた。思えば朝登山口を出発してから、口にしたものといえば途中で齧《かじ》ったビスケットくらいだ。あきらの中では昼過ぎには到着予定のつもりだったので、食料など何も持ち合わせていなかったのだ。

「武雄さん、明日の予約の、」

そう言いながらテラスの方から入って来た大樹が、テーブルを囲んでいる面々に目を留めて渋い顔をした。あきらには遠慮なく、鬱陶しげな視線を向けてくる。

「お、ヒロ、どこ行ってたの。仕事はもう置いといてメシにしよう。ほら、今日はあきらちゃんの歓迎会も兼ねるから、アルコール解禁」

Tシャツの上に黒のパーカーを羽織った大樹は、テーブルの近くまで歩み寄って、無遠慮にあきらを見下ろした。思わず睨《にら》み返しそうになったあきらは、慌てて目を逸らす。冷静に、と自分に言い聞かせるように息を吐いた。がさつで乱暴な自分から生まれ変わるためにここへ来たのだ。山猿はムカつくが、この挑発に乗ってはいけない。

「働きもしねぇ奴がのんきに飯だけは食うんだな」

そういえば、昼間の決着がまだだ。思わず箸をテーブルに叩《たた》きつけそうになって、あきらはかろうじて踏みとどまる。ようやく頭もすっきりとしてきたところで、これまでの借りを一気に返してやりたいが、雪乃の鉄則その一としてはこんな相手にも穏やかに微笑まねばならない。

「……山小屋のバイトは初めてですし、わからないことが多くて」

「そうだよヒロ、初日なんだからゆっくりしてもらっていいじゃない」

武雄からのフォローを受けながら微笑んでみたが、大樹には硬質な音すら聞こえそうな勢いで跳ね返される。

「山小屋だろうがラーメン屋だろうが、初めてでも何かやることありませんか？の一言くらい言えて当然だろうが。小学生じゃねぇんだぞ」

わざとらしく溜め息をつく大樹に、あきらは頬《ほお》が紅潮《こうちょう》するのを感じた。確かに、山という非日常の中でさらに予想外の山小屋に辿り着き、その環境に戸惑って本来の『アルバイト』という仕事にアンテナが向いていなかったのは事実だ。あきらはテーブルの下で左の拳を握りしめる。だが、そのことをこいつに指摘されるのが腹が立つ。

「大体、そんなピラッピラの服でよく山に登って山小屋でバイトしようと思えたよな？　普通に考えて頭おかしいだろ。そういうお前みたいな奴が事故に遭《あ》うんだ。一人そんな奴がいるだけで、どれだけの人に迷惑がかかるか考えたことあるか？」

この野郎。

微笑みを作る頬が引きつりそうになるのをなんとか堪《こら》え、あきらはできるだけ穏便な口調で口を開く。

「……準備不足で来たのは、確かに悪かったかもしれません。それは反省してます。でも山に来たのは初めてだし、間違うことだってあるじゃないですか」

「バカかお前。その間違いが命取りになる可能性がある場所だって言ってんだよ。素人《しろうと》なら素人で準備の仕方もあるだろ。今はネットや雑誌でなんでも調べられる時代だぞ？」

人がせっかく穏やかに話してやったというのに、バカとはどういうことだ。

いよいよ微笑むのが辛《つら》くなってきた。あきらは拳を確かめるようにもう一度握りしめる。この位置からならレバーにだって入れてやれる、などと考えてかろうじて踏みとどまった。雪乃の鉄則その二、暴力は厳禁《げんきん》。

「ヒロ、もうそんくらいにしとけ。飯がまずくなる。無事に辿り着いたんだから、もうどうこう言っても始まらねぇだろ！　本人だって反省してるって言ってんだしよ」

肉じゃがのジャガイモを口の中に放り込みながら、山伏が大樹にしかめ面《つら》を向ける。

だが大樹は顔色ひとつ変えず、むしろ呆れたようにまた溜め息をついた。

「口だけだったら誰だって簡単に反省できるんだよ。どうせ山や自然の表面的なとこだけに釣られて、気分転換とか新しい自分を発見とか、くだらないこと考えて来たに決まってる。準備どころか覚悟もできてないこいつに、山小屋の仕事なんかできるわけねぇよ。だから足手まといになる前に辞退しろっつったんだ」

くだらない、こと。

その一言で、かろうじてあきらの理性を繋《つな》ぎとめていたものが、音を立てて切れたような気がした。

不穏な空気に気付いて、恐る恐るヘッドフォンを外した曽我部の姿が視界の端《はし》に映る。

今までの自分を変えたくてここにやって来たのだ。そのためにこの場所がふさわしいかどうかは別問題としても、その想《おも》いをこの山猿にくだらないこと呼ばわりされる筋合いはない。

「………あんたに、あんたに何がわかんのよ！」

箸をテーブルに叩きつけ、あきらは椅子を蹴飛《けと》ばすようにして立ち上がる。

「なんであんたにそこまで言われなきゃいけないの!?　あたしの何を知ってんのよ！　それとも何？　初心者にそんな風に頭ごなしに言うのが山小屋の人の仕事なわけ？　仮にも接客業でしょ!?　よくやってられるわね!!」

何かのスイッチが切れたようにまくし立て、あきらははっと我に返った。武雄と山伏が、呆気にとられるようにしてあきらを見ている。曽我部にいたっては、狩られる前の仔鹿《こじか》のような目をしていた。

だめだ。違う。腹は立つがこれをやってはいけない。

「……嘘嘘！　やっぱ嘘！」

急に頭を抱えてしゃがみ込むあきらを、大樹が不審な目で見下ろしている。こんな風に理性を放り投げるように手放すのは厳禁だったはずだ。

「あきらちゃん……？」

ぽかんと口を開けていた武雄が、恐る恐る声をかける。

ぎりぎりと歯が鳴りそうなほど食いしばって、あきらは大樹を睨みつけるように見上げた。雪乃に近づくにはこれをまず我慢できるようにならなくてはいけない。わかっている、わかってはいるが。

「……いや、でも…………お前ムカつく!!」

戦闘《せんとう》本能に勝てず、あきらは吐き捨てる。

「ああ⁉」

明らかに喧嘩を売られた大樹が、さらに眉間に皺を寄せた。

「やっぱダメ！　絶対ダメ！　あんたと働くなんか死んでもごめんよ！」

「こっちだって最初から嫌だっつってんだろうが!!　さっさと帰れバカ女が！」

「バカ女⁉　山猿のくせに偉そうに!!」

「誰が山猿だ！　人に接客業がどうとかって言っといて、自分の方がよっぽど口悪いじゃねぇか！」

「バイト歴が長いくせに、そういう態度が問題だって言ってんのよ!!」

怒濤《どとう》のように繰り返される言い争いに、しばし呆然としていた武雄と山伏が、そっと額を突き合わせる。

「……おい武雄、あいつヒロに言い返してるぞ。今まで何人もバイト泣かせて下界に追い返してきたあのヒロに、真《ま》っ向《こう》勝負じゃねぇか」

「しかも女の子だよ、ミヤさん。女の子が言い返してるよ。これ夢じゃないよねぇ？え、幻覚？　昼に食べたかまぼこにやたら弾力があると思ったけど、そのせい？」

「そこ！　うるせぇぞおっさん!!」

コソコソと話している二人を、大樹が一喝する。その隙を見逃さず、あきらはさらに畳み掛けた。

「あたしより前に来たバイトの人たちの苦労がわかるわ！　こんっな凶悪な奴の下でなんて、まともに働けるわけないわよ！」

「凶悪で悪かったな！　頭が悪いのよりマシだ！」

「だから頭が悪いとかバカだとか、なんであんたに決められなきゃいけないのよ！」

「自分で気付かない奴に教えてやってんだよ！　めちゃくちゃ親切だろうが！」

大樹に一喝された二人が、またコソコソと何か耳打ちしあっているのを、あきらは視界の端に捉えた。だが今はそんなことより、もうこの山猿に付き合いきれないことの方が大問題だ。

「あたし、やっぱり明日下山します！」

怒りに任せ、あきらは言い放つ。武雄が驚いたように顔を上げたのが見えた。

「ここでは働けません！　ごめんなさい！」

興奮が治まらないままそう言いきったあきらは、武雄に向かって頭を下げると、そのまま呼び止める声を無視してトランクが置いてある部屋へと走った。

あんな凶暴で無礼な山猿がいる職場など、いくら雪乃になるためとはいっても御免こうむる。精神状態の問題だ。予定していた働き手がいなくなるのは、とんでもなく迷惑な話ではあるだろう。だがそれ以上に、もうここに残ろうと思える気力が湧いてこない。

相変わらず雑然とした部屋に帰ってきたあきらは、トランクを開けて中の物を確かめ、すぐにでも出発できるよう準備を整えた。一分でも一秒でも早く、ここから出て行ってやりたい。

「あきらちゃん、ちょっと落ち着いて。今すぐ下山するのは絶対に危険だから、それは許可できないよ」

慌てて後を追ってきた武雄が、今にも飛び出して行かんばかりのあきらをなんとか押しとどめようと声をかける。

「ご心配ありがとうございます。でもどうにかなりますから！」

「どうにかならないよ。ライトもないでしょ？　しかもそのトランク持って、真っ暗の中、岩塊登ったり下りたりするんだよ？　プロの登山家でも普通に怪我するよ」

やけに冷静に言われて、あきらはようやく武雄の顔を見やった。先ほどまでただのふざけたおっさんだと思っていたが、なかなかまともなことも言うらしい。

「だから、せめて山を下りるなら夜明けを待とうよ。今日はここに泊まって、冷静になって、明日もう一回気持ちを聞くから。ね？」

そう言うと、武雄はあきらを手招いて、従業員部屋の隣にあるリネン室という札《ふだ》のかかった扉を開ける。壁のスイッチを手探《てさぐ》りでつけると、天井にある一本だけの蛍光灯がチカチカと瞬《またた》いて光を灯した。そこはマットレスや古くなった布団などが積んである三畳ほどの狭い物置のようなところだった。

「男だけの部屋で寝てもいいけど、良かったらここ使って。鍵《かぎ》はないから、着替えのときは注意してね。ドア開けっ放しにしてくれてもいいけど」

壁際の棚にはタオルなども置いてあるが、枚数からみて宿泊客用にというより、従業員のためのものだろう。少し埃《ほこり》っぽいが、床に布団を敷《し》けば一人くらいは充分寝られるスペースがある。

なんだかさらりとセクハラ発言をされた気もするが、あきらは急速に頭が冷えていくのを感じた。

「……ありがとうございます。それから、あの、……ごめんなさい。せっかく歓迎会してくださってたのに」

用意してもらった料理には、結局ほとんど手をつけられなかった。喧嘩を売ってくる山猿が憎いだけで、少々変わったところがあっても、武雄たちには何の落ち度もない。

「気にしない気にしない。ヒロの巻き起こす騒動《そうどう》なんか、慣れてるよ」

ひらひらと手を振り、武雄はヒヒヒと笑った。

「それじゃあおやすみ」

「……おやすみなさい」

食堂へと戻っていく武雄を見送って扉を閉めたあきらは、溜め息をついた後、すぐに寝床作りにとりかかった。もうこんな日は、さっさと寝てしまうに限る。どうせテレビもラジオもなければ携帯も使えないのだ。時間の潰《つぶ》しようも、ストレスの発散のしようもない。

「……もう絶対無理」

使えそうな布団を引っ張り出しながら、あきらはつぶやくように口にする。大樹に言われた言葉と、あれほど心に決めていたのに怒鳴り返してしまった自分への情けなさが、頭の中で渦を巻いていた。雪乃になるためにここへ来たはずだった。優しくて穏やかで、いつでも微笑んでいる女性になるためにやって来たはずだった。

「なんでこうなるのよ……」

怒りにまかせて、あっさり理性を手放した自分がたまらなく情けなかった。確かに大樹の言い方はひどかったが、その挑発に乗ってしまっては元も子もない。自分で言い出したことではあるが、一度は引き受けたアルバイトを投げ出して帰ることにも胸が沈んでいた。予定していた人数が揃わなければ、負担を強《し》いられるのは他のメンバーだ。山猿が苦労しようが知ったことではないが、武雄たちに罪はない。どうしていつも、自分がやろうとすることは虚《むな》しく空回りしてしまうのだろう。バイト代をはたいてせっかく買った洋服も、ここへ来ようと思った本当の理由も。

あきらは敷いた布団に寝転がり、手だけを伸ばしてトランクを開ける。そしてその中から、手探りで一冊の雑誌を引っ張り出した。先日逢衣に見せた、雪乃のエッセイが載っているファッション雑誌だ。表紙には『雪乃徹底解剖！』と大きく書かれていて、一冊まるごと雪乃の特集で埋められている。

パラパラとページをめくり、あきらはエッセイのところで手を止めた。淡いグリーンの小花が散った、ノースリーブのワンピースを着た雪乃が、木漏れ日の中で空を仰いでいる。柔らかなウェーブのかかった髪が、陽《ひ》に透けて輝いていた。華奢な二の腕と、細くて白い首筋。自分は到底持ち合わせていない、理想の女性像の塊。

いつか彼女に近づくことができたら、何かが変わるかもしれない。

あの位置にまた、笑って戻れるかもしれない。

それは、逢衣にすら話せずにいる密《ひそ》やかな希望。

あきらは長い溜め息を吐いて目を閉じた。食堂からは何か話し声が聞こえてくるが、明確には聞き取れない。充電どころか、なんだか身も心も消耗した気がした。目の端に滲《にじ》んだ涙を拭う。悔しいのか悲しいのかわからない。

ただもう一刻も早く、この場所から出ていきたかった。

四

『あきら』という自分の名前が嫌いだった。

幼稚園の頃から女のくせに男みたいな名前だと散々からかわれ、『男《おとこ》女《おんな》』というわかりやすいあだ名から始まり、体育のときには男の列に並べとか、女子用のトイレに入るなとか、あらゆる低次元ないじめを受けてきた。

もっと女の子らしい名前だったら良かったのにと、親に泣いて訴えたこともある。

他にいくらでも可愛《かわい》い名前はあったはずだ。それなのになぜ『あきら』だったのか。


「そんなことない、可愛い名前だよ」

そう言ってくれた彼は、あきらの隣の席ではにかむように笑った。

大学一年の秋、同じゼミの友人に誘われて行ったバーベキューコンパは、同じ大学のいろいろな学部から総勢五十名前後が集まる結構な規模のものだった。聡《さとし》とはそこで初めて会って話をするようになり、気兼ねなくなんでも話せる彼の雰囲気にどんどん惹《ひ》かれていった。他人を笑わせたり、場を盛り上げたりするのが得意で、彼の周りにはいつも人が集まって来る。そしていつの間にか、あきらもそのグループの中の一人になっていた。

授業を抜け出してアイスを買いに行ったり、土砂降りの中を自転車で激走したり、夜通し歌ったカラオケの後、そのまま授業に出て居眠りをしたり。そんなことを一緒に繰り返しているうちに徐々に距離は縮まり、年が明けて一緒に初詣《はつもうで》に行った帰り、向こうから告白されて付き合うようになった。

嫌いだったあきらという名前も、彼に呼んでもらえればなんだか特別な気がした。彼のためになんでもしてあげたいと思ったし、望むことは叶《かな》えてあげたいと思っていた。がさつな自分をできるだけ見せないようにして、女の子らしく、可愛らしく、彼がずっと好きでいてくれるように。

初めての恋人ができた五ヶ月と四日。

幸せ、だったと思う。

寒さに身震いして、あきらは目を覚ました。

きちんと布団をかぶっていたはずなのだが、それでも板張りの床は底から冷えてくるような寒さだ。面倒くさがらずに、敷き布団を二枚重ねて敷けばよかったのかもしれない。だが、温かい寝床を抜け出して今からそれをしようとは到底思えなかった。

あきらは寝返りを打って、何とか温かさを逃がさないようにしようと布団の中にもぐり込んだ。ついでに枕元に置いてあった携帯に手を伸ばして、布団の中に引っ張り込む。液晶の眩しさに顔をしかめながら確認した時刻は、午前三時五十二分。まだ起きるには早すぎる時間だ。あきらは携帯を握りしめて、再び目を閉じた。

聡と別れたのは、五月初旬のことだった。一ヶ月ほど前からなんとなく連絡が少なくなって、大学でも会う機会が減っていった。バイトが忙しいという話は聞いていたし、もともと学部が違うため、学年が変わって受講する授業が重ならなくなってきたのだろうと単純に思っていた。それならばと、一人暮らしの聡の家を訪ね、彼が留守の間に頑張って苦手な料理を作って帰ったりもした。格闘技が好きな彼のために、そういうＤＶＤを買ってきて置いておいたこともある。メールでは、会えないけど気にしないで。バイト頑張ってねと、理解のある言葉をかけるようにしていた。すべては聡に喜んで欲しかったからだ。聡が喜んでくれるなら、なんでもやれると思っていた。

しかし二人の関係は元に戻ることはなく、夏のように暑くなったある日、それはとうとう訪れた。

他に好きな人ができたからと、一方的に告げられるだけの、反論も抵抗もできないまま迎えた別れだった。

その日から抱えている想いが、あきらは未だに昇華できない。それなのになぜか、胸はずっと空っぽのままだ。

何がいけなかったの？　何が悪かったの？　気の強いところ？　がさつなところ？　感情の起伏が激しいところ？

もしも自分が雪乃のような完璧《かんぺき》な女性になれたら、彼はもう一度振り向いてくれるだろうか。

この空虚な胸の穴が、塞《ふさ》がる日は来るだろうか。

再びうとうととしていたあきらは、物音と人の話し声で再び目を覚ました。携帯で確認すると、時刻は午前四時七分。先ほど目を覚ましてから、十五分ほどしかたっていない。こんな朝早くから何事かと体を起こそうとしたあきらは、途端に襲《おそ》ってくる体の痛みに呻《うめ》いた。昨日の八時間半の登山の結果が、如実に体へと現れている。トランクを持っていた腕をはじめ、お尻《しり》からふくらはぎにかけて、それに腹筋や背中も痛い。加えて、頬の辺りがヒリヒリとするのは日焼けしたのだろうか。様々な痛みを味わいながらゆっくりと身体《からだ》を起こし、あきらは下界の八月ではあるまじき寒さに身を縮めた。やはり山の上になるとこうも違うのか。トランクの上にあったカーディガンをできるだけ素早い動きで着込んで、あきらは扉までの距離を呻きながら四つん這いで這って行く。そしてノブに摑まるようにして体を起こして、そっとリネン室の扉を開けた。まだ山小屋の中は暗いままだが、廊下を隔てた向こうの部屋から明かりが漏れていた。

「あ、お、おおおはよう」

奥の従業員部屋から出てきた曽我部が、あきらに気付いて戸惑いつつも声をかける。一度話した人には免疫ができるのか、それとも挨拶《あいさつ》程度なら問題がないのか、曽我部が本を手にする様子はなかった。

「おはよう。……あ、昨夜《ゆうべ》は、ごめんね」

山猿に腹を立てていたとはいえ、せっかく歓迎会に誘いに来てくれた曽我部には悪いことをしてしまった。知らない人と会話することの苦手な彼にとって、自分を誘いに来るのはとてつもなく勇気がいっただろう。

「あ、い、いや、き、気に、しないで」

白い頬を若干紅潮させながら、曽我部はうろたえて目を泳がせる。柔らかそうな髪には寝癖がついたままだが、首元にはしっかりとヘッドフォンが装着されていた。

「随分早く起きるのね。こんなに早く起きなきゃいけないの？」

午前四時といえば、大体の人はまだ眠っている時間だろう。こんな時間から活動せねばならないほど、忙しく儲《もう》かっている山小屋にも見えないのだが。

「あ、朝ごはんが、五時半だから、それまでに作らないと、いけなくて」

「五時半⁉　なんでそんなに早いの？」

思わず詰め寄るように尋ねたあきらに、曽我部が慌ててズボンのポケットをまさぐった。彼の穿いているカーゴパンツには太ももの辺りにもポケットがあり、曽我部はそこから一冊のメモ帳を取り出した。

「や、山は、早発《はやだ》ち早着きが、基本だから」

手書きでびっしりと書かれているそれを忙しなくめくって、該当箇所を曽我部は読み上げる。おそらくここで見聞きしたことをまとめている物だろう。本だけでなく、こういう物も彼のアイテムに入っているのかと、あきらは妙に感心した。

「おい、曽我部何やってんだ」

食堂へと続く廊下の方から、いつも通り頭にタオルを巻いた大樹が鋭い眼光を向けてくる。途端に、あきらは顔をしかめた。朝から嫌な奴に会ってしまった。おかげで完全に目も覚めてしまったではないか。

「さっさと支度《したく》しろ」

「う、うん」

背筋を伸ばして返事をし、曽我部はあきらの隣をすり抜けて大樹の後を追いかけていった。それと入れ替わるようにして、明かりが漏れていた部屋から武雄が顔を出す。

「あ、あきらちゃんおはよう！　ごめんねぇ、起こしちゃった？　あ、でもちょうど良かったよ」

紺色のTシャツにグレーのスウェットを穿いた武雄は、部屋に戻ろうとしていたあきらを手招いた。こんな朝早くから一体何の用事だろう。あきらは寝起きの顔を気にしながら、筋肉痛の足をかばってぎこちない足取りで武雄の部屋へ向かった。

六畳ほどの畳の部屋に、本などがぎっしりと入った高い棚と、小さな文机《ふづくえ》。その上には、大樹が腰にぶら下げているのと同じような、黒のトランシーバーのようなものが無造作に置かれていた。先ほどまで敷かれていたらしい二組の布団は畳んで端に退《の》けられ、その隣では、装束のままで寝ていたのか、あの格好のまま山伏がお茶をすっている。しかもそれはただのお茶ではなく、何やら茶色く濁《にご》った土のような妙な香りのするものだ。

「おおあきら、一杯どうだ？　通販で買った、高麗人参《こうらいにんじん》とかなんとかが入ったお茶なんだけどよ、若返るらしいぞ。今実験してんだ」

湯飲みを掲げ、山伏がにやにやと笑う。寝起きのせいか、少し顔がむくんでいるように見えた。

「……若返るん、ですか、」

高麗人参とかなんとかが入ってると言ったが、そのなんとかは一体何なのか。絶対に得体の知れない何かが入っていそうだが、山伏が強引に淹《い》れてくれたそれを断れず、あきらは食堂で見かけたメラミンの湯飲みを受け取った。山伏の傍には、そのお茶の残りが袋ごと入っている真っ黒な箱がある。見慣れない送り状が張ってあるところをみると、どうやら通販会社から送られてきた箱のままここへ持ち込んだらしいが、箱といいお茶といい、色からしてすでに怪しい。

「……あ、ええと、山伏、さん」

お茶を前に、口をつけることを逡巡していたあきらは、彼にも謝《あやま》らなければいけないことを思い出して彼に向き直った。

「昨夜はすいませんでした。せっかくの歓迎会だったのに、」

一体この山伏が何者かは知らないが、あきらのことを歓迎してくれていたのは確かだ。大樹からも随分かばってくれたような気がする。

「ああ、気にすんじゃねぇよ。あんなの静かな方だったよなぁ、武雄」

「そうそう、昨日も言ったけど、オレたちは慣れてるからねぇ」

飲みかけだったお茶をすすって、武雄はそれに、とあきらに向き直る。

「こっちだって謝らなきゃねぇ。あいつは仕事は真面目なんだけど、ちょっとカタイとこがあってね。一晩寝てみてどう？　気持ちは変わらない？」

武雄に改めて尋ねられ、あきらは思案するように視線を動かした。

先ほどまで、なんだか懐《なつ》かしい夢を見ていた気がする。聡と付き合っていた頃の楽しかった夢だ。男のようなあきらという名前を見返すくらいに女らしくなりたくて、がさつで大雑把だと言われた過去もすべて抹消するくらいの気持ちで、一縷《いちる》の望みをかけてここへやって来た。そして雪乃のような女性になれたら、また彼の隣に戻れるだろうかと。

だが、場所が悪かったのだと思うしかない。

「……ごめんなさい、」

ここには暖炉もロッキングチェアもなければ、干し草の布団もない。毛羽立った畳の部屋と、壁に染みのある所帯じみた食堂。それに変わり者の主人と山伏と、人見知りの男、それに天敵山猿。これでは雪乃へのスキルなど到底磨けそうにない。

あきらの返答に、武雄と山伏が素早く目を合わせた。だが次の瞬間には、何事もなかったように笑顔を見せる。

「いやいや、いいんだよ。しょうがないよね。あんな山猿が暴れてる職場なんて、普通女の子は嫌がるよ」

「そうだなぁ。あいつに泣かされてきたバイトなんか、片手じゃ足りねぇしなぁ」

うんうんと頷いて山伏の言葉を聞いていた武雄が、不意に思い出したように手を打った。

「そうだ、どうせ帰るんならいいお土産《みやげ》があるよ！」

部屋の隅から木製の踏み台を持って来て、それによっこらしょと乗った武雄は、棚の一番上の段を物色しはじめる。

「あ、あの、そんな、気を遣わないでください。こっちが悪いのに、」

大樹から受ける精神的苦痛という理由があるにしろ、アルバイトを放棄して帰るのはやはり胸が痛む。遠慮するあきらを、いーからいーからと軽くあしらって、武雄はええとどこだったかなぁ、などとつぶやきながら段ボールを動かす。踏み台の上でさらに背伸びをしている足元は、小刻みに震えていた。そしてなんだか踏み台自体も、畳が波打っているのか、若干安定せずにぐらついている。

「もういいですから、ほんと気にしないでください！」

「大丈夫大丈夫、もらっといて損はないから。あ、危ないからそこで待っててねぇ」

あきらの言葉になどお構いなしに、武雄は大きな段ボールを指先で摑む。

「ああこれこれ、この中にね、あげたいものが、」

かなり奥にある段ボールを指の力で引きずり出そうとして、武雄がかなり前のめりの無理な体勢になる。ぐらつく踏み台の上で爪先立ちになっているその姿が不安で、あきらはとっさに踏み台を支えようと手を伸ばした。そしてその手が踏み台の脚に触れた瞬間。

ぐらり、と武雄の体が傾いた。

「危ない！」

とっさに山伏が叫んだが、もう間に合わなかった。そして鈍い音を立てて、武雄が畳へと倒れ込む。それとほぼ同時に、彼がおろそうとしていた段ボールも、重そうな音を立てて畳の上へと転がった。

「どうした⁉」

大きな音と叫び声に、食堂の方から駆けて来た大樹が、その惨状を目にして眉をひそめた。

土を掘り返したような妙なお茶の匂いが充満する部屋の中で、転がった段ボールと、倒れているオヤジが一人。

「大丈夫か、武雄⁉」

倒れている武雄に、山伏が駆け寄った。だが、武雄からは明確な返事が返ってこない。意識はあるのだが、右腕を押さえたまま痛みを堪えるように渋面を作っている。

「た、……武雄さん……？」

武雄が倒れ込む衝撃に身を縮めるようにしていたあきらは、そう武雄に呼びかけたところで、自分がしっかりと踏み台を握りしめていることに気付いた。その自分に、大樹から冷たい視線が注がれている。

「……お前、まさか、」

「えっ、違っ！　あたしは、支えようとして！」

あきらは慌てて否定する。こちらは危ないと思って手を伸ばしたのだ。

「……あきらちゃん、」

遅れてやって来た曽我部も、気の毒そうにあきらを見やる。

山伏の手を借りてなんとか武雄が上半身を起こしたが、まだ右腕を痛そうに押さえたままだ。少し動かしただけでも激痛が走るらしく、歯を食いしばり、顔をしかめている。

それを見た大樹から、再び向けられる視線。曽我部の憐《あわ》れむような目。

その光景に、あきらは愕然とつぶやく。

「……あ、あたしのせい、なの!?」

畳まれていた布団が再び広げられ、そこに寝かされた武雄は、ぼんやりと天井を見上げながらつぶやいた。

「……ミヤさん、オレの葬式は山男方式で頼むよ……。しんみりしたの嫌いなんだよ。皆で酒飲んで、騒いで歌って、ロープで亀甲縛《きっこうしば》り実演してくんないと嫌だからね……」

今にも死んでしまいそうな武雄の言葉に、山伏が憐れみを込めた目を向ける。

「亀甲縛りは渋谷《しぶたに》の得意分野だからなぁ、頼んどいてやるよ」

使い終わった応急パックの口を閉じ、山伏は湯飲みに残っていた冷めたお茶を飲み干した。武雄の右腕は、添え木と包帯で少し大げさに巻かれ、普段の倍ほどの太さになっている。それを所在なさげに眺めながら、あきらはずっと気になっていたことを曽我部にこっそりと尋ねた。

「ねぇ、あの山伏は何者なの？」

先ほどから、布団を敷けとか応急パックを持って来いなどと、素早く指示を出していたのはすべてあの山伏だ。処置をしたのも彼に他ならない。確か昼間は追っ手がどうなどと言って、風のように去って行ってしまったが、一体何者なのだろう。

「あ、ああ、宮澤《みやざわ》さんは、お医者さんだよ」

「医者⁉」

あの格好で？　と思わず言いそうになるのを、あきらはかろうじて堪える。

「と、登山道の途中の、湖畔にある、夏の間だけやってる診療所の先生」

そこまで言うと、曽我部はまたあのメモ帳を取り出してページをめくる。

「い、今はもう現役を引退したOBだけど。武雄さんとは大学の先輩後輩で、よくうちに来てる。診療所には、現役の医師や看護師、それに医大の学生さんも、ボランティアで来てくれてるんだ」

コソコソと話しているあきらと曽我部をよそに、戸口の壁にもたれていた大樹がおもむろに口を開いた。

「先生、それで武雄さんの怪我はどうなんだよ？」

新たにポットから急須へお湯を注ごうとしていた宮澤が、大樹へ目を向ける。

「まぁ十中八九骨折だろうな。間違いねぇよ」

その答えに、大樹が溜め息を吐きながら額に手を当て、天井を仰いだ。怪我の具合も心配だが、つまりはその間山小屋の働き手が減るということだ。しかも主がいないというのはかなりの痛手だろう。

「すぐ下山だな。せがれの病院には連絡入れといてやる。お前なら鎮痛剤《ちんつうざい》飲めば歩けんだろ？　こんなもんでヘリ呼んだら、無線がお祭り騒ぎにならぁ」

「えー、歩くのー？　なんでこう医者ってのは身内に厳しいんだろうねぇ。もっと優しくしてくんなきゃ！　怪我人だよ怪我人！　あーあ、あきらちゃんにお土産渡したかっただけなんだけどなぁ」

天井を見上げながら、武雄がぼやく。それに続けて、大樹がちらりとあきらに目をやった。

「その相手にひっくり返されて怪我したんじゃ、元も子もねぇよな」

「あ、あたしがひっくり返したわけじゃ……！」

否定しようとして、あきらは言い淀《よど》む。確かに不安定だった足元を支えようとして、手を出したのは確かだ。だが、果たして本当に自分が原因でなかったと言いきれるかは自信がない。

「でもお前以外踏み台には触ってねぇんだろ？」

大樹からは、鬼の首をとったかのような口調で責められる。あきらは唇を噛んだ。一瞬の出来事だったので、何がどうなったかは自分でもよくわからない。ただ、武雄が畳へと倒れたとき、自分は確かにこの手で踏み台を触っていた。それだけは事実だ。

「ヒロ、朝から喧嘩売るんじゃねぇよ。ったくおめぇはよ、すーぐこれだ」

宮澤がひらひらと手を振って諫《いさ》め、大樹が舌打ちする。そしてそのまま短く息をついて、部屋を出て行ってしまった。

その背中を見送っていた武雄が、急に思い出したように口を開く。

「そうだそうだ、忘れてたよ。あきらちゃん、その段ボール開けてみて」

布団の上で、武雄が右腕を庇《かば》いながら上半身を起こした。

「え、あ、はい」

あきらは我に返って、傍に転がったままになっていた段ボールを引き寄せる。四枚の蓋《ふた》が互い違いに折り込まれ、かろうじて中身が飛び出すことはなかった。そうだ、元々はこれを取ろうとして起こった大惨事だ。あきらは自分のせいではないと言い聞かせつつも、どこか申し訳なく思いながらその蓋を開ける。やはり、最初からもっと強く断るべきだっただろうか。

「それね、すごいレア物なんだよ」

身を乗り出す勢いで、武雄が口を挟む。一体何が入っているのかと、あきらは半ば急《せ》かされるようにして段ボールを開けた。

「あ、Tシャ…………これなんですか？」

ビニールに包まれたそれを手に取って、あきらは恐る恐る尋ねた。段ボールに入っているそれは、間違いなくTシャツだ。しかも青やピンクや緑、白や黒など、カラーもいろいろある。だが、前面にプリントされているのがすべて武雄の顔だ。少し若い頃のもので、かなり作り込んだ俳優気取りの顔で写っている。モノクロにプリントされたそれが、すべてのTシャツから微笑みかけていた。

「いいTシャツでしょ？　なかなかないよ、ジョージ・クルーニーのなんて」

「……全然別人なんですけど」

「え、嘘だぁ！　絶対ジョージ……あ、オレだ！」

このおっさんは！

ピンク色のTシャツを持ったまま、あきらは愕然と武雄を見やる。怪我をしていなかったら、ミドルキックあたりを入れてやりたい。

「作ったの何年前だっけなぁ。確か家に持って帰ったら、勝手に作ったのがばれて百合ちゃんに怒られたんだよなぁ。全部売ってこいっつってよ」

文机に肘《ひじ》をつき、無精鬚の生えた顎を撫《な》でながら、宮澤が懐かしそうに声をたてて笑う。

「え、じゃあ売れ残りじゃないですか！」

「そんなことないよ、すごい評判だったんだから！　山小屋組合と営林署と、県警の駐在所で流行《はや》っちゃって流行っちゃって。だから追加注文したくらいなんだよ。……まぁそれはその追加注文分なんだけど」

それは流行ったのではなく、単に身内の悪ノリだと思うのだが。

あきらはもう一度手にしたTシャツをまじまじと見つめた。こんな物のために、自分は大樹から針の蓆《むしろ》のような攻撃を受けたのか。

「記念にあげたかっただけなのに、まさかこんなねぇ……。せめてあきらちゃんに、最後はいい思い出を作ってあげたかったんだけどな……。まぁ年寄りの冷や水になっちゃったけど」

「オレたちもなぁ、もう六十過ぎたんだしよ、若い頃と同じようにはいかねぇよ。普通に歩けてたガレ場で、ふらっとよろけたりな。長年のキツイ仕事のガタもくるってもんよ」

二人のオヤジは肩を叩き合い、ちらり、とあきらに視線を投げてくる。

「あきらちゃんにあげたかっただけなんだけどね……あきらちゃんに。せめてものお詫《わ》びにね」

「まさかあきらが踏み台を触った瞬間に、ぐらっとくるとは思わねぇからなぁ」

しみじみと言い合い、またあきらの方をちらりと見やる。それを受け止めて、あきらはようやくなんだかおかしな流れになっているのに気付いた。

「……あの、」

耐えきれず、あきらはついに口を開いた。これは神に誓って故意ではないが、自分が謝らなくては収まらないのだろうか。

だがあきらが何かを言うより早く、二人の態度は一転する。

「あ、あー違う、違うよ！　何もあきらちゃんのせいだなんて言ってないよ！　これはオレが勝手にしたこと。なぁんにも気にすることないからね！」

「そうそう、まぁ骨折っつっても吊っておきゃいいんだしよ。すぐ仕事もできるってもんよ」

宮澤の言葉に頷いていた武雄が、……ただねぇ、と視線を逸らしながら再び口を開く。

「……ただねぇ、やっぱり一旦《いったん》下山しないといけないし、帰って来てからもいろいろと不便だから、誰かが手伝ってくれると……」

ここで再び、武雄と宮澤がちらりとあきらを見やる。これはアレだ、間違いない。

あきらはうろんな目で二人を見やる。暗に、というか、とてもわかりやすく、あきらに手伝えと言っているのだ。

「あたしが⁉」

今日下山するという宣言をまさか忘れたわけではあるまい。一刻も早くこのチンピラのような山猿がいる場所から立ち去りたいのに、なぜそれを引き延ばさねばならないのか。

「ちょっと待て！」

呆気にとられているあきらに代わり、少し焦ったように部屋へと戻ってきた大樹が、意外にも援護射撃を始める。

「確かに人手が少なくなるのは痛いけど、なんでこいつなんだよ！　武雄さんに怪我させた張本人だぞ⁉」

誰よりもあきらの下山を願っているのは彼だ。ここで残られたのでは、彼の予定も狂うだろう。

「んなもん、考えたらわかんだろうがよ。あきら以外に誰がいるんだ？　金払って泊まってる客を働かせるっつうのか？」

宮澤に痛いところを突かれ、大樹が言葉に詰まった。あきらも同様に、言い返す言葉が見つからない。確かに無料で寝床を提供してもらい、しかもアルバイト予定でやって来たのに、その契約を取り消して帰ろうとしている。通常であれば、あきらは今日から二週間ここのアルバイト従業員になっていた。主人不在をフォローするのは、当然の仕事だっただろう。

「頼むよあきらちゃん、代わりの人を探すようすぐ手配するから、その人が見つかるまででいいんだ」

武雄にも頭を下げられ、あきらはうろたえた。すぐに下山するつもりでいたのに、どうしてこんな話になっているのだろう。

「ぼ、僕からもお願いするよ。あ、あきらちゃんがいてくれた方が、心強いし」

曽我部にも頼まれ、あきらはさらに頭を抱えた。彼にしてみれば、また知らない人が来るより、何度か会話した自分がいてくれた方が気が休まるのだろう。それにしたって、面と向かってそう言われてしまうと決心がぐらつく。こんな所、一刻も早く脱出したいと思っていたのに。

あきらは、腕をぐるぐる巻きにされている武雄にもう一度目をやる。この山小屋の働き手が、今究極に困っているのは事実だ。そして、その原因の一端に自分は無関係だとも言いきれない。

どうしよう。

あきらは唇を噛んで唸《うな》った。正直早く下山したいというのは紛れもない本音だ。大樹に言われたことを忘れたわけではない。だが懇願《こんがん》するような目が三方から見つめている中、ここで帰りますと言うのは正直勇気がいる。自分が原因で怪我をしたかもしれない困っている人を置いて、無関係だからと突っぱねて下山するのは人としてどうか。

「……わかりました」

そのあきらの言葉に、目を剝《む》いたのは大樹だった。

「何がわかりましただ！ 撤回《てっかい》しろ！ 絶対残るな！ お前がいるくらいだったら、曽我部と二人でやる方がマシだ!!」

「責任を感じて残るって言ってるんです！ あなたのためじゃありません!!」

「自己責任の意味もわからずに軽装で登ってきた奴に、何の責任が取れるんだよ！ いいからさっさと帰れ！」

「責任の意味くらいわかってます！ 大体あたしのせいだって言ったのはあなたじゃないですか！」

「せいだなんて言ってねぇよ！」

「似たようなことは言いました！　同じです！」

勢いに負けぬよう言い返しておいて、あきらは武雄へと向き直る。もうこうなったら、この山猿を黙《だま》らせてやらねば気が済まない。

「あたし残ります。残ってお手伝いさせてください！」

その言葉に、武雄が確認するような視線を向けてくる。

「でも……自分から言っといてなんだけど、本当にいいの？」

「はい！　こうなったら、ちゃんと働かせていただきます！」

半ばやけになりつつ、あきらは口にした。

「本当⁉　ありがとうあきらちゃん！　いやぁありがとう！」

武雄が左手で握手を求めてくる。それを両手で受けながら、あきらは決意も新たに宣言した。

「任せてください。武雄さんの分まで頑張って働きます！」

完璧な働きぶりを見せて、あのやかましい山猿に土下座のひとつでもさせてやるのだ。どれだけ自分を見くびっているのか、思い知ればいい。

「これで安心して下山できるよ！　ついでに歩荷《ぼっか》でもして帰ってきちゃおうかなぁ」

急に元気を取り戻した武雄が、下山の準備のために押入れからザックを引っ張り出す。その隣では、すでに宮澤が病院に電話をかけていた。

「た、助かるよ、ありがとう」

ほっとした笑顔で曽我部に礼を言われ、あきらは複雑な心境でドウイタシマシテと答える。なんだか勢いで言った気もするが、もうこうなってしまった以上やるしかない。

「そんなわけだからヒロ、ちゃんとあきらちゃんの面倒見てあげるんだよ」

自由のきく左手でザックを摑みながら、武雄が主らしいことを言う。睨みつけるように先輩の方を振り向いたあきらは、案の定これ以上ないくらい鬱陶しいという想いを込めた眼差しを受け止めた。

「……の野郎、」

大樹が苦々しく舌打ちする。

「曽我部、あと三十分で食堂開けるぞ」

不毛な言い争いが再び始まるかと、あきらは応戦の構えを取ったが、意外にも大樹がそれだけを言って部屋を出ていく。今はあきらの相手をするより、起きてくる宿泊客のために朝食を準備することの方が先決ということだろう。納得はいくが、それはそれで軽く扱われているようで複雑だ。

あきらはひとつ溜め息をついて、大樹の後を追いかけていく曽我部と共に厨房へと向かった。

すでに空は、白く明けはじめていた。

五

収容人数三十名の菊原山荘に、本日の宿泊客は八名。シーズン中だというのに少々人数は寂しいが、中年の夫婦や、登山クラブ、それに家族連れなど顔ぶれは様々だ。ただしその中の登山クラブの三名は、午前三時前には山頂に向けて出発してしまっており、前夜に朝食用のお弁当を渡してあるのでいないものとして計算する。朝食の開始は五時半。つまりその時間には五名分の食事を提供できるように用意しなければいけない。

「おい！　八人じゃなくて五人だっつってんだろ！　なんで皿がこんなに出てるんだよ！」

朝食のメニューは、ご飯と味噌汁《みそしる》と卵焼き、それにウィンナーと味付け海苔ときんぴらごぼう、そして梅干しが添えられる。ご飯はすでに炊き上がっており、きんぴらごぼうは作り置きがあるという。味付け海苔は袋から出せばいいだけで、ウィンナーは焼くだけでいい。一から作らないといけないのは味噌汁と卵焼きだけだ。

「そ、そんなに怒鳴らなくてもいいでしょ！　片付けたら済む話じゃない」

「その時間が惜しいってんだよ！　どけ！」

並べた皿の前に立っているあきらを押しのけ、卵焼きを作っていた大樹が手早く切って盛り付けていく。その隣のコンロでは、ウィンナーが油で弾《はじ》ける音がしている。

卵焼きくらいなら自分でもできるとあきらは申し出たのだが、あっさり却下されて助手兼雑用係に回された。ならば味噌汁をとも申し出たのだが、それも聞き入れてはもらえず、曽我部が先ほど味噌を溶かし込んだところだ。なんだか女としての自尊心を傷つけられた気がする。大樹相手に今更ではあるが。

「曽我部、お茶沸かしたか？」

「あ、う、うん、今できたとこ。あ、おおはようございます！　あ、空いてる席にどうぞ！」

食堂へとやって来た宿泊客を見つけて、曽我部がお茶の入ったやかんと湯飲みを持って厨房を出ていく。さすがに先月から来ているだけあって、その辺の流れはわかっているようだ。ここまでは、彼が本を見たりメモを見返したりするような場面はない。

「ぼーっとしてんだったらメシよそれ！　お客さんが待ってんの見えるだろ！」

曽我部の背中を見送っていたあきらに、フライパンと菜箸を動かしながら大樹が怒鳴る。

「い、今やろうと思ってたの！」

取り繕《つくろ》うように言い、あきらはきょろきょろと辺りを見渡してしゃもじを見つけ、手に取った。

自分のことが気に入らないのは百歩譲ってわかってやったとしても、一応こちらは善意で残ってやったのだから、もう少し優しく教えるとかそんな気はないのだろうか。

あきらは怨念《おんねん》すら込められそうな視線をちらりと大樹に投げ、炊飯器を探してもう一度辺りを見渡す。だが、自宅や家電量販店で見かけるようなあの丸い形が見当たらず、あきらはしゃもじを手に持ったまま、筋肉痛の足を引きずりながらうろうろと厨房を歩き回った。

「狭いんだからうろうろすんな！」

「だって！　……炊飯器が、」

あきらの言葉に、大樹が盛大に溜め息をつく。

「それだ。味噌汁の鍋《なべ》の隣！」

「え、だってこれ、お鍋じゃないの？」

「圧力釜《がま》だ！　高地だと水が沸騰しねぇから、普通の炊飯器じゃ米が炊けねぇのなんて常識だろうが！」

なにそれ初めて聞いた。とは、悔しいので口には出さなかった。あきらは頭ごなしに言われたことに憮然《ぶぜん》としつつ、恐る恐るその巨大な釜の蓋を取ってみる。大量の湯気と、確かに炊き上がったご飯の香り。しかし、

「ねぇ、これ本当に炊けてるの？　なんか灰色っぽくない？」

圧力釜の中のご飯は、なんだか少し黒ずんで見える。使っている米が古いのだろうか。こんなものを本当にお客さんに出していいのかと、あきらは再度大樹に声をかける。

「ねぇ、」

「いいんだよそれで！　それはアルファ化っつって圧力釜で炊くと普通の……いいからさっさとやれ！　底までちゃんと混ぜろよ！　そんで残りはそっちの保温器に移せ」

アルファといえば接着剤の名前ではなかったか。あきらは納得がいかないまま、再度怒鳴られたことに若干ふてくされつつ、言われた通り鍋の中のご飯をほぐしにかか

る。親切心で言ってやったのに、どうしてこう刺々《とげとげ》しい言葉しか返ってこないのか。

ガス台や大きな釜の高さに苦労しながら、あきらはしゃもじをご飯に突き立てる。だがあきらの身長ではちょうど位置的に力が入りにくい高さである上、筋肉痛の腕では余計に不利だ。しかも量が多いため、なかなかしゃもじが底に到達しない。

「もう、ちょっ、と」

釜の縁を摑み、腕の痛みを堪えてぐっとしゃもじを押し込んでいく。が、思った以上にご飯が固い。普段自宅で使用している炊飯器の感じとはまったく別物だ。量が増えるだけでこんなに手ごたえが変わるものなのか。

あきらが苦心してようやく一堀り目を終えたところで、すでに人数分の卵焼きを作り終えた大樹がやって来て、無言でしゃもじを取り上げた。

「ちょっと、なにすんの」

「もうここはいい。お前は外でも掃除してろ！」

そう言われると同時に、あきらは大樹に腕を摑まれ、厨房の勝手口から外へと放り出される。

「え、ちょっ、」

勢いで前のめりに転びそうになるのをなんとか堪え、同時に足の痛みで短く呻く。

そして振り返ったあきらの目の前で、勝手口の戸が音を立てて閉められた。

状況が呑み込めずに、あきらはしばらく呆然としてその場に立ち尽くす。火を使っていた厨房の中とは違い、外に出ると途端に寒い。薄手のカーディガンだけではどうにもならない寒さだ。あきらは無意識のうちに両腕を抱え込むようにし、徐々に怒りが胸にこみ上げてくるのを感じた。親切心で残ってやって、言われた通りのことをやっていただけなのに、どうしてこんな仕打ちを受けなければいけないのだろう。

「……なんで、なんであたしだけ外に出されなきゃいけないのよ！　指示されたことやってただけでしょ！　なんとか言いなさいよこの山猿！　バカー！　仏頂面!!」

勝手口に向かって思いきり叫んでみたが、何の反応もない。あきらは肩で息をしながら、このままトランクを持って下山してやろうかと考える。だが、それでは大樹の思うつぼのような気がした。負けを認めてしまったことになるような気もする。雪乃になりたいと思ってここに来たはずだったのに、なぜ山猿と戦っているのか。もうわけがわからない。

「だいたい外を掃除ってどこまでが外なのよ！　山中全部掃除させる気!?　それに掃除用具の置いてある場所くらい教えなさいよ！」

もう一度叫んでみると、勝手口の磨《す》りガラスに人影《ひとかげ》が写った。しかし、開けてもらえるのかというあきらの期待に反して、ガチャリという鍵がかけられる音が響いただけだった。要するに、完全に締《し》め出されたのだ。なんという慈悲のかけらもない仕打ちだろう。

さらに叫ぼうとして息を吸い込んだものの、あきらはなんだか虚しくなって空を仰いだ。どうしてこの年になって、外に放り出されるとか締め出されるとか、悪ガキのような扱いを受けねばならないのだろうか。そういえばここに来てから、木漏れ日にも心地よい木の香りにもお目にかかっていない。雪乃は山に来ると優しい気持ちになると言っていたが、こっちは優しいどころか全身筋肉痛で、血管の一本や二本軽く切れてしまいそうな思いばかりだ。

「……なんで残るとか言っちゃったんだろ……」

あきらはまだ淡い青の空を見上げながら溜め息をつく。どうしていつも自分はこうなのだろう。一生懸命やっているはずなのに、なぜか周りからは認めてもらえない。朝食の準備だって、武雄の踏み台を支えたときだってそうだ。行動したことがすべて裏目に出てしまう。聡と付き合っていた頃だって、ずっと好きでいてもらえるよう頑張っていたはずだったのに、それすらも報《むく》われなかった。もう一度彼の隣へ帰るために、少しでもいい女になろうとしてここへ来たのに、叶いそうな予感はまったく感じられない。

上を向いたまま、あきらは泣きそうになるのをなんとか堪えた。ここで泣いてもなんの解決にもならないことはわかっている。大樹に笑われるのが関の山だ。それだけは何としても回避せねばならない。これ以上あの男にバカにされてたまるものか。頼まれたとはいえ、自分で残ると言い出したのだ。あの山猿を見返してやるまでは、弱音を吐くわけにはいかない。

あきらは鼻をすすって、深呼吸するように息を吐き、とりあえず正面玄関の方に向かって歩きはじめる。勝手口に鍵をかけられても、中に入れる場所はまだ他にもあるのだ。とりあえず大樹にジャンピングニーバットを決めるまでは、ここでぐずぐず泣いている場合ではない。

「あー、惜しい。残念ながら掃除用具はこっちじゃないんだよね」

歩きはじめたあきらの進行方向に、一人の男性が立っていた。首から大きな一眼レフのカメラをぶら下げて、素人目にもわかるほど登山慣れした無駄のない装備。背中には、巻かれた青色のシートなどが頭より高く積まれている。三十代半ばに見えるが、タレントと言われればそう思えてしまうほど整った顔立ちだ。だが単なる美形なわけではなく、日に焼けた肌のせいかどこか逞《たくま》しくも感じる容貌《ようぼう》をしていた。

「掃除用具はそっちのドア。ボイラー室に入ってる。まぁボイラー室って言っても、タケさんが格好いいからってそう呼んでるだけで、実際は発電機とかプロパンガスのボンベが置いてあるんだけどね。倉庫みたいなもんだと思ってくれていいよ。シャベルも草刈り機ものこぎりも、ちなみに洗濯機もそこ」

てきぱきと説明をしながら歩み寄り、男は改めてあきらをまじまじと眺めた。近くに来ると、その整った目鼻立ちと身長の高さが良くわかる。ジャケットの上からでも、鍛《きた》えられている締まった体がよくわかった。だが、着ている服にはなんだか汚れが目立つ。泥だったり、草や葉の汁のようなものだったり。よく見るとジャケットの袖《そで》の辺りには擦り切れたような穴が開いていた。これだけ恵まれた容姿だというのに、その辺りは気にしないのだろうか。

「それにしても、標高二〇〇〇メートルで見かけるには斬新《ざんしん》な格好だね」

「あ、あの」

一体この男は何者なのか。あきらが口を開きかけたところで、唐突に勝手口が開いて大樹が顔を出した。

「あのなぁ！　外でガタガタ騒いでな……、」

あきらを怒鳴りつけようとした大樹が、その傍らに立つ意外な人物に目を留めて一瞬言葉を失う。

「よう、ヒロ」

武雄や宮澤と同じ親しげな呼び方で、男は笑って大樹を呼ぶ。

「福山《ふくやま》さん！」

嬉しそうにそう叫んだ大樹は、あきらが初めて見る笑顔だった。


「ここでそんな格好してる人には初めて会ったなぁ」

午前六時半を過ぎ、客のいなくなった食堂の片隅で、あきらは福山と向かい合って朝食をとっていた。メニューは宿泊客とほぼ同じで、客に出さなかった卵焼きの切れ端などがおかずになる。近くにスーパーもコンビニもないここでは、逆に違うメニューを作る方が、材料的にもエネルギー的にも負担になるらしかった。

「いや、ええと、まぁいろいろ事情があって……」

あきらはご飯を口に運びながら、言葉を濁しつつ言い訳をする。そう改めて言われると、なんだか恥ずかしくなってくる。来るときは興奮でまったく周りの景色が目に入っていなかったが、昨日見かけた登山客の中にも、今朝出発した客の中にも、あきらと同じような格好をしている人はまったく見当たらなかった。ここで一晩過ごした経験からも、この服装がどんなに場違いかは自分でもわかってきたつもりだ。

「それでトランク担いで登ってきたって、逆にすごいよね。ていうか、よく誰にも止められなかったよね。普通、登山口近くの山小屋から定時連絡があって、どんな人が登って行ったか連絡がくるもんなんだけど」

「……それ、後藤さんにも言われました」

山の写真を撮《と》っているプロのカメラマンだと言う福山は、学生の頃から菊原山荘でアルバイトをしていたらしく、今でも時々顔を見せて、宿泊代を免除にしてもらう代わりに仕事を手伝っているという。昨夜は宮澤の職場である診療所近くにあるテント場で一泊し、夜明けを待ってからここを目指して登って来たらしい。

「あ、でも、代わりの人が見つかるまでっていう約束なんです。ていうか、福山さんが来てくれたんなら、」

「あ、オレは人数にカウントしたらだめだよ。あくまでボランティアだし、写真の仕事優先っていうのがタケさんとの約束だから」

「そうなんですか……」

なんだかあてが外れてしまった。あきらは小さく息を吐きながらきんぴらごぼうを翳った。ぴりりとした辛みに、自然とご飯が進む。昨夜はほとんど料理を口にできなかったため、考えてみればほぼ丸一日ぶりの食事だった。

「代わりの人が見つかったら、あきらちゃんはすぐに下山するの？」

やかんからお茶を注ぎながら、福山が尋ねる。

「はい。本当は二週間働く予定だったんですけど、……ちょっと、いろいろあって」

「いろいろって、ヒロが吠えたり、タケさんがセクハラしたり？」

「……」

あえて答えないでいたあきらに、福山は図星かと笑った。大樹のあの態度も、武雄のセクハラまがいの発言も、どうやら珍しいことではないようだ。

「ヒロはちょっとキツイとこあるからね。ちゃんとしつけしたつもりだったんだけど。あとタケさんは、言ってるだけで何もしてこないから大丈夫だよ。あれでもちゃんとした山男だから。五十年くらい白甲と付き合ってる人だからね」

「五十年!?」

六十歳前後に見える彼の年齢を思えば、人生のほとんどを山に費やしていることになる。

思わず問い返したあきらに、福山は笑って頷いた。

「その長年の経験を生かして、山岳救助のボランティアもしてるくらいだしね」

「山岳、救助？」

聞き慣れない単語を、あきらは繰り返す。

「山で怪我をしたり、遭難《そうなん》したりした人を、助けに行く人のこと。他にも、遭難を未然に防ぐための地道な活動もやってるけどね。山岳遭難防止対策協会、略して遭対協って言って、タケさんは白甲ヶ山地区の隊長だったんだ。今は年齢的なこともあって、指導員《しどういん》的立場に収まってるけど」

「武雄さんが⁉」

「ここで見る姿しか知らない人からしたら、そりゃ驚くよね。雪峰《ゆきみね》ヒュッテに常駐隊員がいるから、実際タケさんが出ていくことはあんまりないし、今はヒロもいるしね。無線番してるくらいかな。ヒロが腰にぶら下げてるやつあるでしょ、あれが救助の要請や連絡がくる無線。あれをタケさんも持ってるんだよ」

福山はきんぴらごぼうに箸をつける。そしてついでのように、厨房に向かってご飯のお代わりを要求した。

「え、あの、じゃあ、後藤さんもその、ソウタイキョウっていうやつなんですか？」

ただの山小屋の凶猿かと思っていたが、なんだか話が大きくなってきた。

尋ねたあきらに、福山は口を動かしながら頷く。

「今年からの新米だけどね。若くて体力がある分、戦力の頭数には入ってるはずだよ」

卵焼きを口の中に放り込んで、福山はところで、とあきらに目をやった。

「ところで、あきらちゃんはなんでここのアルバイトに来ようって思ったの？　見たところ、山が好きってわけでもなさそうだけど」

その言葉に、あきらは逡巡して視線を揺るがせる。そうだ、確固たる目標があって、自分はここに来たはずだった。

「……雪乃に、なりたかったんです」

「雪乃？」

曽我部が持って来てくれたおかわり分の茶碗を受け取って、福山が尋ねる。

「はい。ほら、携帯電話やノンカフェインのお茶のＣＭに出てる」

「ああ、あの芸能人の」

「そうです、あたしどうしても彼女みたいな女性になりたくて……。雑誌のエッセイで、山が彼女にとって重要な充電スポットだっていうのを見て、それで来たんです。山に来れば、少しでも雪乃に近づけるんじゃないかって」

「……なるほどね」

ご飯をかき込みながらもう一度あきらの服装を見回し、福山はようやく腑に落ちた顔をする。

「実際たまにいるよ。自然いっぱいののんびりした山小屋を期待して来て、結局仕事のキツさについていけずに辞めちゃったり、ザコ寝や、早起きや、そういう環境を受け入れられずに帰っちゃう人。ここに来てなれるのは世捨て人ぐらいだからね」

やはりそうか。あきらは福山の言葉に肩を落とす。山小屋というものに少し期待を抱きすぎていたのかもしれない。結局ここにはハイジもペーターもいなかった。あきらが求めていた清々しくてキラキラしたものとは、ほど遠い。

「そうですよね……。やっぱり、あたしが間違ってたんです。そりゃ自分で残るとは言いましたけど、本音は、早く代わりの人を見つけてもらって帰りたいんです。武雄さんが怪我をしたのは、予想外っていうか、」

本来であれば、今頃下山途中であったはずだ。雪乃になるためのスキルアップを思えば、ここに留《とど》まるよりさっさと元の生活に戻った方がいいに決まっている。

「怪我、かぁ……」

早くもおかわり分のご飯も平らげた福山が、お茶をすすりながらぼやく。厨房ではていたのだろうか。

曽我部が洗い物をしていた。大樹の姿は先ほどから見えない。どこかで仕事を片付けているのだろうか。

カウンター越しに、福山が厨房の中の曽我部に呼びかける。

「やっくん、今夜の予約人数って聞いてる?」

「あ、はい。た、確か今日は、三組七名です」

濡《ぬ》れていた手を拭《ふ》きながら、曽我部はあのメモ帳を取り出して読み上げる。実際予約を入れずに飛び込みでも客はやって来るため、それだけの人数では済まないだろうが、大体の目安にはなるのだろう。曽我部と福山は初対面ではないらしく、顔を合わせたときに曽我部はあの本を取り出さずに挨拶を交わしていた。福山が今夏この山小屋を訪れるのは、これが初めてではないのかもしれない。

「あ、そう。じゃあ昼までには帰ってくるから、ちょっとあきらちゃん借りるね」

「え、あの、」

「それと、何か羽織れる物があれば貸してあげて欲しいんだけど」

「あ、は、はい!」

慌ててメモ帳をポケットへ押し込み、曽我部が厨房を出ていく。それと入れ替わるようにして、大樹が食堂へと顔を出した。

「あ、ヒロ、ちょっとあきらちゃんと出かけてくるから。昼までには戻るよ」

曽我部の背中を何事かと見送っていた大樹は、福山の言葉に怪訝《けげん》な顔をする。

「どこ行くんですか？」

「内緒。帰って来るまで、どうにか二人で回して」

状況がよくわかっていない大樹を放置し、福山は戻って来た曽我部から受け取った薄手のジャケットをあきらに手渡す。

「あ、あの、」

突然連れ出される算段に巻き込まれたあきらは、戸惑って福山を見上げた。

少年のような、笑みを含んだ瞳とぶつかる。

「なんか聞いてたら、このままだとあきらちゃんの山に対する印象が、あんまりよくないものになっちゃいそうなんだよね。いつ下山するにせよ、悪い印象のまま下りて欲しくないし、今日はちょっときれいな物見に行こう」

そう言って、福山は大樹に、あとよろしく！　と言い置き、半ば強引にあきらを外へと連れ出した。

「菊原山荘の周りって、実は高山植物の宝庫でさ、クロユリやニッコウキスゲ、モミジカラマツ、イワカガミ、タテヤマリンドウとか。今年は積雪が多かったから、ちょっと花の時期が遅れてるんだけど」

福山はあきらを先導して、山小屋からトイレに続く道を下り、さらにそこから登山道の本筋へと抜ける道を進んだ。低木の茂みの中を分け入るように進み、薄暗い中、途中祠《ほこら》と呼ばれる大きな岩の前を通り、一抱えもある岩塊がごろごろとしている中を注意深く登ったり下りたりして四十分ほど歩くと、広い平原に出る。そこは一部が湿地帯になっていて、保護するための木道が設置されていた。

「まだちょっとガスってるけど、すぐ抜けるよ。見てて」

平原を見下ろせる位置で足を止め、あきらは福山が指した方向に目をやる。

昨日自分が歩いて来たはずの道は、靄の中に隠れてしまってはっきりと見えない。だがそのうち、薄皮を剝ぐようにゆっくりとそれが薄くなっていく。

目の前に広がる広大な高原状の中に延びる、一本の登山道。その白い道筋が、まずあきらの目に映った。そして靄が晴れるごと、徐々に辺りの下草の緑は濃くなり、その中で咲いている花々の色がぽつぽつと目立ちはじめる。街中の花壇《かだん》で見かけるような、大きくて立派な花ではない。生い茂る草の中に混じるように、小さい姿ながらも同じ色ごとに群生し、その色とりどりの塊が裾《すそ》を合わせながら、白く霞《かす》むその先までずっと続いている。

「あ……」

そして、わずかに漂っていた靄を空へと押し上げるように風が吹き抜け、その平原は全貌を現した。ところどころに灰色の地肌が見える緑の大地の上で、白や紫、ピンクや薄青などの花々が鮮《あざ》やかに映る。小さくて薄くて、少し触れるだけで千切れてしまいそうな花びら。それでも懸命《けんめい》に背を伸ばして陽を浴びようとする、その花たちに付着した細かな水滴が、降り注ぐ陽を浴びてきらめくのをあきらは目にする。誰もいない、自分だけの花園だと錯覚してしまいそうなそこは、緩やかな稜線《りようせん》から吹く風を受けて、今まさに目覚めたばかりのように思えた。

「登ってきたときに、花見たりしなかった？」

福山に尋ねられ、あきらは感嘆《かんたん》の息と共に言葉を吐き出す。

「あのときは、そんな余裕なくて……」

下手《へた》をすれば、眺めているだけで一日が終わってしまいそうなほど美しい景色だ。見渡す限り斜面の際まですべてが高原状になっている中、そこを覆い尽くすように咲く、人の手が一切《いっさい》入っていない野生の花々。まるで、緻密《ちみつ》に計算されて描かれた絵画のように。

「そっか」

あきらの言葉に苦笑して、福山は歩きはじめる。

「ここって白甲平《はっこうだいら》っていう名前なんだけど、別名お花畑って呼ばれてるんだよ。それくらい花が多くて、それ目当てに来る登山客もいる。あ、オレもそうなんだけど」

福山は傍に見つけた青紫色の花の前にしゃがみ込み、何度かシャッターを切った。

「いつ来ても飽きないんだよね。去年にはなかったところに花が咲いてたりしてさ」

あきらも福山の隣にしゃがみ込み、その青紫色の花を眺めた。帽子のような変わった形の花だ。それがいくつか密集して、一本の花を形成している。

「きれい」

「うん、きれいだけど、それトリカブトだよ」

あっさり告げられた事実に、あきらは触ろうとしていた手を素早く引っ込めた。

「な、なんでそんな猛毒がこんなとこにあるんですか⁉」

よくサスペンスドラマで聞くあの猛毒が、こんな可憐な姿をしているのは反則ではないか。

「え、だってトリカブトって大体山に生えてるものだし」

面白いこと言うねぇと、福山は感心したようにあきらを見やる。

「家の近所にあった方が怖くない？」

「そ、それはそうですけど」

「ちなみに、白甲ヶ山は全域が国立公園に指定されてるから、動植物の採取は禁止されてるよ。根っこの辺りを踏んだり、乱暴に扱っただけで簡単に枯れちゃうから、あんまり触らずにそっとしといてあげてね」

　あきらの反応を面白がって笑い、そう忠告しておいて福山は立ち上がる。

「ここは標高二六三七メートルの白甲ヶ山の八合目辺りになるんだけど、向こうに見える……ここからじゃ見えにくいかな、三つの峰も合わせて、白甲三峰《はっこうさんぽう》って呼ばれることもあるんだ。久ヶ岩連峰《ひさがいわれんぽう》を作ってる山のひとつだよ。冬になると結構な積雪量になるからあまり木が育たなくて、あそこに見えてる林がオオシラビソ。モミの木みたいなやつ。菊原山荘に行くまでに生えてるのは、ハイマツとダケカンバ。ハイマツは腰くらいまでのやつで、その中に混生してるひょろひょろしたのがダケカンバね。この辺ではそのくらいかな」

　福山の説明を聞きながらあきらは改めて辺りを見回し、言われてみれば周りに背の高い木があまり生えていないことに気付いた。登山口から登りはじめた頃は、見上げるような背丈の木が生い茂っていたと思うのだが。

「山なんか、どこにだっていろんな木が生えてるんだと思ってた」

つぶやくように言ったあきらの頬を、穏やかな風が撫でる。靄が晴れ、陽射しが出てきたことで風は幾分暖かくなってきている。下界で普通に暮らしている中では、こんな気温の変化に顕著《けんちょ》に気付くこともなかった。

「積雪量なんかにも左右されるけどね、森林限界っていうんだよ。高山はどこでも、頂上辺りは岩がごろごろしてるだけ」

そう言って、福山は緑の稜線に向けてシャッターを切る。

「こうして見ると、湿地もあって花が咲いてて、水が豊富そうに見えるんだけど、」

時刻は午前八時前。まだ登山客はほとんど見当たらず、風景を独り占めしながら歩き出した福山は、ふと自分たちが歩いて来た、菊原山荘がある方角を振り返った。

「菊原山荘はここから四、五十分登ったところにあるから、湿原の源《みなもと》になってる細い沢からの水と、雨水に頼るしかなくて、なかなか不便なんだよね」

そう言う福山につられて、あきらも振り返る。ここからは土地の起伏や生えている木々に邪魔されて、その菊原山荘の姿を見ることはできない。

「山頂の雪峰ヒュッテに比べたら設備も整ってないから、お客さんの入りもいまいちでさぁ。しかも途中に祠があったり、茂みが気味悪いって敬遠されちゃうんだよね」

「……そうなんですか、」

　やっぱり、という言葉を、あきらは呑み込んだ。確かに草や木が生い茂り、得体の知れない祠があったあの辺りは、ここの美しい景色とギャップがあり過ぎる。登山道の本筋からも外れるそこを、あえて突っきろうとはあまり思わないだろう。

「今年は麓で旅館をやってるタケさんの息子に子供が生まれて、それの世話で百合さんが山小屋に上がって来れないから、よけい人手がないいんだよ。なかなか新しいバイトも見つからなくて、実際あきらちゃんが来てくれてタケさんは相当嬉しかったと思うよ」

　確か、逢衣の先輩である市原は怪我をしたという話だった。その代わりという触れ込みで来たのだから、当然頼りにはされていただろう。そんなことを思って、あきらは小さく溜め息をついた。昨夜まではまさか、ここに残ることになるとは思いもしなかったが。

　福山は時々写真を撮りながら木道を歩き、十分ほど歩いたところで足を止め、あきらを振り返った。

「あきらちゃん、あそこの斜面見える？」

　あきらと目線を合わせるようにして、福山が前方に見える谷を隔てた緑色の斜面を指差す。

「あそこに見えてるジグザグ道、今から登ろうと思うんだけど」

「え、あそこ⁉」

ハイマツ帯の中を、一本の道がくねくねと頂上辺りまで延びている。しかも一旦谷に降りてから登るので、かなりの距離を移動する上、道はとてつもなく急斜面に見えた。

「あの上にオレの超オススメスポットがあるんだ。往復三時間くらいで帰って来れるから、行ってみようよ」

勝手に行くことを決め、福山は分岐の下り道を下りはじめる。

「ちょっ、待ってください！」

目の保養になる山男かと思っていたら、結構な強引さだ。福山は往復三時間とさらりと言ったが、結構な長距離である上、あきらは今全身に筋肉痛を抱えている。だがそんなことなどおかまいなしに、福山はどんどん先へ進んでいってしまう。あきらはしばらくその背中を見ながら逡巡していたが、ここで山小屋へ引き返したところで、そこにいるのはあの山猿だと思うと、痛む足に悲鳴を上げつつも福山の後を追いかけるしか術《すべ》がなかった。

整備されていた木道が途切れ、土の道になり、さらに拳大の石がごろごろと落ちているガレ場へと足場が変化していく。あきらが履いているスニーカーの具合を見ながら、福山は途中でゴム状の滑り止めを取り付けた。心もとない靴を履いている人を見かけたときのために、常に持っているのだと言う。

「この薄い靴で雪渓も登って来たんだからねぇ、若いってすごい。ていうか、無謀《むぼう》。よく事故に遭わなかったよね。しかも八時間半で着いたんでしょ？　普通の装備でももっとかかる人いるよ」

「なんかもうそれ、あたしの黒歴史になる気がするんですけど」

「うん、ていうか、もうなってるよね」

神妙な顔であっさりと肯定され、あきらは言い返せないまま再び歩き出した。

穏やかな朝の陽射しに照らされながら、谷へと道を下っていく。谷底まで下りて川を渡り、そこからは上り坂になる。途中、谷で水を汲《く》んでいる四十代くらいの男女に出会って、あきらはそれが菊原山荘に泊まっていた夫婦だと気付いた。奥さんが着ているの水色のベストに見覚えがあったのだ。確か今朝出発したはずだった。

「あ、直人《なおと》！」

　だが意外なことに、声をかけてきたのは夫婦の方からだった。あきらは一瞬、誰のことを呼んでいるのかわからずに戸惑ったが、すぐに隣にいた福山が手を振って合図をした。

「岩《いわ》さん！　久しぶり！」

　親しげに名を呼んで、福山はその夫婦に駆け寄った。その様子に、あきらは彼らがかなり親しい間柄なのだと予想する。年は結構離れていると思うのだが、一体どういう関係だろうか。

「てっきり昨日には菊原にいるのかと思ってたよ。あ、聞いたか？　武雄さん怪我したって」

「ああ、ヒロから聞いた。でも体が資本でやってるし、すぐ治るよ。それより、今日は白甲じゃなくて風山《ふうざん》の方？」

「そうなのよ。夏休みに入ってるし、こっちの方が人が少ないかなって。きっと風山に呼ばれたのね。直人くんにも会えたし、結果正解だったわ」

　旦那《だんな》に続いて奥さんの方も、再会を喜んで嬉しそうに笑う。

「今日は向こうで泊まり？　今クロユリが見頃らしいんだよね」

　そんなたわいのない会話をする三人を、あきらは少し離れたところから見ていた。

知り合いである輪の中に入りづらかったのはもちろん、自分の格好がとても場違いなことに、急に気後れしていた。見下ろした足元のベージュのローカットスニーカーは、もうずいぶん砂で汚れてしまっている。両手を開けるための大きなザックや、防風のためのジャケット、日除けの帽子やサングラスに、足首までしっかり固定する分厚いソールの登山靴。山に登るため完璧に整えられた三人の装備とは、到底かけ離れたおかしな格好だと、さすがのあきらも自覚していた。そのことが急に、恥ずかしくなってくる。それに山に登り慣れない体は、あちこちが悲鳴をあげていた。自分だけが、この山の景色の中に溶け込めないでいる。

「……さっきのご夫婦、知り合い、なんですか？」

やがて、もう少しここで休憩《きゅうけい》するという夫婦と別れ、福山とあきらはまた先を目指した。猫じゃらしのような変わった形のピンク色の花が群生する中、先に行っていた福山にようやく追いついたあきらは、切れ切れの息の中でそれだけを尋ねた。少し道幅が広くなったところで待っていた福山は、飲み口部分がストローになっている水筒を手渡しながら涼しい顔で答える。

「うん、毎年この時期に登ってくるご夫婦。オレが菊原でバイトしてた頃より前からだから、もう十五年以上かな。一年に一回しか会わないいんだけどね、なんかもう親戚みたいな感じ」

その言葉になんだか果てしないものを感じて、あきらは神妙に口を開いた。

「……福山さんは、何回くらいこの山に登ってるんですか？」

整った顔立ちではあるが、正面で目を合わせると、福山は意外に子供のような顔をする。

「え、回数？ そんなの両手超えた時点で数えるのやめちゃったよ。歩荷とかいれたらすごい数になるし」

「ボッカ？」

「麓から荷物を持って上がって来ることだよ。食材とか、いろんなもの。だから数なんてあんまり意味がないよ」

福山の日焼けをした横顔を、あきらは半ば呆れ気味に見やった。先ほどの夫婦といい、どうしてそう毎年毎年何度も登りたくなるのか、今の自分にはまったく理解し難い。

冷たい水を飲んでも、体の火照《ほて》りはなかなか収まらなかった。汗をかいて、服がしっとりと体に張り付いている。曽我部に借りた上着の前を開け、あきらは風を通した。

その様子に、水筒を受け取った福山が次にタオルを手渡す。

「ちゃんと汗は拭くようにね。で、拭いたらちょっと振り返ってみて」

あきらは素直に受け取ったタオルで垂れてくる汗を拭き、息を整えながら何気なく後ろを振り返った。

青空の中に映える、緑色の稜線。

起伏を描く山肌にわずかに見える、鮮やかな白の残雪。そこに映る雲の影。陽に照らされた斜面と、陰になった部分の緑色のコントラストが、山がまるで意志を持った生き物であるかのように表情を作っていた。

「……う、わぁ！」

圧倒されるほど、壮大な山々の姿だ。三百六十度見渡してみても、すべて山しか見えない。折り重なるような三角の頭が、靄で霞むまでずっと続いている。そのあまりの広大さと美しさに、しばらくあきらは言葉を失った。自分の存在が、たまらなくちっぽけに見える。ここは本当に自分の生まれ育った日本だろうか。高層ビルが建ち並び、アスファルトとコンクリートに塗り固められた都会からは、想像もできない。

「あの正面に見えてる山が、白甲ヶ山。ほら、ちょうど今立ってるとこと同じ高さに赤い屋根が見えるでしょ？　あれが菊原山荘。そこからずっと上に登って、小さく見えてるのが、山頂の雪峰ヒュッテ」

さっきまでいたはずの菊原山荘が、もうほんの指先ほどの大きさにしか見えない。その後ろに見えていたあの斜面が白甲ヶ山だったのかと、あきらはようやくその位置関係を理解した。

「……こんなに、歩いて来たんですね」

あきらのつぶやきに、そうだよ、と福山が笑った。

六

「着いたよ」

拳大の石が落ちている道を登り、頭と呼ぶ尾根に出ると、しばらく稜線づたいに進む。そしてミヤマキンバイという黄色の可愛らしい花が一面に咲いている一角を抜けた辺りで、福山があきらを振り返った。

「オレの超オススメスポット、神池《かみいけ》にようこそ」

福山がおどけるようにして、優雅な手つきでその景色を紹介した。

細い尾根の一角が開けて、そこだけが学校の体育館ほどの広さの平地になっている。それは緩やかな斜面を描き、その一番低くなったところにぽつんとあるのは、空の青を映した小さな池。その周りには、テッポウユリに似た形の鮮やかな山吹色をした花や、薄紫色の小さな花々が群生し、緑の中で静かに風に揺れている。目の前には先ほどの白甲ヶ山とは違い、荒々しい山肌を見せる稜線が迫っているが、それがさらに幻想的な雰囲気を掻き立てていた。

神の庭園。

そんなふうに、あきらは思った。立ち入ることを一瞬ためらってしまうような、そんな神聖な場所。

「菊原の方から風山を目指したり、それとは逆ルートを行く人には結構知られたスポットなんだけどね」

立ち尽くしたまま未だに言葉が出てこないあきらの隣で、福山はザックをおろし、その中からてきぱきと道具を取り出してお湯を沸かす準備をする。そのうちに香ばしい香りが漂ってきて、あきらは我に返るようにして銀色のカップを受け取った。

「こういうとこで飲むと、美味しいよ」

目の前に差し出されたのは、紛れもないコーヒーだ。

「……こんな景色の中で、コーヒー飲めるなんて思わなかった」

立ち上る湯気と香りを、あきらは呆けたまま吸い込んだ。

「頑張った報酬だね。この景色は登って来た人だけが見られるものだから。コーヒーも美味《うま》さ倍増」

自分が持ったカップを、あきらの持つカップに乾杯するように当てて、福山は笑った。

遥《はる》か彼方《かなた》の稜線を見ながら飲むコーヒーは、予想通りとても美味しかった。心地の良い苦味と香りが舌から鼻へと抜けて、あきらは福山と並んで池の傍に腰を下ろしたまま、深呼吸するように息を吸い込む。

「ニッコウキスゲがちょうど見頃だなぁ」

池の傍に咲く鮮やかな山吹色の花に向かって、福山がシャッターを切る。あのとき福山について来なかったら、この美しい花も池も空も、見ることはなかっただろう。あきらはようやく雪乃の言う、木漏れ日や心地よい木の香りといったものに近い、清々しいものに出会えた気分だった。

「雪乃が言ってたエネルギーって、こういうことなのかなぁ……」

コーヒーのカップを両手で持ち直し、あきらはつぶやく。こういう自然の中で深呼吸をして、伸び伸びと解放されること。そもそもあの山小屋で、大樹相手に血圧を上げていたのが間違いだったのだ。

「あきらちゃんはさ、なんで雪乃になろうと思ったの？」

福山がカメラの液晶を覗《のぞ》き込んで、これまでに撮影《さつえい》した画像を確かめる。どう答えるべきか迷って、あきらは少し思案するように視線を巡らせた。

「……変わりたいと、思ったからかな」

「変わりたい？」

福山が怪訝な顔で、あきらを見やった。

「あきらって、男の子みたいな名前でしょ？　小さい頃からずっとからかわれてて、それに対抗してるうちに、あたし口も悪くなったし喧嘩も強くなったんです」

得意げに言うあきらに、福山が笑う。それにつられるようにして笑って、でも、と言い置いてあきらは続けた。

「でも、本当はずっと女の子らしくなりたいって思ってた。それで、……すごく、辛いことがあったときに、偶然見かけたのが雪乃だったんです。あたしが憧れる、すべての要素を持ってる人。雪乃みたいに守ってあげたくなるような可愛い女の子になれたら、何か変わるかもしれないって」

このがさつなところも、喧嘩っ早いところも直して、穏やかに微笑んでいられる女性になれたら。

もう一度聡の隣に並べるだろうかと。

この空っぽの胸も、埋まるだろうかと。

「だから、ここへは結構な望みをかけて来たんですよ。それがあたしの思い込みだったって、今は気付かされましたけど」

「主は変人だわ小屋はボロいわ、おまけにヒロは吠えるし？」

コーヒーの入ったカップを弄《もてあそ》ぶようにして、福山が笑う。

「そう。おまけに曽我部くんは頼りないし、山伏はいるし。ここで女の子のスキルなんか磨けっこないですよ。昨夜だって……」

言いかけて、あきらはあの不毛な言い争いを思い出した。雪乃になるための鉄則を守ろうとしていたのに、あんなことであっさり破った自分にも自信喪失だ。

「昨夜なんかあったの？」

尋ねてくる福山に、あきらは言葉を濁しながら答える。どうせ黙っていても、どこかから耳に入るだろうが。

「……ちょっと、後藤さんと、」

「ヒロと、何？」

「……意見の、ぶつかり合いがあったというか、」

「話し合い的な？」

「いや、ちょっと激しかったんですけど」

「え、要は口喧嘩したってこと？」

福山から的確な一言が返ってきて、あきらは渋々頷いた。その反応に、福山の方はなぜだか爆笑する。

「マジ？　それ本当⁉　すごいなあきらちゃん！　ヒロと真っ向勝負かぁ」

「笑い事じゃないですよ！　あたしここに来たときは、絶対大きい声を出したりしないで、どんな嫌な奴にも微笑んで答えるって目標にしてたのに、一瞬にして水の泡です！」

そうだ、まず出会いからして出鼻をくじくものだった。あの山猿さえいなければ、もう少しあの鉄則を守って頑張れたかもしれないのに。

「そんなこともあったし、あたしちょっと落ち込んでたんですから！　やっぱり自分は雪乃に向いてないのかなって」

あきらは両膝《ひざ》を抱え込むようにして座り直した。その隣で、福山が笑いの余韻《よいん》を引きずったままコーヒーを飲む。

「でも、そんなあきらちゃんだからこそ、呼ばれたのかもしれないよ」

「呼ばれた？」

怪訝に聞き返したあきらに、コーヒーのカップをカメラに持ち換えながら、福山は続けた。

「ふっと登ってみたくなったり、今まで縁がなかったのに急に登ることになったり、そんなふうにして白甲ヶ山に来る人たちのことを、ここではよく『呼ばれた』って表現するんだ」

そういえば、先ほど会った夫婦もそんな言い方をしていた気がする。

「呼ばれたことには必ず意味があるから、それを探してみるのも悪くないかもしれないよ」

カメラの撮影モードを切り替える福山の隣で、あきらは風に揺れる鮮やかなニッコウキスゲに目をやった。

「……あるのかな、ここに来た意味」

もっと優しくなりたい。穏やかになりたい。雪乃のように、誰かを癒せるそんな存在になりたいと思って来たはずだった。だがここではそれが難しいと知り、もはやここに用などないとすら思っていた。

けれどそんな自分だからこそ、この山に呼ばれたのだとしたら。

「うん、絶対あるよ」

池のほとりに咲く花をカメラに収めようとシャッターに手をかける福山からは、きっぱりと言いきる力強い言葉が返ってくる。

ファインダーを覗く横顔。

「あきらちゃんが見つけようとする限り、絶対に意味はある」

その瞬間、レンズを向けていた先から何かが舞《ま》い上がった。

「あっ！　逃げられた」

ひらり、と舞い上がったのは、一羽の蝶《ちょう》だった。つられるようにして、あきらもその姿を目で追う。黒く縁どられた羽に、神池に映る空のような青。

「アサギマダラ。渡りをする蝶だよ。オレもあんまりお目にかかったことないなぁ」

少し興奮気味に言って、福山が見せてくれたカメラの液晶画面には、アサギマダラがその美しい薄青の羽を広げている姿が写っていた。

「今日ここに来なかったら、オレもこの蝶とは出会えなかったかもしれない。それだけで、あの坂を登って来た意味があると思わない？」

蝶の行方《ゆくえ》を追うように、福山は空を見上げる。

「オレはね、人生と登山ってよく似てると思ってて、終わりが見えない坂道は嫌になるくらい辛いし、途中でこの道が本当に自分に合ってるのか不安になったりもするけど、それでも進まなきゃ頂上には辿り着かないから、皆歩いてるんだと思うんだ。オレだってヒロだって、まだそこを登ってる途中」

「福山さんも、……後藤さんも？」

あの自信に満ち溢《あふ》れたような男が、自分と同じような立場にいるとは到底思えない。

あきらの疑わしい反応に福山は苦笑して、内緒だけど、と言い置いて続ける。

「ヒロはね、初めての登山で疲労凍死しかけてるんだ」

「ヒロウトウシ？」

聞き慣れない言葉だった。

首をかしげて繰り返したあきらに、福山は頷く。

「そう。綿なんかの速乾性のない下着を着てると、登山中にかいた汗が乾かずに濡れたままになって、立ち止まったとき急激に体が冷えるんだ。そのまま放っておくと、低体温症になって命に関《かか》わることがある。当時中学生だったヒロは兄貴たちに連れられて、山に対して何の予備知識もないまま参加して、見事にそれでぶっ倒れたんだ。それを介抱したのが、たまたまあいつのパーティの後ろを登ってた、オレ」

カメラを置き、コーヒーのカップを摑みながら、おどけるように親指を自分に向けて福山は笑う。

「今だから笑い話になってるけど、結構やばかったんだよ。その日は天候も悪くて、夏だけどすごく寒い日でね、県警に連絡して、濡れた服を脱がして体を拭いて、いろんな人にカイロもらったり、ジャケット借りたりして、とにかく保温しろ！って大騒ぎだったんだ。……応急処置をしたあと、ヘリで病院に運ばれて、助かったって聞いたときは本当に嬉しかった」

　当時を思い出すような眼差しをする福山に、あきらは彼と再会したときの大樹の笑顔を思った。命の恩人だからこそ、福山に対する彼の態度は特別なのだろう。あそこまで他人と露骨《ろこつ》な差をつけなくてもいいとは思うが。

「死にかけた本人は周り以上に深刻に受け止めてて、あいつがあきらちゃんにきつくあたるのは、たぶんそれが原因でもあるんだよ。経験上、山を甘く見てる人には相当辛辣《しんらつ》に言うからね。でもそれは本当に大事なことで、あいつが高校生になって山小屋のアルバイトを始めたときに、誓ったことでもあるんだ」

　もともと山小屋は、単なる休憩や宿泊施設ではなく、緊急時《きんきゅうじ》の避難場所として作られたものでもあるという。そこで働く以上、自分の不注意な一言で、甘い判断で、誰かを事故に遭わせるわけにはいかない。人の命は、山の手にかかれば簡単に奪われてしまうほど脆《もろ》いことを、大樹は深く深く胸に刻んでいるのだろう。

「実際、山小屋で働いてると事故の話もよく聞くし、その現場も目にするから、普通の人よりずっと大きなものを、あいつは背負い込んでるのかもしれない」

福山は一瞬だけ痛みを堪えるような顔をしたが、すぐに表情を戻して続ける。

「だから、小屋番する奴はレスキューできなきゃハナシにならないって、進んで技術講習受けたり、そういう講習で仲良くなったベテランの人たちと一緒に山に登ったりして、あいつなりに勉強してたんだよ。まぁその努力が認められて、遭対協入りもすんなり決まったんだけど」

実際今の山小屋で働くアルバイトは、すべての人間が救助活動をできるほどのスキルを備えているわけではないだろう。だが、自分に言い聞かせるように胸に刻んだ言葉を、大樹は忠実に守っている。それを知っているからこそ、少々のキツイ物言いを武雄は容認しているのかもしれなかった。

「少しずつ少しずつ、自分なりに歩いている最中なんだ。今は技術ばっかりが先行しちゃってるけど、もう少し人間として成長できたら、ただキツイ言葉を投げるだけじゃなくて、誰に何をどんなふうに言ってあげればいいのかがわかるようになるんだと思う。あれでも結構、丸くなった方なんだよ。だから、許してやって」

出来の悪い弟の面倒を見るような顔で、福山は笑う。

ぬるくなったコーヒーを飲み干すと、舌の上に後を引く苦さが残った。

大樹からすれば、この格好であきらが山小屋まで辿り着いたのは幸運が重なった結果であり、それが普通だと思って仕事をされるのはたまらなかったのだろう。ちょっとした油断が即命取りになると言った彼の言葉は、そのまま自分に跳ね返る戒《いまし》めでもあった。

無知だったのは、自分の方。

あきらは大樹のあの強い双眼を思い出す。

覚悟が足りなかったのも、自分の方だ。

「それに、オレだってまだまだ修行中」

コーヒーを飲み、溜め息にも似た大きな息を吐いて、福山は空を仰ぐ。

「先月二冊目の写真集出したんだけどさ、いまいち売り上げがねー……。大量に売れ残ったらどうしようとか思うと、この辺が痛くてさ。厳《きび》しい修行だよ」

大げさに心臓の辺りを押さえてみせる福山に、あきらは思わず笑った。プロのカメラマンはプロのカメラマンなりに、素人にはわからない苦労があるのだろう。

その後も福山は何枚か写真を撮り、あきらも思い思いに周辺を散策した。そしてそろそろ山小屋に戻ろうかと、空になったカップなどを回収していた福山が、近づいてくる音に気付いて顔を上げた。

「あ、パトロールやってるな」

花を眺めながら神池の淵《ふち》を歩いていたあきらも、つられるようにしてそちらに目をやる。すると白甲ヶ山を見下ろすような高い位置に、鮮やかなオレンジ色のラインが入った、一機の青いヘリが飛んでいるのを見つけた。普段ヘリなどに馴染みのないあきらにとって、機体の色まではっきりとわかるほどの近くで眺めるのは、これが初めてかもしれなかった。

「山岳警備隊のヘリだよ」

そう告げて、福山はヘリに向けて何度かシャッターを切った。かなり距離はあるはずなのに、それでもプロペラの回転する激しい音が聞こえてくる。

「山岳警備隊って？　武雄さんが所属してるとこですか？」

尋ねるあきらの声も、自然と大きくなった。詳しいことはよくわからないが、名前からして山岳救助などに関係する人たちのことだろう。

「いや、山岳警備隊は県警の組織だよ。要は警察の人」

福山は、日差しを遮るように手をかざした。

「やってることは似てるけど、民間の団体である遭対協とは別物だよ」

「そう、なんですか……」

あきらは曖昧《あいまい》な相槌《あいづち》を打つ。山の知識などほとんど持たない自分にとって、なんだかその辺りの仕組みもよくわからない。ここは自分が思っていたより、ずっと複雑な世界なのかもしれなかった。

青空の中、白甲ヶ山を見守るように旋回《せんかい》し、ヘリは悠々と飛び去っていく。

「そういえば、山岳警備隊の人がよく言う言葉があってね、」

ヘリを見送った後、湯を沸かしたストーブなどをザックへと仕舞い込みながら、福山はその言葉を口にした。

「常歩無限」

「ナミアシ、ムゲン？」

また聞き慣れない言葉だ。先ほどと同じように繰り返したあきらに、福山は頷いて続ける。

「小さな歩みでも、歩き続ける限り前に進むことができるってこと。どんなに険しい山道も、人生も、あきらめない限りね」

あきらと目を合わせて、福山は微笑む。

「だからあきらちゃんも、自分が雪乃に向いてるのか、そうでないのか、もしかしたらそれよりもっと大事なものがあるのか、ゆっくり歩きながら見つければいいんじゃないかな」

風が吹き抜ける。

緑の稜線を伝って吹いてくる、爽《さわ》やかな夏の風だ。あきらの肩まで伸ばした髪がなびいて、毛先が弄ばれるように散った

「それが、この山に呼ばれた意味かもしれないよ」

ザックのファスナーを閉め、福山はそれを軽々と背中に担ぎ上げる。

頬に風を感じながら、あきらは神池の水面に目を落とした。

大樹が山の厳しさと人の脆さを知り、同時に自分の歩くべき道を見つけたように、自分も知ることができるだろうか。

この山へと、やって来た意味を。

「あきらちゃーん、行くよー」

福山に呼ばれて、あきらは歩き出す。

夏の風に、神池の淵で鮮やかなニッコウキスゲが揺れていた。

七

大学に入学してからなんとなく伸ばしはじめた髪は、聡と出会った頃には肩まで届くようになっていた。

あんまり長すぎるのも好きじゃないけど、短すぎるのもなんだかそそられない。あきらくらいの長さがちょうどいい。

まだ付き合いはじめる前、皆で集まって食事をしていたとき、そんなふうに冗談混じりで話していたのを真に受けて、あきらはそれから髪をそのままの長さで保つようにした。付き合うようになってからも、聡が巻髪が可愛いと言えばコテで巻き、シュシュが可愛いと言えばそれを購入してつけるようにした。今まで男のような名前をずっとコンプレックスに思っていたあきらにとって、可愛いと言ってもらえるのが嬉しかった。褒《ほ》めてもらえるのが嬉しかった。そうやって、聡の色に染まっていくのは心地よかった。それなのに。

何が悪かったんだろう。

彼の心が変わってしまった原因を、あきらは今でも考える。

もっと彼のために尽くせばよかったのか。

もっと優しくしてあげればよかったのか。

頑張っていたつもりだったけれど、所詮《しょせん》がさつな自分の本性が出てしまったのかもしれない。

忙しい彼のために作っていた料理は、キッチンのゴミ箱に捨てられていた。

用意したＤＶＤも部屋の隅にまとめて置かれていて、いつの間にか洗濯物の下敷きになっていた。

口に合わなかったかな？　ごめんね。

それでもあきらはできるだけ明るく振る舞った。

今度はもっと美味しく作るね。そうだ、ＤＶＤもう見たやつだった？　そういうのってなかなか売ってないんだね。映画とかより、置いてる店少なくて。

一人きりの部屋でそうメールしていた自分は、離れていく聡の気持ちに必死で気付かないふりをしていたんだと思う。

結局繋ぎとめることなんて、できなかったのに。

昼間際に福山と神池から帰って来てから、あきらは昼食のまかないを食べ、それ以降ずっと放置されていた。大樹は曽我部を伴ってスコップを担いでどこかへ出て行ってしまい、福山が小屋での留守番を引き受けているものの、手伝うことはないかと尋ねても今は特にないと言われるだけだった。

「忙しくなるのは、お客さんが到着する時間からだからね。それまでは電話番しててくれたらいいよ」

食堂のテーブルにカメラのレンズを並べていた福山にそう言われ、あきらは宿泊受付のカウンターがある正面玄関を入ってすぐの広間で、一人ぽつんと座ったまま時間を持て余していた。山小屋唯一の電話は、固定電話ではなく携帯電話で、受付のカウンターが定位置になっている。通信手段としては、この他に武雄と大樹が持っている無線があるが、主に救助活動の際に使用する物のため、あきらが手にすることはない。キャリアが限られるとはいえ携帯電話が使えるのだから、おそらくネット環境も整えられるはずなのだが、パソコンなどの文明の利器をこの山小屋で目にしたことがなかった。武雄がその方面について疎《うと》いというより、おそらくは単なる怠惰《たいだ》であることの方が可能性が高いだろう。

テレビのような暇を潰せるものもなく、ラジオもかかっていない山小屋の中はただひたすらに静かで、時折福山が食堂で椅子を引く音や、外から風の音などが聞こえてくるだけだ。開け放たれた扉の向こうに見える青空を、あきらはただぼんやりと眺めていた。ゆっくりと流れる雲を、目で追いかける。

「…………暇ぁ、」

雪乃を真似《まね》て買ったシルバーの華奢な腕時計は、午後一時を指していた。あと二時間、こんな状態が続くのだろうか。空腹が満たされたことで、昨日の疲れと今朝の早起き、それに風山までのハイキングが祟《たた》って、強烈な睡魔が襲ってくる。

「……だめだ、なんかしないと、」

自然と下に落ちてくる瞼《まぶた》を無理矢理持ち上げ、あきらは自分の頬を軽く叩いた。初日から居眠りなど、あの山猿に見つかったら何と言われるかわからない。というか、こんなに暇なのであれば、あんなに大騒ぎをして自分が残らなくてもよかったのではないだろうか。

あきらは何か気の紛れるものはないかと広間の中を見回し、片隅に置かれた棚にアルバムがいくつか並んでいるのを見つけた。かなり古さを感じる茶色い表紙の一冊を手に取って開いてみると、一ページ目には白甲ヶ山とおぼしき景色の中、若い頃の武雄と宮澤が並んで写っている写真があった。

「……うわぁ、これ何年前だろう」

ページをめくっていくと、まだ建ったばかりと思われる新しい山小屋の前で、宮澤と奥さんらしい女性が仲睦《むつ》まじく写っている物や、山小屋の中でランニング姿のくつろいだ武雄の姿、その主を取り囲む、あきらの知らない人々が笑って写っている。中には友達を伴ってここを訪れたらしい、若い福山の写真もあった。どうやらこの山小屋の思い出のアルバムらしい。

一通り見終わって、あきらは次にその隣にあった白いアルバムに手を伸ばした。その中には、並んで写っている夫婦や、若者のグループ、家族連れなどの写真がある。そしてそれぞれの写真の隣には、ハガキや便箋《びんせん》が添えられていた。

「……拝啓、菊原山荘ご主人、従業員の皆様。先日の登山の際には、温かいおもてなしをありがとうございました……」

目についたハガキの冒頭を読んだあきらは、それが過去ここに泊まった宿泊者から届いたものであることに気付いた。念のために他のアルバムも開いてみるが、それらもすべて写真と手紙で埋められている。

お揃いのジャケットを着て笑っているカップル。クロユリの群生する中で寄り添って写る夫婦。顔中に汗をかいて、スポーツドリンクを飲みながらVサインをしている

小学生。頂上と思われる石柱のある場所で、全員がわざとおどけたポーズで写ってい
る大学生のグループ。それらをひとつひとつ、あきらはじっくりと眺めた。それぞれ
が白甲ヶ山を登った記録が、ここに凝縮されている。そしてその中で、つたない文字
でひろきおにいちゃんへと題されたものにあきらは目を留めた。
「おんぶしてくれて、ありがとう。がんばれっていってくれて、ありがとう」
小学校低学年くらいの子供の文字で一生懸命つづられているそれを、あきらは声に
出して読んだ。そのハガキの隣には、先ほどまで泣いていたらしい顔を真っ赤にして
目を潤《うる》ませた男の子が、大樹に背負われて写真に写っている。
「ねぇあきらちゃん、お腹すかない？」
その写真に見入っていたあきらに、廊下の方からやって来た福山が声をかけた。
「え、さっき食べたばっかりじゃないですか」
「そうなんだけど、オレの胃袋が寂しさを訴えてる」
先ほど彼が、誰よりも多くおかわりを申し出ていたのは幻だったのだろうか。腹に
手を当てて神妙な顔で言う福山に、あきらはアルバムを指して尋ねる。
「それより福山さん、これ、後藤さん？」
アルバムを覗き込んだ福山は、すぐ思い出したようにああ、と声をあげた。

「そうそう、これ一昨年《おととし》だったかな。登山道の途中で、この子がぐずって立ち往生しちゃってさ。父親と二人だけで登ってたから、この子と荷物と両方担いで登ることも下りることもできずにいたとこを、ヒロが迎えに行ったんだ」

「……山小屋の人って、そんなこともするんですか？」

「だってそんなことで、いちいちヘリ呼んでるわけにもいかないじゃん？」

そう言い残すと、福山は食べ物を探しに食堂の方へと向かっていく。

あきらは再びアルバムに目を戻し、そこにある大樹の表情を見つめた。わざわざ大樹かと確認したのは、彼があまりに穏やかな笑顔を浮かべていたからだ。男の子を背負った大樹の目は、労《いたわ》るようにその子へと向けられている。

「……こんな顔、できるんだ」

福山と会ったときのあの嬉しそうな笑顔とも違う、とても優しい瞳だった。彼のキツイ言葉も、態度も、そしてこの優しい表情も、おそらくそのすべてに意味があるのだろう。それは彼が一歩ずつ歩んできた道で、知り得たこと。

あきらは、もう一度玄関から見える外の景色に目をやった。

風山まで往復三時間の道のりを歩いて来たせいで、筋肉痛に輪をかけて足がだるい。薄い底のローカットのスニーカーではガレ場の石に痛い思いもして、足首が固定されずに何度も捻《ひね》りそうになった。福山がつけてくれた滑り止めがなかったら、怪我をしていたかもしれない。昨日何事もなく山小屋へと辿り着けたのは、本当に奇跡に近いことだったのだ。それに曽我部の貸してくれた上着がなければ、もっと体は冷えて辛かっただろう。大樹が言っていたことは、すべて正しかった。自分の身の安全に気を配れない人間が、下界とはまったく違う山での生活を知らない人間が、何の下調べもなく憧れだけでやって来て務《つと》まるような生易しい仕事ではない。

謝らなければ、とあきらは思った。あいつの態度は確かに気に入らない。もっと棘のない言い方などいくらでもあると思う。だが、認識が甘かったのは確かに自分の方だ。彼のあの強い瞳。何にも染まらず、何にも揺るがず、すべての嘘や都合の良い覆いを射抜くように向けられる双眼。ときに冷徹にすら感じるそれは、彼が自らの双肩に命の重さを課しているからかもしれない。

真剣なのだ。

きっと、呆れるほどに。

「……なんか、自分が情けないっていうか……」

あきらは畳の上へと突っ伏した。そしてそのままごろりと横になる。どうしてこうも自分の人生は空回りなのだろう。あれだけ腹を立てていた山猿に謝らねばならないなど、頭ではわかっていても気持ちが許さない。おまけに雪乃になるためのスキルアップも、ここにいる間は中断せざるをえない。ここで微笑むとか、はにかむとかをやっていたら、山猿に極寒のブリザードが吹きすさぶ夜のような目を向けられて終わりだろう。

「呼ばれたって、言ってたなぁ」

寝転がった視界に、青空が映る。神池で福山が言った言葉を思い出し、あきらはつぶやいた。呼ばれたというのは、一体どういうことなのだろう。逢衣に言われるままやって来たアルバイトだが、果たしてこの仕事に自分が呼ばれるべきどんな意味があったのだろうか。雪乃に向いているのか、そうでないのか、それよりももっと大事なものがあるのか、ゆっくり歩きながら見つければいいと福山は言ったが、今のあきらには、雪乃を目指すこと以上に大事なものに、まったく心当たりがない。

「ねぇ、あきらちゃん、タケさんの部屋でこんなの見つけたけど、何か聞いてる？」

どこからか見つけてきた饅頭《まんじゅう》のようなものを齧りながら、福山がカーゴパンツやパーカーなどを手にして再び顔を出した。

「いえ、何も聞いてませんけど」

「一緒にメモがあってさ。あきらちゃんに渡すようにって。たぶんこれ、前に泊まっていったお客さんの忘れ物なんだけど、」

手渡されたそれは女性物の衣類で、新品同様のジャケットなどもある。

「たぶん着ろってことじゃないかな。いつまでもそのひらひらした格好でいるわけにもいかないし。忘れ物は一定期間保管した後、だいたい従業員で山分けするんだよ。タケさんが穿いてるスウェットとか、大樹が着てるパーカーとか、あの辺全部そうだし」

「そうなの⁉」

「いいブランドの物はジャンケン大会で争奪戦になるんだよね。女物はあまってるから、ちょうど良かったね」

満足げに言って、福山は饅頭の残りを口の中へ放り込む。

あきらは手にした衣類を複雑な想いで眺めた。確かに代わりの人が見つかるまでとはいえ、自分の格好は山小屋にふさわしいとは言い難い。山小屋に忘れ去られ、すでに一定期間が過ぎて持ち主のいないそれをありがたく頂戴《ちょうだい》するのは、気軽に買いに行けるような店のないここで、合理的な方法ではある。

「なんか……山小屋ってすごいところですね……」

まったくもって想像が追いつかない。ぼそりとつぶやいたあきらに、さらに追い打ちをかけるようにして、福山は神妙な顔でもうひとつのものを差し出した。

「それから、これ」

手渡されたのは、あの武雄Tシャツだった。今朝の騒動の原因ともいえるアレだ。

「タケさんから、あきらちゃんにはピンクが似合うよって伝言つき。久しぶりに見てちょっと衝撃受けちゃったよ。まだ残ってたんだ……」

プリントされた若かりし頃の武雄を見ながら、福山がつぶやく。お土産に、という迷惑な真心はどうやら現在進行形だったようだ。

「……あ、ありがとうございます……」

実際はこれっぽっちも嬉しくないのだが、あきらはとりあえずお礼を口にする。こんな物どこで着ろというのだ。いつでもどこでも武雄が腹面にいると思うと、とんでもなく落ち着かない。

「あ、いや、あきらちゃん、伝言には続きがあってさ、」

Tシャツを受け取ったあきらに、福山は手にしたメモを読み上げる。

「Tシャツ代二千円はバイト代から天引きしとく、だって」

「――――お金とるの⁉」

静かな山小屋の中に、あきらの絶叫が虚しく響いた。確かにお土産にとは言われたが、タダでくれるとは聞いていない。

「しかも二千円って、プリントされてるのが武雄さんなのに高くないですか⁉」

「山物価だからねぇ、しょうがないよ。在庫処分にご協力ありがとうございます」

「えっ、ちょっと待って福山さん！」

「ちなみに返品できないから」

「なにそれ⁉　クーリングオフは⁉　ねえ！」

あきらの訴えに耳を塞ぎ、福山はああああと声をあげながら素早く部屋を出ていく。残されたあきらはしばらく呆然とその場に固まり、ゆっくりと手にしたTシャツに目を落とした。

「……二千円って……」

一体ここの時給はいくらだっただろうか。それともタダでジャケットやカーゴパンツが手に入ったと思えば、安いものだと思わねばならないのだろうか。俳優になりきった顔で微笑む武雄のプリントに、あきらは長い溜め息をついて畳に倒れ込んだ。あのオヤジが返ってきたら、絶対に苦情を言ってやらねば気が済まない。そんな決意を固めて、あきらはまた空を見上げる。

皮肉なくらい晴れ渡った夏山の空に、ゆっくりと淡い雲が泳いでいた。

八

菊原山荘は、六月の下旬から十月までの間だけ営業しているという。それ以外の期間は、雪に埋もれてしまうため開くことができないのだ。木造と一部プレハブになっている建物は二階建てで、一階は食堂と広間、それに従業員や武雄の部屋、あきらが寝泊まりしているリネン室と食料庫がある。広間から階段を上がる二階は、仕切りのない畳敷きの空間になっていて、そこに宿泊客は布団を並べてザコ寝をする。男女の区別があるわけでもなく、個室があるわけでもない。ただ昔から、宿泊客同士の譲り合いで成り立っている寝床だということだ。収容人数は三十人となっているが、ピーク時にはそれ以上の人数を受け入れることもあるらしい。もっとも、山頂の雪峰ヒュッテが設備を整えてからはそちらに人が流れてしまって、収容人数を大幅に超えるような客が訪れることはほとんどなくなってしまったようなのだが。

「それでも今の季節は登山客が多いから、トイレや部屋はできるだけこまめに掃除すること。あと宿泊客以外への水の提供は、一リットル百円から受け付けてる。この水は近くの沢から引いてて、ホースやポンプにかかった費用はもちろん、ここまでヘリで運んだ運搬費や設置費を回収しないといけねぇから、絶対に金をもらうのを忘れんなよ」

その他にも、小屋の脇《わき》にある、高さ三メートルほどの巨大なドラム缶二基に溜めた雨水を浄化して使用している。沢からの水も決して水量が豊富なわけではなく、いずれにせよ量に限界があり、したがって洗い物をするのも洗濯をするのも節水を心がけ、水道の出しっぱなしなどは論外だという。白甲ヶ山は決して水量のない山ではないのだが、菊原山荘の立地が悪いのも要因のひとつらしかった。

「風呂《ふろ》は裏にあるけど、宿泊客には開放してない。あくまで従業員専用だ。ちなみに入れる日は毎週火曜日。湯を沸かすプロパンガスも節約しないといけねぇから、できるだけ間を開けずに入る。それから、」

さらに説明を続けようとした大樹が、正面で話を聞いていたあきらの妙な表情に気付いて言葉を切った。時刻は午前七時半。朝食の慌ただしい時間が終わり、次の仕事に取り掛かるまでのわずかな時間を使って、食堂のテーブルでこの山小屋で働く上での基本的な情報を伝えていたのだが。

「おい、聞いてんのか？」

大樹が面倒くさそうに声をかける。あきらは苦い顔のまま長い溜め息を吐いた。

「……聞いてます。お風呂があと二日も待たないと入れないなんていう事実に、ちょっとショック受けてるだけです！」

昨夜曽我部から、たくさん持ってきたからと言ってウェットティッシュを二パックと、水なしでできるドライシャンプーのボトルをもらったのだが、それにこんな意味があるとは思いもしなかった。朝シャワーを借りようなどと考えずに、昨夜のうちに聞いておくべきだったのかもしれない。ここに到着したその日は、風呂に入るなどという話のかけらも聞かなかったのだから、その可能性は考えるべきだったのかもしれないが。

「……帰るか？」

「帰りません！　続きをどうぞ！」

半ばキレ気味に、あきらは続きを促す。この男にはデリカシーというものが欠如しているのではないだろうか。女の子がその辺で半裸になって乾布摩擦《かんぷまさつ》よろしくいつでも体を拭けるとか思っていたら大間違いだ。雪乃を見習って、というより、もともとほとんど化粧をしないあきらだからまだよかったものの、これがアイラインやらグロスやらのアイテムを駆使し、化粧水から美容液までラインで使用している逢衣などであれば、入念な洗顔ができないだけで発狂ものだろう。

「風呂もねぇ、順番間違うと大変だよ。大樹が入った後は、大体風呂の底が砂でじゃりじゃりしてるんだよねぇ。あと直人の入った後はよく食べ物のかけらが浮いてるし。だからやっぱり、今度からはあきらちゃんが一番先に入るべきだと思うんだよねぇ。で、その後にオレね。長湯するから、完全に」

口を挟んできた武雄が、そんなことを宣言してヒヒヒと笑った。

昨夜、日没ギリギリの頃に診療所まで辿り着いた武雄は、そこで宮澤と共に一泊し、夜が明けるのを待って菊原山荘へと戻って来た。その右腕はギプスで固められ、真っ白な三角巾で吊られている。

宮澤の話によると、やはり武雄の腕はそれはもう綺麗に折れているとのことで、固定して絶対に動かさないようにという指示だ。にもかかわらず、武雄はせっかく下界に降りたのだからと、背中には段ボールや発泡スチロールなどを重ねて、頭より上に積み上がった巨大な荷物を背負って帰って来た。主に足りなくなっていた生鮮食品などを調達してきたのだという。そんなことができてしまうほど、腕以外はいたって健康体なので、戻ってきて早々朝からセクハラも容赦ない。

「あたし絶対湯船に浸《つ》かりませんから！」

「も〜、若い子が遠慮なんてしちゃダメだよ！　放出して！　エキスを！」

「おっさんはもういいから黙ってろよ！」

大樹に制されて、武雄は子供のように肩をすくめて拗《す》ねてみせる。その姿だけ見ていると、遭対協の隊長だったなど到底信じられない。

「頂上まで登る気があるなら、雪峰ヒュッテにはお客さんにも開放してる風呂があるけど、あそこは混むから登山客優先なんだよね」

朝食の準備を手伝ったあと、カメラを持って散歩に出かけていた福山が、テラスの方から戻って来る。

「そうなんですか……」

何か打開策があるかと期待したが、わざわざ頂上まで登って、お客さんの中に混じって風呂を借りるというのもどうだろう。ただ年頃の乙女《おとめ》が一週間風呂なしで接客というのは、精神的にあまりよくない気はするのだが。

「女の子は難しいよね、その辺の事情が」

首から下げていたカメラをおろして、福山は空いている席に腰掛けた。相変わらず右の袖の所に穴が開いているジャケットを彼は愛用している。その他にも、汚れたままの靴下を何日もはいていたり、雑巾かと思うようなタオルを使っていたりと、着れたらいい、使えたらいいと思う性格らしく、男前のくせにその辺りのことには呆れるほど無頓着《むとんちゃく》だ。

福山のカメラに手を伸ばしながら、武雄がまた口を開く。

「登山口にも温泉があるんだけど、往復すると一日で帰って来るのが難しいからねぇ。七時間かけて戻って来る頃にはまた汗だくだし。ただあそこの娘が可愛くてねぇ」

「それよりタケさん、オレ腹減ったんだけど」

胃の辺りを押さえて訴える福山に、武雄が思いきりしかめ面をする。

「出たよ！　この燃費最悪男。やっぱりミヤさんに米背負わせて帰って来たらよかった。ていうかお前、オレが隠しておいた饅頭食っただろ！　お前以外にあそこを嗅《か》ぎつける奴なんかいない！」

「え、あれ隠してあったの？　ちょっと傷んでて変な味がしたよ。全部食ったけど」

「食ったの⁉　それでも⁉」

こいつの舌と腹は絶対おかしい、とぼやきながら、武雄は福山の腹を黙らせるために曽我部が掃除をしている厨房の方へと歩いていく。福山が学生の頃からだと言うから、もう十五年以上の付き合いになる二人だ。そのやり取りに遠慮はない。そして、福山が多少のことにはこだわらない性格であるのも、改めてよくわかった。

「とりあえず今から、お前は二階の掃除と布団干しだ。行くぞ」

ぼんやり武雄の背中を見送っていたあきらは、そう言って立ち上がる大樹につられるようにして我に返った。そうだ、とりあえず今日から本格的に働くのだ。不本意とはいえ、この山猿の下で。あきらは歩き出す大樹の背中を複雑な心境で眺める。どこかのタイミングで謝らなければいけないと昨日から思ってはいるが、なかなかそのきっかけが摑めないでいた。

菊原山荘の正面入口を入ると、左側に宿泊手続きのためのカウンターがある。靴を脱いで上がった先は、机や本棚が置かれた十畳ほどの広間になっており、宿泊スペースになっている二階への階段は、その一角に設置されている。一人が通ればすれ違うことは不可能な幅の狭い階段はかなりの急角度で、両側にガッチリと竹でできた手すりがあるものの、少々気合いを入れて上らねばならない。ステップの縁に取り付けられた滑り止めのゴムがあるのがせめてもの救いだ。手すりに触れることもなく、慣れた足取りでそこを上っていく大樹に続き、あきらはようやく二階へと辿り着く。

「……広い、」

宿泊客が出払った二階は、三十畳ほどの仕切りのない部屋になっている。天井は屋根の形そのままに、中心が一番高く、壁際にいくにつれ斜めに低くなっていた。部屋の中にいくつかある柱にはロープが張られ、濡れた物を干せるようになっている。色あせた畳は古さを感じるが、あの従業員部屋ほどではない。板張りの壁には全国百名山カレンダーと、譲り合ってご利用くださいという張り紙があった。

「今日は天気がいいから、使ってない布団も干すぞ」

畳の上には、昨晩宿泊した客が使用した布団が畳まれて置かれている。家庭で見るような柔らかくて軽い羽毛布団ではなく、薄い割に重そうな綿の物だ。押入れを開けて他の布団を取り出す大樹をよそに、あきらは何か違和感を覚えて辺りを見回した。普段家や旅館で見るようなシーツや掛け布団カバーが、一切見当たらないのだ。

「あの、これ、シーツとかは……？」

畳まれた布団は、地味な花柄の布地がそのまま見えている。その上に置かれた枕も、特に枕カバーのようなものがかかっているわけではない。もう先に取ってしまったのだろうか。

「シーツなんか使ったら、洗濯するのに水がいるだろ」

押入れから布団を運び出しながら、大樹が面倒くさそうな顔をする。

「え⁉　じゃあどうやって布団使うんですか⁉」

「どうやってって、そのままに決まってんだろ」

「いろんな人が使うんですよね？　そういうの衛生的にどうなんですか⁉」

「あのなぁ、」

最後の布団を放り投げるように畳へと落として、大樹はいらだつように押入れの戸を閉める。広い空間に、乾いた木の音が響いた。

「ここは標高二〇〇〇メートルの山の上なんだよ。電気も水も限られてるここを、都会のホテルや旅館と一緒にすんな！　共同使用なんか大前提だろうが！」

普通に教えてくれればいいものを、どうしてこの男はいちいち偉そうなのだろう。言い返せないでいるあきらを一瞥《いちべつ》し、大樹は足元の布団を運べと顎で指示する。その背中に、あきらはぼそりと吐き捨てた。

「絶対いつかジャンピングニーバット入れてやる……」

「何か言ったか⁉」

「言ってません！」

抱え上げた布団は予想よりずっと重く、湿った匂いがする。それを窓際へと運ぶのだが、地味な重労働だ。いつ誰がどんな寝方をしたのかもわからない布団など、できることならあまり触りたくもない。今どき長距離バスだって、頭に当たる部分の布はその都度取り替えているというのに、いくら水や電気が貴重とはいえシーツ一枚提供できないとは、もう完全にあきらの常識の範疇《はんちゅう》を超えてしまっている。

「おい、ちんたらやってねぇでもっと早く動けよ。これで終わりじゃねぇんだぞ」

「あなたと一緒にしないでもらえますか⁉　こっちはか弱き乙女なんです！」

「自分で残るって言っといて、都合のいいときだけ乙女とか言うんだな」

「男と女で力の差があるのは当然じゃないですか！」

この細腕が目に入らないとでもいうのだろうか。しかもすでにじんわりと腰が痛く、筋肉痛も治りきっていない。ようやくあきらが最後の布団を窓際へと運ぶと、今度は大樹が窓を開けて外へ出る。ベランダでもあるのかと思えば、普通に一階部分の屋根の上だ。

「ほら、貸せ」

斜めになった赤い屋根の上で、大樹は布団を要求する。

「……貸せって、どこに干すんですか？」

「屋根の上に決まってんだろうが」

「屋根⁉」

あきらから奪い取るように布団を受け取ると、大樹は足元の屋根の上ではなく、二階部分の屋根の上へと布団を放り投げる。

「嘘でしょ⁉」

二階の屋根の端がかなり低くまで下がっているので、大樹がいる位置からでも充分布団を上へ投げることは可能だ。それにしたって、屋根に直接布団を干すなど聞いたことがない。

「お、やってるねぇ。今日は天気がいいから気持ちいいだろうな」

一階から上がってきた福山がのん気にそんなことを言って、別の窓からひらりと屋根の上へ出ると、そのまま二階の屋根へとよじ登った。あきらの頭上で、彼が屋根を歩く足音が聞こえてくる。

「ヒロ、オレが上でやるからどんどん投げろ」

「お願いします」

そこから先は、躊躇している暇などなかった。あきらが窓から布団を出し、受け取った大樹が上へと放り投げ、福山がそれを屋根の上で広げていく。手渡す布団がなくなると、今度は大樹も上へと登って福山と一緒に広げるのを手伝った。あきらは自分も行くべきかと、一応窓から外へと出てみたが、一階の屋根の上でも充分高い。おまけに斜めになっている足場は不安定で、あきらは滑らないよう靴下を脱いだ。冬場の積雪に耐えられる屋根になっているとはいえ、いつ踏み抜くか、そして滑り落ちるかわからないと思えば、一層動きがぎこちなくなる。

「あ、あのー、」

見上げた二階の屋根の上には、地味な花柄の布団が一面に敷き詰められていた。確かにこうして干せば均等に陽があたるのかもしれないが、なんというか、ダイナミックすぎる。

「あ、あきらちゃん、そこの枕並べてくれる？」

女の子は危ないから、などと言われることを一瞬期待したが、福山からは普通に指示が返ってくる。なんだか虚しい想像をしてしまった自分が恥ずかしい。あきらはひとつ溜め息をついて、赤いトタンを押さえるように打ち付けてある角材を摑んだ。そして慎重に二階の屋根へと体を引き上げる。少しでもバランスを崩せば、一階の屋根経由で地面へとダイブだ。一体安全管理などはどうなっているのだろう。バイト代の中には保険料金なども含まれているのだろうか。そんなことを思いながらなんとか体を支え、腰が引けたまま恐る恐る立ち上がる。

「……すごい景色」

屋根の上からは、ダケカンバの生える茂みはもちろん、お花畑の登山道の方まで一気に見渡せる。後方には白甲ヶ山が雄大な姿でそびえ、昨日凪山から見たように、周囲はすべて、わずかに残る雪渓が鮮やかな山々だ。表面が崩れ、灰色の地肌を見せる山もある。そして頭上には、遮るものの何ひとつない空。

「いい眺めでしょ？」

いつの間にか隣にやって来た福山が、その風景を切り取るように、指で四角く構図を作る。

「オレが尊敬する写真家に、空ばっかり撮り続けた黒人のカメラマンがいるんだけど、その人もちょっと、この画《え》は見たことないいんじゃないかなぁ。布団を干すついでの、絶景」

どこか得意げに笑うと、福山は足元にあった枕を拾い上げてあきらに手渡した。

「重ならないように並べてね。あとあんまり端っこに置くと風で落ちるから」

「あ、はい！」

言われた通り、あきらはその辺りに放り投げられたままだった枕を集めて並べていく。だがやはり高さに躊躇して、かなり恐々《こわごわ》としか動けない。しかも筋肉痛のせいで頻繁に姿勢を変えるのも苦しく、あきらはロボットのようなぎこちない動きで屋根の上を移動した。

「昼過ぎになったら取り込むからね」

そう言う福山は、タオルケットでも干すように軽々と布団を広げていく。その傍で同じように作業をする大樹も、ふらつきもせず斜めになった屋根の上を事もなげに歩いている。山小屋といえば、料理の腕はある程度必要かもしれないと思っていたが、こんなサーカス団のような能力も必要なのかと、あきらは小さく溜め息をついた。やはりさっさと下界に帰りたい。ちょうど登るときに掴んだ角材が滑り止めと指標の役割になって、あきらのがさつさをもってしても案外綺麗に枕を並べることができたが、だからなんだというのだろう。屋根の上で布団を干して身に付く女子のスキルなど、聞いたことがない。

すべての寝具を干し終えて無事に部屋の中に戻って来ると、部屋の掃除を福山が引き受け、あきらは大樹に連れられるまま再び一階へと下りた。その階段を下りている途中で、この山小屋には似つかわしくない某アイドルグループの曲が聞こえてくる。主に十代から二十代前半の女の子で構成されている大人数のそのグループは、最近よくテレビでも見かけるようになった。だが、この山小屋にテレビはなかったはずだ。

「有線ですか?」

階段の手すりに掴まりながら、あきらは尋ねる。

「んなもんここにあるわけねぇだろ。……あいつ、またかけてんな」

舌打ちして、大樹が廊下の方を覗き込む。

夢を追いかけて未来に向かえ、負けるな、といった内容の歌詞を口ずさみながら、ミュージックプレイヤーを起動させた携帯の前で、床を水拭きしている曽我部の姿が目に入った。振り付けも頭に入っているのか、サビの所になると雑巾から手を放して決めポーズをする。

「……ノリノリですね」

「掃除するときはこの曲がないとできないらしいぞ。で、ヘッドフォンすると邪魔だからって、このときだけスピーカー出力にしやがんだよ。初日より随分音量が小さくなったけどな」

もはや容認するしかなかったのか、大樹は曽我部を一瞥しただけで、いつもの長靴を履いて外へと出た。あきらは半ば呆れ気味に、拳を突き上げる曽我部の後ろ姿を眺める。やはりこの山小屋にまともな人間を期待する自分が間違っているのだと、確信せざるを得ないノリっぷりだ。

「今からやるのはトイレ掃除。登山者にとって、トイレが清潔であることは山への印象にも繋がるから、気合い入れて掃除しろよ」

菊原山荘が管理している外トイレは、女性用の方に個室が三つ、男性用の方に個室が二つと小便器が三つある。料金さえ払えば宿泊客でなくとも利用は可能で、頂上までの貴重な休憩ポイントでもあるらしい。

清掃中、と書いてある木の板を壁の釘《くぎ》にひっかけ、大樹はあきらを手招いて男子トイレの方へと入った。そして奥の用具入れからバケツとブラシ、それにとゴミバサミを取り出してあきらに持たせる。

「……水洗、なんですね」

覗き込んだ個室は、汲み取り式ではなくきちんとした水洗トイレだった。水の色が少し濁ってはいるが、臭《にお》いもない。水が貴重だと言っている場所で、これは少し意外だった。てっきり、今にもその暗闇から手が伸びてきそうな汲み取り式便所を掃除させられるのかと思っていたが。

「昔は地下浸透方式が主流だったらしいけどな。山小屋によっては一旦溜めた汚物をそのままガレ場とかに流すところもあったくらいだし。でもそのせいで沢の水から大腸菌が検出されたり、植物が枯れたりする環境問題が起こって、それに生まれたときから明るくて清潔な水洗トイレに慣れ親しんだ登山者が増えるにつれて、ハエが飛ぶわ、薄暗いわ、汚物が丸見えだわっていう臭いトイレが敬遠されるようになったんだよ」

ゴミ袋と補充用のトイレットペーパーを取り出しながら、大樹は続ける。

「ここは近くに湿地があるし、そこに与える影響を考えて、武雄さんが早い時期から太陽光発電を利用した合併浄化槽を取り入れてる。汚水を処理した水が循環してるから、見た目は水洗トイレと変わらない上、臭いもない。ただその維持管理費として、使用者からは料金をもらってる」

「それで有料なんだ……」

正直あきらには、地下浸透方式だとか合併浄化槽だとかいう難しい話はよくわからない。だが、登山者にも自然にも優しいトイレであるということだけはなんとなくわかった。単に山小屋が貧乏だから有料制になっているわけではないということだ。

「お前は女子トイレの方やれ。今日は手伝ってやるけど、明日からは一人でやってもらうからな」

道具一式を手渡して、大樹は顎をしゃくってあきらを女子トイレの方へと向かわせる。

「……どうしてああいう偉そうな言い方しかできないかなぁ」

ぶつぶつと文句を零しながら、あきらは持って来た中で一番シンプルなゴムで髪をひとつに括《くく》った。登って来たときのような格好に合わせていくつか可愛らしいシュシュを持って来ていたが、それを今のパーカーにカーゴパンツという格好に付けると妙な違和感が出てしまう。決しておしゃれとは言い難い格好だが、仕事をするにはこれが一番動きやすかった。

自宅以外のトイレ掃除など高校以来だが、特に難しいことがあるわけでもない。おまけに慣れ親しんだ水洗トイレだ。多少汚物がついていたりはみ出していたりはあっても、たかがしれているだろう……などと個室を覗き込んだあきらは、その光景に一瞬我が目を疑った。

女性用の個室には、その片隅にもちろん汚物入れが用意されている。店や家庭で見かけるのは小物入れのような小さな三角や四角の形だが、ここには少し大きめの蓋つきのバケツのようなものが置かれている。そこが、溢れんばかりの満員御礼だ。しかもよく見ると、入っているのは生理用品ではなく、弁当ガラやお菓子の袋、ペットボトルなどのゴミだ。それがコンビニでもらうようなビニール袋にまとめられ、小山のようにいくつも積み上がっている。

「……ご、後藤さん！」

これがイレギュラーなのかノーマルなのかもあきらにはわからない。呼ばれた大樹は予想がついているのか大して慌てもせずにやって来て、あきらが指差す方を覗き込み、全部回収しろと冷静に指示をした。

「山に来ればゴミ箱なんかねぇし、山小屋でも売店で売ったもの以外のゴミは引き取らない。そのゴミを下ろすのにも、ヘリや人力に頼らないといけねぇからな。基本的にどんなものでも、持って来た人が持って帰るのがマナーだ。覚えとけ、お前は」

「お、覚えとくけど、これひどくないですか⁉」

「そうだな、ひどいな。それだけマナーを守れない人間が多いってことだ。ちなみに後でこの中身を開けて分別すんのも、もちろんお前の仕事だからな」

「分別⁉」

「昨日なんかサンドウィッチの包み紙に混じって、使用済みの浣腸《かんちょう》まで出てきたし。まぁがんばれよ」

ひらりと手を振って、大樹は再び男子トイレの方へと戻っていく。

残されたあきらは、愕然としたままもう一度その小山に目をやった。回収するだけならまだしも、これをすべて開けて分別するなど聞いていない。何が入っているかわからないゴミの山だ。これなら水掃除でカタが付く汚物の汚れの方がよっぽどましではないか。

「この後登山道の方のゴミ拾いに行くから、さっさと終わらせろよ！」

男子トイレの方から大樹が急かしてくる。あきらはとりあえず深く考えないようにして小山を回収し、便器や床の掃除をさっさと終わらせた。ホースで水を撒《ま》いたりできないため、バケツに汲んだ水を大事に少しずつ使うなど手間はかかるが、手順は高校時代と変わらない。回収したゴミで四十五リットルのゴミ袋が満杯になったが、これを後で再度開けると思うと本気で泣けてくる。

「…………終わりましたけど」

すでに疲れきった目つきで報告しに行くと、大樹はあきらに新しいゴミ袋とゴミバサミを持たせた。

「この茂みの道を真《ま》っ直《す》ぐ下りていくと、祠を経由してお花畑のある白甲平に出る。そこまでを往復して目についたゴミを拾って来い。道だけじゃなくて、ちょっとした茂みの陰とかもちゃんとチェックしろよ。分別は帰ってからでいい」

「後藤さんは一緒に行かないんですか？」

「このくらい一人でできるだろ。オレは昼飯当番だしな」

さっさと行って来い、と大樹に送り出され、あきらはこの上なく重い足どりで歩きはじめた。帰ってから分別が待っていると思うと気が重くてしょうがない。

「キジ打ちの跡があるかもしれないから、ちゃんと回収して来いよ！」

「キジ⁉　鳥が落ちてるってことですか⁉」

「行けばわかる」

それだけを言い残して、大樹はトイレで回収したゴミを持って踵を返した。

なんだかわからないが、とにかく目についた物を拾って帰って来ればいいのだろう。

半ば投げやりにそう思い、あきらはとぼとぼと歩き出した。

昨日の武雄の骨折以来、どうも予定が狂いっぱなしだ。わかってはいるが、今の格好は自分が目指している物とはほど遠い。今流行りのカラフルなジャケットを身に着け、おしゃれなレギンスを穿き、キラキラ生き生きとして山を登っているならまだしも、誰かが忘れて行ったパーカーを着て、見ず知らずの人間のゴミを回収しているのだ。代わりの人が見つかるまでここに留まると約束はしたものの、一体いつになったらその人が見つかるかもわからない。このちっとも面白くない生活をいつまで続ければいいのだろうか。ここに来た意味や、新しい何かが見つかるかもしれないなどと期待もしたが、こんな生活で本当にそんなものが見つけられるのかどうかも疑わしくなってくる。

ハイマツとクマザサの中に、ひょろりと細いダケカンバが生い茂る道を歩きながら、あきらは目についた飴《あめ》の包み紙や、袋を開けたときの切れ端などをゴミバサミでひとつずつ拾っては溜め息をついた。

「おまけに山猿はうるさいし」

なんだか嫌がらせのように仕事を押し付けているのではないかとすら思えてくる。元々彼は、あきらが残ることには反対だったはずなのだから。

「……そういえば、キジが落ちてるとか言ってたっけ」

ふと大樹の言葉を思い出し、あきらはハイマツの間なども気を付けて目を配った。適当にやって帰ってもばれないとは思うが、そうやって大樹に弱みを作るのも嫌だった。

祠を通り過ぎ、大きな岩が多く目につくポイントで、あきらはその岩の後ろなどもひとつひとつ見て回る。自分がゴミを捨てるならと考えると、こういう人目につかないところに捨てていくだろうと考えてのことだ。案の定、岩の隙間からはガムの包み紙やコンビニの袋などが見つかった。それらを回収し、あきらはその奥にふと白いものを見つけて目を凝《こ》らした。岩とハイマツの間、ちょうどダケカンバの根本辺りの、人が一人しゃがみ込めるかどうかというスペースに、こんもりと小さな白い山がある。

「……鳥……じゃ、ない」

まさかこれがキジかと近づいてみたが、それは鳥ではなくティッシュの山だ。まるで何かを隠そうとしているかのような。

嫌な予感がする。

あきらはティッシュの山を見つめたまま数秒立ち尽くした。ティッシュは雨などに打たれた様子もなく、まだ新しく見える。今朝か前日か、いずれにせよ最近の物だろう。しかもそこはかとなく漂うこの臭いに、その予感がますます高まる。この先にあるトイレは有料だ。理由を聞けば納得はできるものの、すべての登山者がそれを知っているとも限らない。用を足すだけなのに金を払うのは嫌だという人もいるだろう。ではそういう人がどうするかというと、料金を踏み倒してトイレを使用するか、大自然の中で、ということだ。

「……ただの、……ティッシュかもしれないし………」

自分に言い聞かせるようにつぶやいてみるが、一向に手が動かない。見なかったふりをして帰ろうかとも思ったが、後でおそらくは見回りに来るであろう大樹に、使えない奴呼ばわりされるのも腹が立つ。

「……ていうかもしかしてキジ打ちって、」

そこであきらはようやく気付いた。行けばわかると言った大樹の真意。

「あの山猿っ……‼」

あの男は知っていて自分をここに寄越したのではないか。ブツがあるにせよないにせよ、ここはもしかするとそういう知られたスポットなのかもしれない。よく見ると場所も道の方からはその位置が見えず、格好のポジションだ。毎回人は違えど、そういう人たちが選びやすい場所なのかもしれない。

「なんであたしが、飼い犬でもない人間のを始末しなきゃいけないのよ!!」

叫んでみたものの、だからといって状況は変わらない。これを回収しなければ帰れないのだ。大樹が確信犯であるなら、なおさら。

あきらは気持ちのやり場がなく、傍にある岩を蹴り上げる。薄い靴底はダイレクトに衝撃を伝え、自分がやったこととはいえその痛みにあきらは短く呻いた。朝から食事作りを手伝ったかと思えば屋根の上に登らされ、あげく誰かの落とし物を拾わねばならないなど。

「信じらんない……」

あきらはしばらくその白い小山を見つめていたが、眼力でその落とし物が消えてくれるわけではない。ひとつ溜め息をつき、妙な虚しさを抱えながら、あきらは意を決してその白い小山にゴミバサミを伸ばした。脅《おど》そうが呪《のろ》いをかけようが、結局回収しなければ終わらないのだ。

ゴミバサミが小山の裾に触れる。ただのティッシュの塊であることに、一縷の望みをかけながら、あきらはそれを摘《つま》み上げた。

「あ、…………………………水っぽい」

つぶやいた声は、誰の耳に入ることもなく虚しく響いて消えた。


「あ、あきらちゃんおかえりー。遅かったね」

ようやく山小屋へと戻って来たあきらは、テラスの前の広場でブルーシートを広げ、段ボールからジャガイモやニンジンを取り出して並べている福山を目にする。時刻はすでに昼の十二時を回っていた。陽は高く、動き回れば少し汗ばむくらいだ。

「……なにしてるんですか？」

収穫物《しゅうかくぶつ》の詰まった袋の口を握りしめたまま、あきらは半開きの目のままで尋ねる。なんだかもうこの世の汚いものを、今日だけでほとんど見た気がしていた。

「ああ、これ？　先々週荷揚げした野菜が傷んでないか見てるんだよ。一個腐るとその周りのもやられるからね。オレが食う分にはいいけど、お客さんに出すものだし、貴重な食料だから……ていうか、どうしたの？　なんか一気に老け込んでない？」

ただトイレ掃除とゴミ拾いに行っただけにもかかわらず、あきらはボロ布のように疲れ果て、気力も体力も消耗していた。うら若き乙女が水っぽいアレを拾ってしまったのだ。その心中を察してもらいたい。

「福山さん、ひとつだけ確認させてください。……キジ打ちってどういう意味ですか？」

その言葉に、察した福山が神妙な顔をしてあきらの持つゴミ袋に目をやった。

「……拾っちゃったんだ？」

「ええ、そりゃもう綺麗に拾わせていただきました」

「でも大事なことだよ。そういうのをちゃんと回収しないと、異臭はもちろん、動物が来てその辺りを掘っちゃったりして植物に影響が出るし。なにより、せっかくタケさんが設置した合併浄化槽が無意味に、」

「やっぱりそういう意味なんですね!?」

「……キジ打ち、お花摘み、って言えば、そういう隠語だね」

あきらの迫力に気圧《けお》されるようにして、福山が答える。

「やっぱり……あの山猿!!」

確信犯に違いない。自分だけ一人先に帰っておいて、女の子にブツを拾わせるとはどこまで性格が悪いのだ。あきらはブルーシートを踏み越えてテラスを駆け上がり、食堂へ続く引き戸を勢いよく開けた。

「ちょっと後藤大樹!!」

「遅《お》せぇぞ！　たかだかゴミ拾いに、なんで午前中いっぱいかかってんだ!!」

あきらの怨念のこもった叫びを跳ね返すように、大樹からも怒鳴り声が返ってくる。

「それにゴミ持って食堂に入ってくんな!!　裏に置いてこい！」

立て続けにそう返され、あきらは言い返す言葉を失い、憤慨《ふんがい》しながらもとりあえずゴミを置きに行く。確かに食事をする場所に持って入るべきものではない。それはわかる。わかるが、

「あんたわざとあたしをゴミ拾いに行かせたでしょ！　あそこがキジ打ちのポイントだってわかってて！」

走って食堂に戻って来るや、あきらは間髪容れず再び叫んだ。

「がたがたわめくな！　とりあえずその汚い手ぇ洗え！」

「洗うわよ！　洗えばいいんでしょ!?　ていうか素手では触ってないんだから、あたし自身がバイ菌みたいに言わないでもらえます!?」

厨房のカウンターに回り込んで、あきらはＥＭ石鹸《せっけん》を念入りに両手にこすり付けた。

食堂の片隅では、今まさに昼食を食べはじめたらしい曽我部がおびえるように成り行きを見守っていた。

「それからなんか勘違いしてるみたいだけどな、オレは仕事としてゴミ拾いに行かせただけだ！」

「だって自分だけ先に帰ってるじゃないですか！」

「昼飯当番だって言っただろうが！　ゴミ拾いなんか毎日やってんだよ！　たまたま自分が行ったときに落とし物に当たったからって騒ぐな!!　くだらねぇ！」

それ以上の反論を許さない口調で一喝し、大樹は飲みかけのお茶を飲み干して、メラミンの湯飲みを叩きつけるようにしてテーブルに置いた。その響いた音に、曽我部がびくりと体を震わせる。

「山小屋の仕事なんか汚くてキツイもんだってまだわかんねぇのか！　メシ作るのもゴミ回収もトイレ掃除も、生活の一から十までを全部自分たちでやるんだよ！　それがオレたちの仕事だ！　覚えとけ!!」

ぎらりと光る双眼であきらを睨みつけ、大樹はそのまま舌打ちをして食堂を出ていった。

「……なんなのあれ!?　見た!?」

石鹸を持ったままカウンターから出て来たあきらは、思わず曽我部に同意を求める。

山小屋の仕事がキツイことなど、もう嫌というほどわかっている。その仕事の教え方に問題があると思うのだ。キジ場であることを知っていたのなら、先に言ってくれれば覚悟だってできたのに。

「う、うん、見た。み、見たけどあきらちゃん、とりあえずそれ、」

曽我部がおろおろと席を立って、あきらをカウンターの流しへと連れて行く。首には相変わらず大きなヘッドフォンがかけられたままだ。

「なんなのあの山猿！　ほんとイライラする！　偉そうだしすぐ怒鳴るし！」

「お、おおお落ち着いて。きっとお腹が空いてるからイライラするんだよ。ご、ごはん食べれば気持ちも収まるって」

泡を洗い流し、手を拭いたあきらを手近なテーブルに座らせ、曽我部はあきらの分の新たな昼食を器に盛って運んで来る。匂いで気付いてはいたが、どうやらカレーらしい。朝食が早かったこともあり、確かに空腹は最高潮だ。お腹が空いているからイライラするというのも一理ある。一理あるが。

「どうぞ、召し上がれ」

湯気の上がるカレーライスが、スパイシーな芳香と共にあきらの目の前に置かれる。あきらは条件反射のようにスプーンを摑んだ。しかし、
カレー。

カレーだ。

よく似た色のあれだ。

「なんでカレェなの⁉」

絶叫して突っ伏したあきらに、曽我部が慌てて振り返る。

「ど、どうしたの？　カレー嫌いだった⁉」

「嫌いとかそういうんじゃないのよ！　気分の問題なの！」

どうしてアレを拾った直後にカレーなのだ。しかも作ったのは大樹だ。一体どこまで嫌がらせをすれば気が済むのだろう。せっかく今朝までは、自分の甘い考えを反省して謝ろうと思っていたのに、ここにきてそんな想いは宇宙の彼方だ。

「こんなの食べられるわけないじゃない！」

「じゃあ食わなくていい」

絶叫していたあきらに、いつの間にか工具箱のようなものを手に戸口に現れた大樹が、冷ややかに告げた。一瞬、凍りついたような空気が流れる。傍にいた曽我部が息を呑んだのがわかった。

「自分の腹が減るだけだ。それでいいなら食わなきゃいいだろ」

あきらの目を真っ直ぐに見返してそれだけを言うと、大樹はそのまま外へと出ていく。

「……誰の、誰のせいだと思ってんのよ!!」

あきらは歩いていく大樹の背中に向かって叫んだが、彼が振り向くことはなかった。

「あ、あきらちゃん、……」

テーブルの上にスプーンを放り投げるようにしたあきらに、曽我部が遠慮がちに声をかける。だが、あきらはそれに応《こた》えることができなかった。ただ悔しさと、なぜか裏切られたような悲しさで、涙を堪えるのが精いっぱいだった。


あきらは、大学進学にあわせて実家を出て一人暮らしをしている。近くに逢衣が住んでいることもあり、これまで寂しいと思うようなこともなかった。むしろ、自分の好きなときに食べたいものを食べ、眠りたいときに眠る自由な時間を満喫していたと言ってもいい。夜中にふと目が覚めてお腹が空いても、コンビニまで歩いて行けばそれは満たされたし、家を出るのが面倒な日は買い置きしてあるお菓子でしのいだりしたこともある。寝坊で一食を抜いたところで、甘いミルクティや炭酸飲料を飲めばなんとかごまかせたし、さほど危機的状況など感じたことがなかった。

だがそれは、すべて下界での話だ。

「………高い……」

菊原山荘の食堂の片隅には、カップラーメンやチョコレート菓子等を売っている売店がある。そこの値札を目にして、あきらは思わずつぶやいた。

昼食の一件後、トイレから持ち帰ってきたゴミを嫌々ながらもなんとか仕分けし、燃えないゴミと燃えるゴミ、空き缶やペットボトルなどに分別してしかるべき場所に収めた。これらのゴミも、小屋を閉めるときかそれ以前に、ヘリや人力でおろすのだという。腐りかけの残飯などもあって、空腹のあきらにとっては食欲が減退するありがたい仕事でもあったのだが、二十代前半の若い体がカロリーを欲しがっているのも事実だった。せめてカレーではなく、ラーメンやスナック菓子だったらと思ったのだが、ここの売店ではスーパーで買えば二百円もしないカップラーメンが五百円、チョコレートや飴などは大体倍の値段になっている。

あきらは空腹を訴える胃を、服の上からそっとさすりながらしゃがみ込んだ。耐えられなくなったらここの商品を買わせてもらえばいいと思っていたし、実際払えない金額ではない。だが、下界で売られている値段を知っている身としてはなんだか釈然としなかった。なぜこのカップラーメンが五百円なのか。タイムセールを狙《ねら》っていけば、百円を切っていることだってあるというのに。

「……荷揚げ料、ってことか」

いい加減あきらにも山小屋の仕組みがわかりはじめていた。食料やその他の荷物をここまで運んで来るのは、ほとんどの場合ヘリだ。一回出動するのに決まったトン数を超えなければいけない上、普通乗用車が一台買えそうな値段がかかるという。それを回収するために、必然的に山での物価が高くなるのだ。

「足元見てるっていうか……」

山小屋の経営を考えれば仕方がないことなのかもしれない。だが、今のあきらにとっては悩ましい問題だった。厨房には、曽我部が気を利かせてラップをしてくれたあきらのカレーがまだ残っている。だが食べられないと宣言した以上、あれに手を付けてしまっては負けだ。ぐるぐると鳴る胃を押さえて、あきらはしかめ面のまま立ち上がる。朝ごはんを食べてからすでに七時間以上が経過していた。以来あきらが口にしたものといえば、食堂のやかんに入ったほうじ茶のみだ。

「あきらちゃん、そろそろ布団取り込もうか」

ジャガイモやニンジンの次は、瓶詰などのチェックをしていた福山が、戸口から空を見上げながら声をかけた。大樹は工具を持ったままどこかへ姿を消し、曽我部は武雄に連れられて登山道の草刈りに出かけてしまっている。できることならこれ以上体力を消耗したくはないのだが、嫌ですとも言えず、あきらは弱々しく返事をして福山の後を追った。このまま果たして夕食まで体力が持つだろうか。せめて朝食をもう少し食べておけばよかった。

「まずは受付に予約者名簿《めいぼ》があるから、これで今夜の宿泊人数を確認して、その人数分だけ布団をセットしとくんだ。覚えといてね」

宿泊予約の名簿を見せながら説明し、福山は大樹と同じような慣れた足取りで階段を上がり、慣れた動作で屋根の上へと出ていく。

「オレが上からおろしていくから、あきらちゃんはそこから部屋の中に放り込んでいって」

「あ、はい」

空腹でよろめく体を支えながら、あきらはなんとか一階の屋根の上へと出る。ここで落ちたりしたらとんだ笑い者だ。意地でも任務を遂行《すいこう》せねばならないと、あきらは気合いを入れて両足を踏みしめる。

「今日はいい天気だし、よく陽が当たってるから、今日泊まりのお客さんはラッキーだなぁ」

福山からはまず敷き布団が下ろされ、続いて掛け布団、枕と続く。提供する寝具に毛布やタオルケットなどはない。あとはすべて宿泊者の着衣で温度調整をするのだ。ほぼ意地の力で布団を窓から投げ入れていたあきらは、そこから見える地上に、先ほど福山がチェックしていた段ボールが口を開けたまま置かれているのに気付いた。

「福山さん、あれ仕舞わなくていいんですか？」

すべての寝具を回収し、上から身軽に降りてきた福山が、ああ、と気付いたように目をやる。

「あれは捨てるやつだから。多少の傷みならそこだけ除《よ》けて使うんだけど、もう食べるとこがないくらい何個か傷んでるのがあってさ。早めに気付いたからよかったけど、もったいないよねぇ。あのジャガイモ、オレが手配したのになぁ」

「福山さんが？」

「うん、タケさんに頼まれてね。知り合いの八百屋がわざわざ北海道から取り寄せてくれた、いいメークイーンなんだよ」

てっきりその辺のスーパーなどから買って来ているのかと思っていたが、なかなか手間がかかっているらしい。

「手配まで自分たちでするんですね」

「そうだね。手配して、ヘリに乗せたり歩荷したり、山開き直前が一番忙しいかな」

準備していた当時を思い出すように、福山は空を仰ぐ。

「歩荷って……背負って登って来るってことですよね？　今朝の武雄さんみたいに」

普通に歩いて登って来るだけでも大変なあの山道を、何十キロという荷物を背負って登って来るということ自体、もう完全にあきらの想像の域を超えている。

「そうそう。オレも先月、豆腐やキャベツを歩荷してきたんだよ。全部で四十キロくらいだったかなあ」

窓をくぐって部屋の中に入りながら、福山はあっさりと答えた。

「え、四十キロって、女の子一人抱えて上がって来てるようなもんですよ⁉」

登山口から菊原山荘まで、どんなに慣れた人でも七時間はかかる。当然だがその間ずっと、その四十キロを背負ったまま歩いて来るということだ。

「うん、まぁ毎回そんな量上げて来るわけじゃないけどね。それだけ上げて来れたら一人前っていうか、」

「荷物は全部ヘリで上げないんですか？」

「ヘリでも上げるよ。六月の小屋開けのときと、七月の上旬に。でもどうしても日持ちしない卵とか生鮮食品は、まめに歩荷で上げて来ないとね。毎回大金はたいてヘリ飛ばすわけにもいかないし。それに山小屋のメシってお客さんにとっても従業員にとっても唯一の楽しみだから、手ぇ抜くわけにいかないいんだよね」

「……福山さんて、本業カメラマンですよね？」

それとも副業がカメラマンなのだろうか。

神妙に尋ねたあきらに、福山が苦笑する。

「そうだよ。四十キロ担いで登って来るのは、ほとんどボランティア」

福山は今夜使用しない布団を手早く畳んで、次々と押入れの中へ仕舞っていく。

「どうしてそこまでするんですか？　武雄さんに昔お世話になったから？」

あきらにしてみれば、何の報酬もなく七時間の道のりを四十キロの荷物を背負ってやって来るなど到底考えられない。しかもシーズン中、一回だけのことではないだろう。話を聞く限りは、食材が少なくなればその都度歩荷していることになる。先月からアルバイトに来ている曽我部とすでに顔見知りだったのも、彼が何度もここと下界を往復している証拠だ。

「それもあるけど……なんだろう、原点、かなぁ」

福山は考え込むように腕を組んだ。

「原点？」

あきらは宿泊予定人数分の布団を除け、敷き布団と掛け布団をセットで畳み、その上に枕を置く。たっぷりと陽を浴びた布団からは、香ばしい良い香りがしていた。

「オレが初めて歩荷をしたのって高校生のときだったんだ。たまたま足りなくなった食材を持って来てくれってタケさんに頼まれて、大体初めての歩荷って十数キロでスタートするんだけど、タケさんがあれこれ注文したせいで結局二十七キロくらいになっちゃってさ」

当時を思い出すようにして、福山は笑う。

「もう何回か通ってた道だから迷うことはなかったけど、その日は一人で登ってて、交代要員もいないし、疲れにくい背負い方もペース配分もわからなくて、かなり心細かったこと覚えてるよ。だから到着したときすっげえ嬉しくてさ、ちゃんと無事に荷物が運べて、任務遂行できたぞって。なんか大人になれたみたいで」

そのとき、心配して小屋の外まで迎えに来てくれていた武雄が、汗だくで泣きそうになりながら歩いて来る福山を抱きしめ、頭をぐしゃぐしゃに撫でまわして褒めてくれたのだという。よく頑張ったと、父親のような笑みで。

「その当時はまだ高校生で力も知識もなくて、山小屋の中でずっと足手まといだと思ってたから、ああよかった、こんなオレでも誰かのために役に立ったって、すごく思ったんだよね。だからときどき、今でも歩荷させてもらうんだよ。なんかあの頃の気持ちを思い出すから」

さすがにもうタケさんは抱きしめてくれないけど、と福山はおどけて笑った。

「じゃあ、オレ外にいるから、何かあったら呼んでねー」

布団をセッティングし終わると、福山は再び外へと出て行った。

一人残されたあきらは、心を整理しきれず、整然と布団が並べられた広間に立ち尽くしていた。柱と柱を繋ぐロープにかけられたピンチ付きの丸い物干しが、開け放たれた窓からの風に揺れている。

福山少年が担いで来た二十七キロ。

時を経て、今の福山が担いで来た四十キロ。

どちらの価値が上かなど、あきらにはわからない。どちらがすごいかなど、あきらにはわからない。ただわかるのは、この荷物を待つ誰かのために彼が七時間の道のりを歩いたという事実だけだ。

あきらは竹の手すりに摑まりながら、ゆっくりと階段を下りた。これから夕食の時間まで、特に拘束される仕事はない。ときどき思い出したように鳴る電話を取るか、到着する宿泊客を迎えればいいだけだ。階段を下りながら受付横の棚にあるアルバムに目を留め、あきらは以前手に取ったそれの中身を思い出す。武雄や福山たちの想いは、確かに宿泊客へと届いているのだろう。そうでなければ、あんな手紙はきっと返ってこない。そう思えば思うほど、あきらの胸の中のしこりが重くその存在を主張した。認めなければいけないことが、もう無視できないほど浮き彫りになる。

重い足取りで厨房へ向かったあきらは、テーブルに所在なげに放置されているカレーライスに向き合った。触れた皿にもう温《ぬく》もりはなく、ラップの内側に水滴がついていた。見渡せば、厨房の棚にはいろいろな食材や調味料が入っている。砂糖や醬油《しょうゆ》はもちろん、干物や缶詰、それにここで漬けたのであろう瓶詰のピクルスや山菜。このカレーに使っている米も野菜もルーも、すべて下界から荷揚げされたものだ。武雄や福山が一から選んで、すべてを手配し、ときに自分の足で運んで来たものだ。

「……なにも、なかったところだったんだよね」

スーパーもコンビニもない。食料はおろか、こんな建物さえなかった山の中だ。そこに建材を運んで一から小屋を作り、疲れ果てた登山者のために明かりを灯す場所にしようと、何人もの人が汗を流したのだろう。そんな想いが積み重なった場所に、今自分はいる。

冷えたカレーライスを手元に引き寄せ、あきらはラップを剝がした。山小屋などもっと気楽なものだと思っていた。自然の中でのん気に気ままに暮らしている、そんなイメージしか持っていなかった。だが実際は、もっと泥臭くて重労働で、想像以上に人の想いがこもっている。茶碗一杯のご飯にも、布団一枚にさえ。

カレーと一緒に置いてあったスプーンで、あきらは一口分をすくう。冷えて固くなったご飯の感触がスプーン越しに伝わった。自分の家に当たり前のようにある電子レンジは、ここにはない。皿に盛ってしまった以上、温め直すことは不可能だ。だが、自分が食べなければこれは廃棄されるだけだ。自分が先ほど仕分けした、あの置き去りにされたゴミたちと一緒に。

込められた想いすら。

「……マズ……」

口に入れたカレーは、当然だが冷えていて香りも弱い。ご飯は固く、口の中でうまくルーと絡まなかった。やはりあのとき、意地を張らずに食べればよかったのだろうか。だが、汚物を拾った後でショックが大きかったことも事実だ。大樹に腹を立てていたのは確かだが、単に怒りで食べられないと言ったわけではない。無理矢理口にしても、吐いてしまったかもしれない心理状態であったことは間違いない。

あきらは二口、三口と頬張りながら、溢れてくる涙を堪えるようにして眉間に皺を寄せた。途中でむせて、吐き出しそうになるのをなんとか堪える。同時に、食わなきゃいい、と冷たく言い放った大樹の顔を思い出した。彼は自分よりずっと、この食事に込められた想いを知っていたはずだ。そしてそれを感じながら、このカレーを作ったはずだ。

あきらは零れてきた涙を拭う。自分の気持ちに正直になればいいのか、それとも誰かの気持ちを汲まねばならないのか、そのバランスがうまくとれなかった。食べられないなど、ひどいことを言ったと思う。でもあのときは、そうするしかない精神状態だったような気もする。決して誰かを傷つけたかったわけではないのに。

また空回りだ。

また自分の無知が、巻き起こした嵐《あらし》だ。

あきらは泣きながら、最後の一口まで冷えたカレーを口に運んだ。

きっとこの味を一生忘れないだろうと思った。

そして改めて、大樹に謝らなければと思った。

九

後藤大樹。

福山の話によると、彼が初めてここでバイトをしはじめたのは高校生の頃。以来毎年小屋を開けるシーズンにはやって来て、大学の関係で何日か抜けることはあっても、ほぼ毎日のようにここでアルバイトをしているという。シーズンの前後には、遭対協や県警の山岳警備隊が主催する技術講習などにも積極的に参加し、白甲ヶ山以外にも多数の登山経験を持つ、新米の遭対協救助隊員。

その日、あきらは朝から大樹を観察していた。彼は今朝もあきらに、皿の準備が遅いだとか、順番が違うだとか遠慮なく怒鳴ってくれている。せっかくこちらは殊勝に謝ろうという気でいるのに、こうも攻めてこられると応戦せざるを得ない。自分にこれだけ偉そうにいうのだから、一体本人がどれだけの働きをしているのかしっかりこの目で確認してやろうと思ったのだ。したがって、朝食の準備中も、宿泊客を送り出すときも、午前中各々掃除をするときも、あきらは常に視界の端には彼の姿を捉え、その行動を逐一《ちくいち》チェックしていた。百歩譲って、昨日のキジ打ちに関してはただ運が悪かっただけだったとしても、新人のアルバイトにもう少し優しく指導するのは先輩の務めであると思うのだ。現に、福山から教わるときはまったくストレスがない。

「風山への分岐はこの辺りです。ここから歩いて五十分くらい。立て看板があるのですぐわかりますよ。谷までの下り道はガレ場になってるから、足元に気を付けてください。浮石が多いので」

昼食を終えた午後一時半、食堂の戸口にこそこそと身を隠しているあきらに見られていることなど気付きもせず、大樹は休憩を終えた登山客に地図を見ながら道を教えている。意外なほど柔らかな声で、的確な指示だ。ああいう風に自分にも教えてくれたら、いつか背後から助走をつけてとび蹴りをしてやろうなどという考えも浮かばないのに。

「ヒロー、トイレの屋根さぁ、あれいつ修理しようか？」

礼を言って立ち去る登山客と入れ違うようにして、武雄がいつか見かけたプラスティックの水鉄砲を片手にやって来る。

「でも、どうせまた暴風で剝がれるんだったら、もういっそ全部剝がれるまで放っておいた方が、予算がつくと思わない？　青空トイレとか、斬新！」

「屋根ならもう直したよ。つか、あのトイレで屋根吹っ飛んだら太陽光発電できなくなるだろ。あの装置直すの面倒くさいんだからな。ていうか、また水鉄砲持って来てどうする気だよ？　絶っ対水入れて遊ぶなよ！」

大樹の手には、先ほどまで行っていた登山道の修復のためのシャベルが握られたままだ。雨で流れたり、登山客が踏み外したりして崩れた道を補修するらしく、朝から厨房に立ったかと思えば土木作業もしたりと、案外器用な人間らしい。もっとも、山小屋で働く以上その程度をこなせないと役に立たないのかもしれないが。

「……仕事は、できるのね」

さすがヒロ愛してる、などと投げキッスをする武雄を鬱陶しげにあしらって、歩いていく後ろ姿をあきらは複雑な思いで眺めた。実際朝から見ていたが、慣れている分を差し引いても彼はよく動いている。重労働も率先して引き受け、困っている様子の宿泊客や登山客には自分から声をかける。愛想がいいというわけではないが、過不足がない対応をわかっている感じだ。悔しいが今のところ、自分への対応の悪さ以外に、仕事上で非難すべきところが見当たらない。

「い、いや、探せばあるかも……」

なんだか認めたくなくて、あきらは不毛な詮索に入る。このままでは、多少口は悪いが仕事ができる先輩という位置づけになってしまう。それではとび蹴りする理由が薄れてしまう上、やっぱり自分が謝らなければいけないという事実が明白になりかねない。あきらは戸口にへばりつくようにしたまま、小さく溜め息を吐いた。キジ打ちの一件の真実がどうであれ、軽々しく食事を食べないと口にしたことは軽率だったと思う。そういうこともすべて含めて、自分の認識が甘いのだと言われたら言い返せない。やはりここは早いうちに謝ってしまうのが得策だと思うのだが、なかなかタイミングが摑めなかった。

「なんでだよ？　わかるように説明してくれよ」

眼光が鋭すぎる、無駄に威圧感がある、などと大樹の憎むべき点を無理矢理数えていたあきらは、そんな声を聞きつけて顔を上げた。

「あの、ええと、ですから、」

「だからなんだよ？　はっきり言えよ！」

山小屋の脇には、沢からホースを引いている水場がある。登山客の希望があれば、一リットル百円で提供しているのだが、その水場の辺りで、曽我部が中年の男性登山客に詰め寄られていた。

「水なんかそこの蛇口捻ったら出てくるだろ！　なんで百円も取られなきゃいけねぇんだよ！　今どき二リットルのミネラルウォーターだってスーパーに行きゃ百円以下で買える時代だぞ⁉」

有料のトイレに驚いていた自分を見ているようで、あきらはなんだかいたたまれず溜め息をついた。男性が言っていることはある意味では正しいのだが、それは下界の常識なのだ。山の上では、それが通用しない。

「ええと、ええとですね、」

詰め寄られている曽我部は、ハーフパンツの後ろポケットから例の本を取り出し、一心不乱にそのページをめくっている。表紙には『初対面でも嫌われない話し方』とあった。ただ、それが今役に立つとは思えないのだが。

「そんなでっかいヘッドフォンぶら下げて、ほんとにここで仕事してんのかよ!?　さっさと水くれよ！　こっちは急いでんだよ！」

「恐れ入りますがお客様、」

耐えきれず、あきらはついに口を挟んだ。このままでは、曽我部も登山客も両方が可哀想だ。救世主でも見つけたような目で、曽我部があきらを見やる。

「お気持ちはよーくわかります。スーパーでもっと安く買えることもあるのに、なんで山では一リットル百円もとるのかって。あたしも最初はそう思ってました。でも、これは儲けたいために設定してるお金じゃないんです。維持するためなんです」

突然出て来たあきらに鼻白んで、男性は水筒を持ったままあきらと曽我部を交互に見やる。

「維持？」

「そうです。この水は沢から引いてきてるんですが、ここまで運ぶのにポンプとホースが必要なんです。毎年お客様にできるだけ安定して水をご提供するために、その整備にも気が抜けません。もしポンプやホースが壊《こわ》れたら、それを買うのにいくらかかるか知ってます？　あ、買うだけじゃないですよ？　それをヘリでこの山の上まで運んで、設置するのにいくらかかるか。一リットル百円いただいても……何年かかるかな……」

わざとらしく渋い顔をするあきらに、男性は観念したように溜め息をつき、わかったよ、とポケットから小銭入れを取り出した。これ以上は時間の無駄だと思ったのかもしれないが。

「商売がうまいな」

「恐れ入ります」

水筒に水を入れ、にっこり笑って手渡すと、男性は呆れたように苦笑しつつも礼を言って立ち去った。その様子を、曽我部が呆然として見送る。

「……あ、あきらちゃんから後光が差して見える……」

「何言ってんの。曽我部くんの方が先輩なのに、どうしちゃったの？　あれくらいの説明、落ち着けばできるでしょ？」

もっとも、あきらも大樹から聞いた説明に多少のアレンジを加えただけだ。ポンプやホースの値段を正確に知っていたわけではない。なんだか大樹の教育が実を結んだ気がして面白くないのだが、結果的には役に立ってしまった。それにしても、山小屋へやって来て四日目のあきらが思いつく理屈なのだから、一ヶ月以上先に来ていた曽我部が説明できないはずはないと思うのだが。

「い、いや、……僕は……」

何か言い淀んで、曽我部は手にしていた本を、押し込むようにポケットへと戻した。

「おーい、いたいた、あきらちゃんとやっくん、ちょっと手伝ってくれるー？」

あきらが続けて尋ねようとした瞬間、食堂から福山が顔を出して手招きをする。

「ヒロ、お前も！」

そしてシャベルを戻して帰って来た大樹も呼び止め、福山は三人を連れて従業員部屋へと向かった。

「写真展？」

大樹たちと共に連れられてやって来たあきらは、従業員部屋の一角に積まれたひと抱えもある大きさの段ボールを渡され、それを食堂へ持っていくように指示された。

運んで来たものを開けてみると、薄いパネルに加工された写真がひとつひとつ緩衝《かんしょう》剤《ざい》にくるまれ、ぎっしりと入っている。

「そう、毎年やってるんだ。食堂の壁に写真を飾って、ここの売店で写真集を売る」

福山は自分が運んで来た段ボールの中から、鮮やかな青空と白甲ヶ山が表紙の写真集を取り出す。それを見て、あきらは改めて彼がプロのカメラマンであったことを思い出した。これが例の、売り上げがいまいちと言ってた写真集だろうか。

「でもこれ、全部一人で運んで来たんですか？」

写真が入っている段ボールだけでも三箱、それに写真集が入っている重いものが一箱。下界なら車などに積んでしまえる量だが、これをここまで持って来ようと思ったらかなりの労力を使うだろう。

「いや、さすがにこれは知り合いにも手伝ってもらったよ。先月の下旬だったかな、置きに来たの。そのあと友達の店でも写真をディスプレイしてもらえるって話になって、その準備ですぐ下山したんだよね」

そしてまたとんぼ返りで上がって来たのが、ちょうど一昨日《おととい》だったということだろう。確かこの前にも歩荷してきたと言っていたはずだが、一体この男は何回下界とここを往復しているのだろう。確かに登った回数など無意味だと言った理由が、今ならよくわかる。

「これに書いてある番号通り、こっちの壁から飾っていってくれる？　パネルの裏に番号書いてるから。あ、留め具はそこに一緒に入ってる。やり方は大樹が知ってるから何でも聞いて。オレはちょっと野暮用で出かけるから」

福山は段ボールを順番に覗いて、その中のひとつから一枚の紙切れを引っ張り出し、あきらへと手渡した。

「え、野暮用って？」

こんな山の中で、一体何の用事だというのだろう。尋ねたあきらに、福山は意味ありげに笑った。その姿に、傍のカレンダーに目をやった大樹が、何かに気付いたように福山に目をやる。

「あ……、そういうこと、ですか」

「そういうこと」

大樹とそんな会話をして、じゃああとよろしくと言い残し、福山は食堂を出ていく。

「何の用事だろうね？」

福山の背中を見送りながら、あきらは何気なく曽我部に話しかけた。写真の展示を自分たちに任せて出かけねばならないほど、何か重要なことだろうか。

「別にお前に関係ねぇから、気にする必要なんかこれっぽっちもねぇよ」

だが曽我部が答えるより早く、大樹からそんな答えが返ってくる。

「あなたに訊いてませんけど⁉」

「騒ぐ元気があるならとっとと始めるぞ」

おろおろと二人を交互に見やる曽我部を横目に、あきらはそっと右の拳を握った。

仕事ができたとしても、やはりこういう受け答えに棘があるのはどうかと思う。

さっさと段ボールを開ける大樹に続いて、あきらと曽我部も作業にとりかかった。取り付けの作業を男二人に任せ、あきらは段ボールから番号を確認しながらパネルを取り出して、緩衝剤を剝がしていく。次々と出てくる写真は、美しい高山植物の花々が多く、中には一昨日神池で見た鮮やかなニッコウキスゲなどもあった。また、夕焼けに染まる山肌を写したものもあれば、朝靄の中に佇《たたず》む荘厳《そうごん》な山々の姿もある。どれを見ても溜め息が出そうなほど美しく、あきらは度々《たびたび》手を止めて写真に見入った。今まで山と言えば、鬱蒼とした森に虫がいたり熊がいたりという漠然としたイメージしかなかったが、一昨日の神池といい、福山のおかげでその印象はがらりと変わったと言ってもいい。山にはこんなに美しい姿もあるのだと、あきらは初めて知った気がしていた。

「おい、何ぼけっとしてんだ。次！」

大樹に急かされ、写真に見入っていたあきらは我に返る。

「そ、そんな怒鳴らなくてもいいでしょ！」

慌てて手に持っていた新緑の木々の写真を渡し、次のパネルを段ボールから出したところで、あきらは再び手を止めた。

「……ねえ、これって、全部白甲ヶ山の写真なの？」

それは、写真集の表紙に使われていた清々しい風すら感じそうな写真とは違い、厳冬の山が収められていた。奥に写っている山肌はほぼ白く覆われ、ところどころ灰色の岩が突出しているのがわかる。あきらが一昨日見たような緑は一切なく、景色以上に何か冷たさを感じさせた。そして手前の地面にも雪が積もっているのだが、おそらく吹き付ける強い風によってその表面に波打つような模様ができている。それに薄い光があたって影ができることにより、まるで灰色の海に雪島が浮かんでいるように見えた。一昨日見たあの緑色の稜線からは、想像もできない写真だ。

「当たり前だろ。ここで写真展やるのに、他の山の写真持って来るか？」

案の定、大樹からは優しさのかけらもない言葉が返ってくる。

「それは風山から白甲ヶ山を写したやつだ。夏の白甲しか知らない奴は冬の姿を見て大体驚く。この辺は相当雪が深いし、風山に行く途中の尾根は雪崩やすい。そのことを詳しく知らずにやって来て、事故に遭う奴が毎年いる」

あきらからパネルを奪い取って、大樹は高さを合わせながら留めていく。

「お前が一昨日見てきたような景色は、山の一面に過ぎないんだよ。雪のない夏山だって、落雷や落石で死者が出ることもあるし、浮石に足を取られての転落や滑落や、遭難。実際ここに要救（要救助者）が担ぎ込まれてくることもあった。……遺体を吊るしたヘリが飛んでいく姿なんか、できればもう見たくねぇよ」

言葉の最後を、大樹はつぶやくように口にした。

「……吊るすって、遺体はヘリに乗せて運ばないの？」

食料や物資はヘリに載せて運ぶのに、肝心の人は乗せてもらえないのだろうか。気になってあきらが尋ねた途端、大樹がいつもの面倒くさそうな顔をする。

「航空法！」

「何よコークーホーって」

鳥か何かの鳴き声か。おうむ返しのあきらにわざとらしく大樹が溜め息をつき、その代わりに曽我部が、ポケットから取り出したメモ帳を見ながら口を開いた。

「い、遺体は、モノとしての扱いになるんだ。だから機内に乗せてはいけないって、航空法で決まってるんだよ」

「え……、そうなの……?」

あきらは、何と口にしたらいいのかわからずに黙り込んだ。亡くなった途端、人ではなくモノとして扱われてしまうこと、それが常として身近にあること。それは今まであきらが知ることのなかった世界だ。ヘリはもちろん、捜索するために何十人という人が危険を冒《おか》して山に入るのだろう。そこから下ろしてもらえるだけ、ありがたいと思わねばいけないのかもしれない。

そんな神妙な考えが浮かぶと同時に、あきらはふと顔を上げた。それはそれとして、こんなことを普通の女子大生が知っているはずないのだから、思いきり面倒くさい顔をされる筋合いはないはずだ。あきらはちらりと大樹に目をやる。この男は、人としての普通の優しさとか思いやりとかが著《いちじる》しく欠如しているに違いない。山での出来事には、それが発揮されているくせに。

あきらに睨まれていることなどまったく気にせず、大樹は慣れた手つきで作業を進めている。

「ルールを守って登山してても、突発的な事故は避《さ》けようがなく起こったりする。怪我をしてでも、生きて帰って来たら万々歳。遺体があるのもまだいい方」

「……そ、それより悪いのが、あるの？」

曽我部が恐る恐る尋ねた。だが大樹はすぐには答えず、少し思案するように黙り込んだ。その沈黙《ちんもく》が余計怖い。

「おーい、ヒロ！　ちょっとちょっと」

外のテラスで顔馴染の登山客と話し込んでいた武雄が、戸口からヒロを手招く。それに応じて外に出ていく背中を見送り、あきらはこそこそと曽我部に話しかけた。

「絶対もったいぶったわよね、今」

「う、うん、かなり、期待を持たせた間だったよね」

だが、本当に聞かない方がいい話だったのかもしれない。きっと自分たちの想像以上に、下界では考えられないことが普通に起こるのだろう。

あきらはもう一度先ほどの雪山の写真に目をやった。白くそびえ立つその姿は美しいと思う。だが、同時に恐ろしくもあった。それは人の命灯すら凍らせる、あきらの知らない山の姿だった。

「あ、あきらちゃん、パネル、」

曽我部に声をかけられて、あきらは作業に戻った。また段ボールからパネルを取り出し、緩衝剤を剝がす。そして曽我部に手渡したところで、あきらはふとその手元に目を凝らした。

「……曽我部くん、それ、」

彼は先ほどから、どこから持って来たのか定規を手にして、パネルとパネルの間の長さをミリ単位で測り、寸分の狂いもないよう神経質に作業している。

「え、な、何？　僕何かおかしい!?」

あきらの視線に気づいて、曽我部が慌てて自分の周りを見回した。

「いや、おかしいっていうか、そこまで神経質にやらなくても……」

おそらく一ミリの傾きもなく展示したいという彼なりの心遣いなのだろうが、やたらと時間がかかるその作業のおかげで、手際よく進める大樹と違い、彼が取り付けたパネルはまだたったの三枚だ。

「こんなの適当よ、適当。見た目が真っ直ぐならいいの！　そんな定規なんか使ってたら時間かかってしょうがないじゃない。ほら、さっさとやっちゃおうよ。遅いと絶対またあの人うるさいから」

あきらはテラスで話し込んでいる大樹の背中にちらりと目をやる。曽我部は大樹の姿と自分の定規を何度か見比べ、意を決したようにそれをテーブルの上に置いた。

「……あきらちゃんは、すごいな」

溜め息とともに、曽我部がその言葉を吐き出す。

「え、何が?」

パネルの裏に書いてある番号を確かめていたあきらは、自分とそんなに変わらない身長の彼を振り返った。

「だ、だって、武雄さんのセクハラにも全然負けないし、ヒロくんにだって怒鳴り返しちゃうし、お客さんにも動じずに対応して……。こういう作業も、すごくてきぱきやっちゃうし」

曽我部はパネルの緩衝剤を剝ぎ取りながら、もう一度溜め息をつく。

「僕は、自分の頭だけで考えたり、行動したりするのがすごく苦手なんだ。マニュアルや『きまり』がないと、どうしたらいいのかわからなくなる」

曽我部は、先ほどの本をもう一度ポケットから取り出した。

「初めて会う人と話すのもすごく緊張して、言葉がすぐに出てこないんだ。だからいつもマニュアル本を持ってるけど、さっきみたいに迫ってこられるともう全然だめ。こういう作業だって、パネルの間が何センチとか決まってないとパニックになるんだ」

掃除をするとき、必ずあのアイドルグループの曲を聴いているという彼のことを、あきらはふと思い出した。おそらくはそれも彼の『きまり』なのだろう。そういえば、初対面の人と話した後は、必ず音楽を聴いて心を鎮《しず》めるのだとも聞いた。きっとその他にも、自分を落ち着かせたり、鼓舞《こぶ》させたりするための曲や本があるのかもしれない。適当とがさつに加え、大雑把が代名詞とされていたあきらにしてみれば、とても不自由だと思うのだが。

「ねぇ、曽我部くんはなんでここにアルバイトに来たの？」

いつの間にか役割が入れ替わり、曽我部に代わってパネルを壁に留めながら、あきらは何気なく尋ねた。

背も高い方ではないし、女の子のように細い体はどう見ても山男には見えない。山登りが好きで、それが高じてここに来た、というわけではなさそうだ。ましてそんな性格ならなおさら、敬遠しても不思議ではない場所だ。

曽我部は苦笑して答える。

「僕、実はヒロくんと同じ大学で、同じゼミの同級生なんだ」

「え！　そうなの？」

意外な告白だった。あの山猿とこの曽我部とではあまりにもタイプが違いすぎて、同じ教室にいるところがうまく想像できない。

「お、同じゼミになったのは三回生になってからなんだけど、その初めての授業で自己紹介があって、そのときヒロくんが頻繁に山に登ってる人なんだっていうことを知ったんだ。ときどき大学にすごく大きなザックを背負って来てるのを見ててずっと不思議だったから、ようやく納得できたっていうか、」

おそらくは、とんでもなくぶっきらぼうな自己紹介をしたのだろう。なんだか想像ができて、あきらはちらりと外の背中に目をやった。三回生ということは、自分よりひとつ年上ということだ。

「……仲、良《い》いの？」

あきらは恐る恐る尋ねた。曽我部の前では、随分大樹の愚痴を漏らしたかもしれない。仮にも二人の仲が良かったら、少々面倒くさいことにならないだろうか。

「い、いや、学校では全然しゃべったことなかったんだよ。だ、だって怖いし、普通に。大学にいるときの方が、もっと無愛想かな。あんまり周りと馴染まないし」

言葉の後半、声を潜める曽我部にあきらは笑った。同性にも怖がられているとは思わなかったが、気持ちはよくわかる。

「でも、そしたらなんでこのバイトに？」

あきらの質問に、曽我部は少し逡巡して口ごもった。

「……ヒロくんのこと怖かったけど、それを上回るくらい、僕にとって彼は眩しかったんだ」

あきらにパネルを渡しながら、曽我部は続ける。

「僕は昔から女の子に間違われることが多くて、この外見のせいでよくいじめられてた。物をはっきり言うことも得意じゃないし、断ったりするのも苦手で、なるべく敵を作らないように、なるべく穏便に済むように今まで生きてきた。自分で責任を取ることがすごく怖くて、マニュアルに頼るようになって……でも、心のどこかではずっと思ってた。このままでいいのかなって」

そんなとき、目に留まったのが大樹だったのだという。

陽に焼けた肌と、引き締まった体に宿る強い瞳。誰にも媚《こ》びず、誰にも染まらず、たった一人真っ直ぐに立っているその姿は、いつもマニュアル本に頼り、誰かの後ろをついていくだけだった曽我部の心を強く揺さぶった。

「……五月の、学祭を週末に控えた日にね、大学の屋上から生徒が一人転落したんだ」

唐突に始まった話に、あきらは思わず手を止めて曽我部に目をやる。

「ふざけてて落ちたから自業自得《じごうじとく》なんだけど。そのとき、ちょうど落ちた場所が渡り廊下の屋根の上で、すごい騒ぎになったんだ。僕はちょうどゼミの時間で、向かいの校舎の窓からそれを目撃した」

当時を思い出すように、曽我部はわずかに眉根を寄せた。

「落ちた衝撃で、足と腕がおかしな方向に曲がって、どこからか出血してるのも見えたんだ。女の子が悲鳴を上げて、教授が救急車を呼べって叫んで、……でも僕は、そんなとき何をすればいいのかわからずに、見てることしかできなかった」

曽我部は自分のうるさいほどの鼓動を、服の上から押さえつけるのが精いっぱいだったという。頭が真っ白になって何も思い浮かばず、ただ鮮血の赤がやけに目についたと。

「助け上げようにも、渡り廊下は三階部分にあって、脚立《きゃたつ》なんかじゃ全然届かないし、そこに出られそうな窓も近くになくて、」

九階建て校舎の屋上からは、転落した生徒の友人であろう数人が、彼の名前を泣きながら叫んでいたという。その光景を思って、あきらは顔をしかめた。そこからも到底引き上げられるような高さではなかっただろう。

転落した生徒の命を、誰もが絶望的に思ったはずだ。

「……そのときね、声を聞いたんだ。『まだ息がある』って」

どこか懐かしい目をして、曽我部は続ける。

「すごく近くから聞こえたのに、振り返っても誰もいなくて、そのとき、教室の中にヒロくんと、ヒロくんの荷物がないことに気付いたんだ。そしてそれから数分たたないうちに、同じゼミの子が屋上を指差して言ったんだよ」

あれ後藤くんじゃない？

屋上に現れた大樹は、長いロープを手早く屋上の手すりに結び付け、自分の体に取り付けたハーネスの金具にそれを通し、あっという間に転落した生徒のところまで、六階分の高さを下りて来たのだという。手慣れたその行為に無駄はなく、まるであらかじめ周到に準備された映画の撮影を見ているように。

「後から聞いた話だけど、実はその日、ヒロくんは授業終わりにそのまま山まで行って、翌日の遭対協の訓練に参加するはずだったんだって。それでたまたま自分のギアを持ってたんだ。ヒロくんは落ちた生徒を背負って、別のロープで背中に固定して、またさっきのロープづたいに地面まで降りたんだよ。そこからは人だかりでよく見えなかったけど、たぶん応急処置をしてたんだと思う」

救急車がやって来て生徒が搬送されて行ったあと、教室に戻って来た大樹は全身が血だらけだったという。それほど落ちた生徒の出血がひどかったのだろう。頬にも拭ったような跡がつき、まるで大樹自身が大怪我をしているようにも見えるほど。

「皆が絶句してる中、ヒロくんは何事もなかったみたいに、教授に一礼だけしてまた教室を出て行ったんだ。さすがにその格好で授業を受けるわけにいかなかったんだろうけど、説明すらせずに出て行ったヒロくん、ちょっと鳥肌が立つくらい格好良かったんだよ」

そのとき見送った背中を思い出すように、曽我部は恍惚《こうこつ》と宙を眺める。

「……ねぇ、それ本当にあの人？」

あきらは訝《いぶか》しげに尋ねた。いくら遭対協の救助隊員とはいっても、ちょっと格好良すぎるのではないか。本当にすぐそこに立っている、あの後藤大樹だろうか。

「本当だよ。ヒロくん、福山さんや山で知り合ったいろんな人と一緒に、一年中いろんな山を登って鍛えられてるし、今年になって遭対協に入るって決まる前から、冬山で滑落訓練なんかも受けてたんだって。懸垂下降なんて、ヒロくんにとったら基本中の基本だったんだろうね」

曽我部は、まるで自分のことのように少し誇らしげに語る。

「その事件以来いろいろ考えちゃってさ。ヒロくんみたいにとまでは言わないけど、僕も強くなりたいって本気で思うようになったんだ。マニュアルや『きまり』に依存しなくても生きていけるように。それで、思いきってヒロくんに相談してみたんだよ。それが一番早いと思ったから。そしたら、有無を言わさずここに連れて来られた」

曽我部はおどけるように自分の足元を指差す。

「最初はなんで山小屋のバイトなんだろうって思ってたけど、今はちょっとずつ、わかってきた気がする。……まだまだ、『きまり』を手放せないけど」

曽我部は手元の本を眺めると、もう一度それをポケットに押し込んだ。あきらはその横顔を見つめる。彼も自分と同じだ。変わりたいと思って、希望を持って、ここに来ている。少しずつ少しずつ、頂上を目指して登っている。

「そっか……。じゃあ、あたしも一緒だ」

「一緒？」

パネルを差し出しながら、曽我部が怪訝な顔をする。

「あたしも変わりたいと思ってここに来たの。だから、同じだね」

少し驚いたように目を見開いた曽我部が、穏やかに笑った。思いがけない同志に出会って、あきらも笑う。単純に、嬉しかった。彼がいてくれることで、大樹への態度も、仕事や山小屋での生活も、随分と柔軟になれるような気がする。

パネルの取り付けもあと少しというところで不意に受付で電話が鳴り、大樹と一緒にテラスから戻って来ようとした武雄が、そのまま受付へと向かった。

「……あ、あの、あきらちゃん、」

そして二箱目の段ボールがそろそろ空になるという頃、曽我部が小声でそう切り出した。

「何？」

「ええと、いや、やっぱりなんでもない」

先ほどからなんだかそわそわとしている曽我部は、結局そう言って口をつぐんだ。テラスから戻って来て、その様子を見ていた大樹が、呆れたように溜め息をつく。

「曲がってんだよ」

「え？」

パネルを持ったまま、あきらは振り返った。ようやく戻って来たと思ったら、今度は一体何の文句だろう。

大樹は面倒くさそうに指を差して告げる。

「最初に曽我部がやった三枚より後ろ、全部左に傾いてる」

その言葉に、曽我部が息を呑むように体を硬直させた。

「え、嘘っ」

あきらは慌てて壁際から距離をとり、少し離れた場所からパネルを眺めてみる。

「あ……」

言われた通り、あきらが取り付けたパネルはすべて左に下がり、水平についているものは一枚もない。

「ご、ごめんあきらちゃん、やっぱり、僕が、僕がもっと早く言えばっ、」

そう言ったかと思うと、曽我部は急に、トイレに行ってくる！　と言い置いて、あきらが呼び止める暇もなくその場から逃げるように駆け出していった。

「そんなに気にしなくても……」

あきらは呆気にとられるようにつぶやいた。直せば済む問題である上、悪いのは斜めに取り付けた自分だ。

「あいつの態度でわかるだろ。そわそわしてんのは、だいたい言いたいことがあるときなんだよ。察してやれ」

大樹は取り出したパネルを壁へと取り付ける。こちらもあきらと同じフリーハンドでやっているはずなのだが、きっちりと水平に固定されている。

「そっちはおんなじゼミで仲良しかもしれませんけど、こっちはまだ出会って四日目なんです！　態度でなんて、そんなのなかなかわからないじゃないですか」

「日数じゃなくて洞察力の話してんだよ。それよりさっさとやり直せ！」

どうしてこの男に自分の洞察力云々《うんぬん》まで文句をつけられないといけないのだろう。あきらは溜め息をつく。しかし悔しいことに、このズレたパネルに関しては反論の余地がない。あの几《き》帳面《ちようめん》すぎる測定も、そうそう侮《あなど》れないということか。

あきらは角度を直し、大樹は三箱目の段ボールからパネルを取り付ける作業をしばらく二人で黙々と続ける中、時折大樹の持つ無線から何か音声が零れたが、音量が絞られていて、あきらには明確に聞き取ることはできない。だが大樹が反応しないところを見ると、単なる通話試験などかもしれなかった。遭対協から配布されているその無線は、白甲ヶ山全体をカバーし、菊原山荘から遠く離れた場所のやり取りも随時拾っているらしかった。

「……あの、」

無線機からのくぐもった声が途切れるのに合わせて、あきらは今なら言えるような気がして口を開いた。こういうことは、さっさと言ってしまうに限る。

「一応、言わないといけないと思うっていうか……あたしが山のこと何も知らなくて、甘い考えで来たっていうのは事実だし。……だから、……ごめんなさい。食事のこととかも、いろいろ……」

福山から彼の覚悟の話を聞いて以来、いつか言わなければいけないと思っていたことだ。昨日の一件があってからは、なおのこと思っていた。何もかも甘く、考えが足りなかったのは自分の方だったのだから。

剝がした緩衝剤を段ボールに突っ込んで、大樹は壁に留め具を取り付ける。

「……別に。典型的な勘違い女ってだけだろ。珍しくねぇよ」

そうきたか。

あきらは深い溜め息を吐いて、あのー、と口を開いた。

「なんでそういう態度しかとれないんですか？　人がせっかく謝ってんのに！　お客さんや屋上から落ちた生徒には優しいのに、なんで、」

そう言いかけて、あきらは慌てて口をつぐんだ。

聞き逃さなかった大樹が、射抜くような視線であきらを一瞥する。

「……曽我部か、」

「………、ごめんなさい」

あきらが聞いたのは、大樹が転落した生徒を救いに行ったという話だけだ。

その生徒がその後どうなったかは、聞いていない。

「で、でも曽我部くんは面白がって言ったわけじゃなくて、本当に後藤さんのことを尊敬してたっていうか……。だから、話してくれた彼が悪いわけじゃないんです！　あたしが、余計なこと……」

軽々しく口にしてはいけない話だったのかもしれない。あきらは自分の配慮のなさにいたたまれず、額に手を当てた。これでは結局、どちらも傷つける結果になるだけだ。

「……別に、お前のそういう考えが浅いとこなんか、今に始まったことじゃねぇだろ」

大樹は再び手を動かしはじめる。このときばかりは、あきらは言い返すことができなかった。確かに、否定のしようもない。

「……ごめんなさい」

もう一度謝って、あきらは再び作業に戻った。悔しいが、これぱっかりは大樹の言う通りだ。曽我部に飛び火しなかっただけでも良しとせねばならない。先ほど、もう遺体を吊るして飛んでいくヘリを見たくないと大樹が言っていたことを、あきらは思い出していた。自分よりもずっと、人の死を間近で見ている人だ。それはきっと麻痺《まひ》するものではなく、澱《おり》のように心の底に溜まっていくのではないかと思う。だとしたらやはり、何も知らない人間がうかつに触れていいことではないだろう。

沈黙のまま作業を続け、大樹が最後のパネルを貼り終わって、全体をぐるりと見渡した。どうにかあきらの修正作業も追いつき、斜めについているパネルは見当たらない。味気なかった食堂の壁が鮮やかな山の写真に囲まれ、一気に華やいで明るくなる。

「……今、リハビリ中だ」

食堂の中を見渡しながら、大樹がぼそりと口にした。

「え？」

あまりに唐突で、聞き逃しそうになったあきらは大樹を振り返る。

大樹は居心地悪そうに首の後ろを掻きながら、パネルに目をやったまま続けた。

「先月退院したって話だ、確か」

それが屋上から転落した生徒の話だと理解できるまで、あきらは呆《ほう》けたように瞬きを繰り返した。

「……助かったんだ？」

「後遺症は残るらしいけどな」

面倒くさそうに、大樹が付け加える。

それならそうとさっさと言ってくれればよかったのに。もったいぶって。こっちは最悪の想像までしたのに。言い返したい言葉はたくさんあったが、あきらは結局その言葉を口にする。

「……よかった」

吐息に、混ぜるようにして。

「よかったね」

そのあきらの姿を、大樹が意外な目をして見つめていた。

「お、できたね～。嬉しい予約の電話とったと思ったら、こっちでは写真展が完成してるなんて、なんか盆と正月がいっぺんに来たみたいだよねぇ」

電話を終えて帰って来た武雄が、食堂の中をぐるりと見渡して満足そうに笑った。どうやら電話は宿泊の予約だったらしく、かなり機嫌がよさそうだ。やはり経営者として、客入りは気になるところなのだろう。

「あ、ちょっとちょっとあきらちゃん、ここの写真はもうちょっと上に付けてくんないとさぁ」

パネルの一枚一枚を眺めていた武雄が、急に真剣な眼差しになったかと思うと、段ボールを片付けていたあきらを手招いた。

「え、ここだけ上に付けるんですか？　高さが揃わなくなっちゃいますよ」

それ以前に、また曽我部がそわそわしたりしないだろうか。そんなことを思って、あきらはまだ彼がトイレから戻らないことに気付いた。本当にお腹を壊しているのでなければ、そろそろ呼びにいってやらねばならない。

「だってさぁほら、もうちょっと上に付けないと、この壁の染みが隠れないじゃない」

「染み隠しのための写真じゃないでしょ！」

何を言うのかと思えばこのおっさんは。

「えー、ちょうどいいのにー。ほら、大きさも」

「染み隠しなんかに使われたら、福山さん怒りますよ」

「大丈夫だよ、何かエサやっとけば」

「エサって！　動物じゃないんだから！」

「いやぁタケさん、今年も始まったねぇ」

パネルをずらそうとする武雄をあきらが止めている間に、テラスに続く戸口に男性が立っていた。その後ろには、見覚えのある水色のベストを着た女性の姿もある。

「岩ちゃん！　おかえり！」

振り返った武雄が、嬉しそうに笑って自由な左手を広げた。

「ただいま」

あきらが一昨日谷で出会った岩瀬《いわせ》夫婦は、まるで自宅に帰って来たかのように、満面の笑みでそう口にした。

十

山小屋の夕食は、午後五時から始まる。午後八時半には電気節約のために発電機を止めて消灯になるので、それに合わせた食事時間でもある。メニューはあらかじめシーズンごとに決まっていて、レストランのように好きなものを注文して食べられるわけではない。必要最低限の食材を使い、無駄をなくすためだ。厨房に立つ武雄や大樹の腕は良く、下界の店で出されるのと遜色《そんしょく》ない料理を手早く作り上げる。

今季の夕食のメニューは、ジャガイモのそぼろ煮と豚肉の生姜焼きをメインに、季節の野菜の天ぷらと、麓の名産の練り物、それに山小屋で漬けている香の物と、山芋の千切り。それにご飯とみそ汁がつくかなりのボリュームだ。器もプラスティックやステンレスではなくわざわざ陶器の物を使い、それだけでもなんだかいい食事を食べている気分になる。テレビをはじめとする娯楽が一切ないこの場所では、福山が以前言った通り食事が唯一の楽しみであるため、必然的に力が入るのだろう。

「あきら、ちゃん？」

予定通りの時間で夕食の提供を終え、テーブルを拭いていたあきらは、一瞬呼ばれていることに気付かず、少し間を置いて振り返った。

「あ、はい」

お盆前の平日で比較的空《す》く時期であるとはいえ、今日の宿泊予定は岩瀬夫妻のみだ。頂上への一番遠回りなルート上に存在する上、登山道の本筋からもかなり奥まった位置にあり、なおかつ頂上に雪峰ヒュッテという設備の整った山小屋があるため、菊原山荘の客入りは必然的におくゆかしい。

「一昨日、谷で会ったわよね？　覚えてる？」

水色のベストを着た妻は、岩瀬千優《ちひろ》と名乗った。四十代後半の、笑うと左頬に可愛らしいえくぼができる女性だった。

「はい、覚えてます。福山さんとお話しされてましたよね」

旦那の方は、診療所から駆け付けた宮澤や武雄、福山らと一緒に食堂の一角で楽しそうに話し込んでいた。どうやら長年この小屋に通っている常連であり、共通の友人らしい。加えてこの客入り状況ではほぼ身内だけの集まりに等しく、話し込む皆の声は遠慮がない。

「あのときは、随分変わった格好をしてる女の子を連れてると思ってたのよ。直人くんが一緒だったから安心してたけど、大丈夫だった?」

「あ、はい。すいません、ご心配おかけして」

あきらは気まずく頬を掻いた。もう黒歴史になっている、と言われた福山の言葉を思い出す。きっと一生言われるのだろう。

「あ、でも、今日はどうしてこっちに戻って来たんですか? 確か、風山の方に行くって」

一昨日の記憶を辿りながら、あきらは尋ねた。白甲の混雑を避けて、風山の方へ行くのだと聞いた気がしたのだが。

「ええ、一昨日はあれから風山まで稜線づたいに行って、向こうの山小屋で二泊したの。本当は雪峰に行こうかって話してたんだけど、あんまりにもクロユリが見事で、急遽《きゅうきょ》沈殿」

「沈殿?」

「連泊することよ。それからまたこっちに引き返してきたの」

山の用語に詳しくないあきらにも、千優は優しく説明をする。

「一年に一回の今日は、必ず菊原山荘で過ごすって決めてるから、どうしても戻って来ないといけなかったの」

そう千優が言い終わらないうちに、突然電気が消え、部屋の中が群青《ぐんじょう》に包まれた。途端に、それまで自分たちの姿を映していた窓ガラスが、外の景色を透過させる。

雪の残る山が、橙《だいだい》とも紅ともつかない色に染められていた。空にかかる雲は不思議な紫色。夕陽の姿はここからは見えないが、確かにその存在を感じさせる焼けた空が見える。

「停電かしら？　たまにあるのよ、電圧が不安定だから」

窓の外に気を取られていたあきらは、千優の落ち着き払った態度につられるようにして我に返った。食堂の明かりは蛍光灯ではなく、昔の石油ランプを模した白熱灯のものが、五個ワンセットになって全部で三ヶ所についている。そのすべてが消えてしまったということは、やはり球切れではなく停電だろうか。

「あたし、ちょっと見て来ます」

ここでは下界の常識は通用せず、何が起きても不思議ではないというくらいの心持ちでいなければやっていけない。テーブルづたいに歩き出そうとしたあきらは、厨房の方がぼんやりと明るいのに目を留める。ゆらゆらとした独特の明かりだ。まさか火事かと息を呑んだ瞬間、それがホールケーキの上に点《とも》ったロウソクの明かりだと気付いた。

「岩ちゃん、ちいちゃん、二十年目の結婚記念日おめでとう！」

武雄の声が響いた。それと同時に、クラッカーの乾いた音が鳴り響く。

「結婚記念日⁉」

クラッカーの音に驚いて、あきらはその場に立ち尽くした。結婚記念日と言えば、どこかの高級レストランなどで優雅にフレンチなどを食べながら祝ったり、自宅で家族揃ってほっこりしながら祝ったりするものではないのか。

それを、まさかこんな山小屋で。

「どうしたのこのケーキ！」

厨房から福山がホールケーキを手に現れるのを見るや、驚きを隠せない千優が口元に手をあてたまましばらく呆然とする。普段山小屋では決してお目にかかれない、生クリームのホールケーキだ。赤いイチゴの代わりに、キウイや缶詰のピーチなどが使われ、周囲には色とりどりのマーブルチョコが飾られている。そしてその中央には、祝二十周年、岩瀬雄二《ゆうじ》・千優と書かれたチョコレートのプレート。

「ちいちゃんたちのためにパティシエ福山が焼いたに決まってんだろ！　うちのダッチオーブン占領してなぁ」

うまくいってよかったと、場所を提供した宮澤が、無精鬚の顎のあたりを撫でながら満足そうに笑う。

「いや、まぁ、オレは提案しただけで、作ったのは綾ちゃんなんだけどね」

写真展の準備をあきらたちに任せ、野暮用があるからと姿をくらましていた福山が苦笑する。要はこの準備のためだったのだろう。

「ほら、早く消して消して！　ロウが垂れちゃうから！　垂らすならオレの体に！」

武雄に急かされ、千優は旦那と笑いながら、一緒にケーキの上に立った二本のろうそくを吹き消した。同時に電気がつき、歓声と拍手が一層大きくなる。誰からともなく、おめでとうという声が響いた。

「それにしてもあれだよ岩ちゃん、お客さんより従業員の方が多い山小屋で祝ってもらえるなんてそうそうないよ」

自虐的《じぎゃくてき》なことを言う武雄に、岩瀬夫妻が声を上げて笑う。

「そこがいいのよ、菊原山荘は」

「そうそう、オレらに経営のことは関係ないしね！」

長年の付き合いだからこそ許される会話をして、また笑う。

そこへ、受付の方から戻って来た大樹が、武雄に何やら耳打ちした。そして了承を得ると、曽我部を捕まえて二階へと向かわせ、次にぼんやり立っていたあきらを顎で厨房へと呼び寄せる。

「夕飯作るぞ、二人分」

何事かと来てみればそんなことを告げられ、あきらは思わず今から⁉　と問い返した。

「飛び込みのお客さんってこと？」

「そうだ。時間が時間だから、正規のものは提供できないって了承済みだ。それでもやるだけやるぞ」

夕食はあらかじめ予約をもらって作るため、大量の予備があるわけではない。しかも通常午後三時くらいには山小屋に到着するのがマナーと言われているのに、夕方六時前の到着とは穏やかではない話だ。

大樹に急かされながら夕食を準備していたあきらは、曽我部に連れられて食堂に顔を出した飛び込み客に目を留めた。二十代後半くらいのカップルで、男性の方は福山と同じくらい長身で、女性の方は肩辺りまでの髪をひとつに括っていた。

「すいません、遅い時間に」

ようこそと挨拶をした武雄に対して、男性は開口一番にそう告げたのを、あきらは耳にする。ジャガイモのそぼろ煮を鍋からかき集めながら、大樹がちらりとカップルに目をやった。

「本当はもっと早くに着くはずだったけど、途中で彼女と喧嘩になって、帰る帰らないで大モメして遅くなったらしいぜ」

どうにか二人分のおかずを確保しながら、大樹が小さく息をつく。

「だけど、この時間でも写真に夢中になって遅くなったとか言って、平気な顔で来る客もいるからな。それを思えば、態度が殊勝な分まだマシだ」

「……なるほどね」

仮にこれが消灯時間間際の到着になれば、寝る準備をしている宿泊客の中に、これから荷物を解いたり着替えたりする人間を放り込むことになる。料金を支払ってもらうとはいえ、当人の自覚があるかないかで、それを世話する方の態度に影響するのも仕方のない話だろう。

「すいません、なんだかパーティーの途中だったのに」

何とか体裁《ていさい》を整えた夕食をカップルへと運び、それを待っていた武雄が改めて乾杯の音頭を取った。結婚記念日の祝い事に巻き込まれる形になったカップルは、恐縮しつつも美味しそうに夕食に箸をつけ、岩瀬に勧められるままビールを飲む。

「祝い事は人が多い方がいいんだよ。さっきまで従業員の方が多かったんだから。ねえ、タケさん」

「ちょっと岩ちゃん、それさっきオレが言ったセリフじゃない！　繰り返さないでよ、恥ずかしいから！」

　食堂のテーブルの上には、切り分けられたケーキの他に、武雄や宮澤から差し入れられたチーズやポテトチップス、それにジュースやチョコレートなどが並んでいる。

「でも、どうしてこんな山の上で結婚記念日のお祝いを？」

　カップルの女性が不思議そうに尋ねた。皆と一緒にテーブルを囲みながら、あきらも耳を傾ける。そういえば、一年に一回の今日は、必ずここで過ごすのだと千優は言っていたが。

「ああ、それは、ね」

　少し照れるようにして、千優が微笑む。

「この菊原山荘で結婚式をしたからよ。だから、結婚記念日は毎年ここで過ごすって決めてるの」

「えっ……ここで？　結婚式⁉」

　海辺などのリゾートウェディングならよく聞くが、こんな日本の山の中でというのはあまり聞いたことがない。しかもお世辞にも美しいとは言えない小さな山小屋だ。思わず声が大きくなったあきらに、千優たちが笑う。

「二十年前だからなぁ、食堂はリフォームする前で、もっとボロかったよなぁ」

宮澤が禿げあがった頭を撫でながら、当時を思い出すように天井の辺りを見渡す。

「そうそう、それなのに結婚式がしたいとか言うから、びっくりしたよ。あれは山小屋人生の中で一、二を争うサプライズだったねぇ」

武雄も懐かしそうに目を細めながら、グラスを傾けた。

「私たちはね、この菊原山荘で知り合って付き合うようになって、神池でプロポーズされたの。だからどうしても、ここで結婚式をしたかったのよ。でも設備も何もないから、小型のテープレコーダーとか結婚届とか、シャンパンも持ち込んで。できるだけ人が少ない昼間にやったんだけど、結構皆集まって来てね。お花畑までパレードして、その中を白のヴェールだけつけて一周したのよ」

色とりどりの花が咲くあの緑の中で、風に舞う純白のヴェール。それを想像して、あきらは感嘆の息を吐く。ドレスもない、キャンドルもない、それでもその式はとても美しく、幸せなものだっただろう。

「式を挙げさせて欲しいってお願いして、快《こころよ》く許してくれたタケさんには今でも感謝してるよ。毎年来てはいたけど、ケーキまで用意してもらったのは今回が初めてだな。奮発してくれたねぇ、ありがとう」

缶ビールを持ったまま、岩瀬が感慨深げに切り分けられたケーキを眺める。

「何言ってんの岩ちゃん。その後の飲み会で飲み過ぎて潰れて、一晩中外に放り出されてた哀れな新郎がいたことを思えば、今日のお祝いなんて安いもんだよ！」

「それもういい加減忘れてよ！」

山小屋に、笑い声が響いた。

大樹が新たに開けたワインに、武雄たちが先を争ってグラスを注ぎ口へと持っていく。その姿を呆れた目で眺めつつ、あきらは缶のオレンジジュースを飲んだ。妙なオヤジたちだとは思っていたが、きっと彼らなりに、二十年前ここで結婚式をあげた一組の夫婦のために、山小屋でできる最大限のもてなしを考えたのだろう。そして岩瀬夫妻は、毎年決まってこの日をここで迎えると決めている。

二十年。

その歴史を思って、あきらは天井を仰ぐ。この山小屋が繋いだ、縁だ。

「じゃあ二十年もずっと、ご夫婦で一緒に登ってらっしゃるんですね」

カップルの女性が、素敵、と吐息《といき》に混ぜるようにしてつぶやいた。到着した頃より、随分リラックスした表情になっている。ようやく緊張が解けてきたのだろう。

「あなたは今日が初めて？」

千優が尋ねると、女性は傍らの男性をちらりと見やって頷いた。

「はい、彼に連れられて。今までずっと断ってたんですけど、どうしてもって言うから」

彼女からの視線を受けて、男性が照れたように笑う。

「いやぁ、うちは親父《おやじ》が白甲好きで、子供の頃から毎年登ってたんです。そしたらいつの間にかオレも、一年に一回は登りたくなっちゃって」

「私は登山なんて興味ないし、登るんなら一人で行ってって言ってたんですけどね」

「いやほら、綺麗な景色なら一緒に見たいじゃないですか」

千優に向かって男性が弁解のように言い、あきらたちは笑った。

「だけどいざ来てみたら、頂上までの道のりがあまりにも遠くて。足も痛いし、途中で帰りたくなっちゃったんです」

そこで言葉を切って、女性は、でも、と続けた。

「でも私、今日来てよかった」

その一言が、不意にあきらの胸を突いた。

「お花畑は綺麗だったし、遅い時間に着いたのに美味しいごはんをいただけて、結婚記念日のお祝いまで参加させてもらって。ね？」

女性は、傍らの男性に同意を求めるように首をかしげる。

「う、うん。そうだな」

男性の方は、少し照れるようにぎこちなく頷いた。その様子に、何か感づいたように千優が微笑んだ
「白甲に登る人は、よく呼ばれたっていう表現をするんだけど、あなたたちもきっと呼ばれたのね。とても素敵なことよ」

そう言う千優の眼差しは、まるで自分の子どもを眺めるように柔らかで、温かかった。

でも私、今日来てよかった。

その言葉を、あきらは反芻《はんすう》する。神池で福山に言われた、呼ばれたことには必ず意味があるという言葉が、今でもずっと胸に残っていた。しかしここに来てすでに四日になるが、まだその答えはわからない。雪乃になりたくて、けれどなかなかうまくいかなくて、山には縁もゆかりもない、そんな自分がここに呼ばれた意味とは何だろうか。それが見つかれば、自分も彼女のように言えるのだろうか。

ここに来て、よかったと。

「ではここで、岩さんと千優さんに届いたお手紙を読み上げまーす」

いつの間にか便せんやはがきの束《たば》を持って現れた福山が、そのひとつひとつに書かれたメッセージを読み上げていく。それはすべて、岩瀬夫妻と交流があった山仲間たちが、ここへ来た際に残していったり郵便で送ったりしてくれたものらしかった。

仲間たちからの冗談混じりのメッセージに武雄と宮澤が好き勝手な感想を並べ立て、それを聞いている皆は腹を抱えて笑っている。その様子を、あきらは一人ぼんやりと眺めた。感覚は遠く、なんだか自分だけ別の場所にいるような不思議な気分だった。

ただ、彼らを取り巻く縁や絆《きずな》。それを改めて見た気がしていた。一年に数回、会うか会わないかという彼らの、共通の居場所がこの山小屋なのだろう。あきらは以前見たアルバムの写真を思い出した。武雄を囲んで、笑っていた何人もの人々。もしかすると、岩瀬夫妻もあの中にいたのかもしれない。今日メッセージをくれている仲間も皆。

何十年たっても、繋がっているもの。

山と山小屋が繋ぐ、人と人。

「おい、」

ぼんやりしていたあきらに、背後から大樹が呼びかける。

「ぼーっとすんな。一応仕事中だぞ」

「あ、うん……」

「洗い物！」

「は、はい！」

急かされるようにして立ち上がり、あきらはテーブルの上の空いた食器を集めた。

厨房へと向かいながら、あきらはこの山小屋が今とても穏やかな時間で満たされているように感じていた。初めて来たときは、汚くて粗末で、暖炉もロッキングチェアもないここが嫌でたまらなかったのに。

暗い山の中に、煌々《こうこう》と灯る明かりの温かさ。

笑い声はまだ続いている。

この夜はきっと、長いだろう。

十一

山小屋の朝は早い。午前五時半の朝食に間に合わせるため、従業員は四時には起床する。まだ陽が昇る前の菊原山荘周辺は、よくガスと呼ぶ霧がかかっている。その中で目を覚ますように伸びをしたあきらは、まだ明けきらない空を見上げた。

昨夜の宴会は日付が変わるぎりぎりまで行われていた。燃料を節約するために、午後八時半にはいつも通り発電機が止められたが、代わりにキャンドルとガスランプに火を灯して宴会は続いた。大樹がほぼ連行するようにして武雄と宮澤を部屋に放り込まなければ、朝まで延々と続いていたかもしれない。

「…………眠い」

よって、寝足りないあきらはすでに眠気に襲われていた。どうにかそれを振り払おうと外に出てみたのだが、立ったまま意識が飛びそうになる。あきらはなんとかそれを阻止するべく頬をつねった。それでも両方の瞼が自然と下がってくる。

「……だめだ、ちょっと歩こう！」

まだ起床時間には少し余裕がある。トイレに行きたくなって起きたのはいいのだが、このまま二度寝して起きられる自信がなかったのだ。あきらは靴ひもを締め直して、茂みの方へ向かって歩きはじめた。少し歩くくらいなら、このスニーカーでも問題ない。

朝の空気はひんやりとして、肺を洗うような感覚がする。外のトイレに異常がないことを確認して、あきらはそのまま道を下った。ハイマツとクマザサの生える道は、すぐに雑草が生えて道を覆ってしまうため、頻繁な草刈りが欠かせない。おまけに積雪のせいで曲がって生えるダケカンバの枝が、ときに行く手を遮ることもある。

カーゴパンツの裾を朝露《あさつゆ》で濡らしながら歩き、あきらはふと、視線の先に動くものを捉えて目を凝らした。靄の先に、何か人影のようなものが移動したように見えたのだが、気のせいだろうか。白甲ヶ山では夜間登山が禁止されているため、この時間帯に宿泊客と従業員以外にこの辺りをうろついている人間はいないはずなのだが。

「見間違い、かな？」

そのまま歩き続けてみたが、周囲には誰の姿もない。そろそろ引き返そうかと足を止めたところで、あきらはそこが祠のすぐそばであることに気付いた。斜面からせり出すようにしてある大きな岩塊そのものをご神体とし、しめ縄が張ってあるだけのそこは、なんとなく威圧感があり、あまり人が近寄らないところだ。これが原因で、この先の菊原山荘に人が来ないのではないかと思うほど。

「……確かに、なんか出そうな雰囲気だけど」

そんなことをつぶやいた途端に、辺りの空気がひんやりとした気がする。

「……あきら、」

そんな中、突然背後から名を呼ばれた。唐突な声にあきらは身をすくませ、息を呑に違いない。

むと同時に、振り向きざまにエルボを構えた。オバケか幽霊か知らないが、先手必勝

「うおおっ！」

あきらの渾身《こんしん》の肘鉄をすんでのところでかわしたものの、相手はのけぞった拍子に

そのまま倒れそうになり、なんとか体勢を持ち直した。

「危ねぇだろうが！　これが原因でぎっくり腰にでもなったらどうしてくれんだ！」

「先生！　何やってんの!?」

相変わらずあの山伏の衣装のままで、宮澤が舌打ちしながら腰をさすっている。こ

の早朝からなぜこんなところをうろついているのか。しかも昨夜は武雄ともども泥酔

して、とてもこんな時間に起きて来られるようには見えなかったのだが。

「振り返りざまにエルボって、オレぁ痴漢か！」

「いや、だって、こんなとこで声かけられたらびっくりするじゃないですか！」

なんとか言い訳をして、あきらは宮澤が左手に持っている白い陶器の器に目を留め

た。小ぶりの花瓶のようなそれには、青々とした榊《さかき》の葉が差してある。水を換えて来

たのか、その葉や器には水滴がついていた。

「ったく、せっかくの朝の雰囲気がぶち壊しじゃねぇか。まぁそれもお前らしいけど

よ」

ぶつぶつと文句を言いつつも、宮澤は祠の前に器を置き、手を合わせる。武雄と水鉄砲合戦をしたり、診療所を抜け出してきたり、俗っぽいしゃべり方をするくせに、どうやら信仰心はあるようだ。宮澤に倣《なら》って、あきらも祠に向き直る。

「……あの、これ何の神様なんですか？」

手を合わせようとして、あきらはこれが一体何を祀《まつ》っているのか知らないことに気付いた。家内安全か、それとも五穀豊穣《ごこくほうじょう》か。何かわからない神様に、何をお願いすればいいのかわからない。

「これはな、この白甲ヶ山に宿る神様だ。もともと菊原山荘があった場所には修験者が寝泊まりしていた小屋があったんだよ。その名残《なごり》だな。この山に来る登山者が安全に登山できること、そして山小屋や診療所が無事運営できることを、毎日感謝してんだよ」

斜面から、まるでそれだけを掘り出したようにせり出した岩は、三メートルほどの高さがある。幅もほぼそれと同じで、人工物かと思うほど緩やかな弧を描く球状になっており、巨大な球の半分が壁に埋まっているような状態だ。表面はごつごつと粗く、対峙《たいじ》すると、巨大な大地と向き合っているような威圧感を受ける。

「修験者って、先生みたいな格好した人たちのこと？」

そういえば、なぜ宮澤が山伏の格好をしているのかは謎なままだ。

あきらの問いに、宮澤は仰々《ぎょうぎょう》しく頷く。

「そうだ。山伏は元々、修行に励む行者《ぎょうじゃ》であると同時に、薬草を扱う優れた医者でもあったんだよ。オレが山伏の格好をしてんのは、その精神を忘れたくねぇからだ」

そこまでを普段より低い声で渋く語り、宮澤はにやりと笑ってあきらを見やる。

「それにな、この格好の方が登山客のウケがいいんだよ」

「え、ウケの問題⁉」

「よく写真撮ってくださいとか言われんだぜぇ。人気者だろ？」

宮澤は自慢げに胸を張る。話の前半は何やら意味深な内容だったが、実際はウケや人気云々の方が重大な理由なのかもしれない。

呆れた目をするあきらの隣で得意そうに笑っていた宮澤が、ふっと息を吐くようにして目を落とした。

「それになぁ、オレみてぇな格好の奴が、今の時代に一人くらいいたっていいだろ。……そうじゃねぇと、忘れられそうだしなぁ」

宮澤は、その巨大なご神体を仰ぐ。

「昔からここが、感謝を捧げる場所であると同時に、鎮魂《ちんこん》を祈る場所でもあるってよ」

その宮澤の横顔が、まったく知らない別人のように見えて、あきらは静かに息を呑んだ。

「あきら、山はな、楽しいことや嬉しいことばっかりじゃねぇんだよ。もちろん昨日みてぇに、めでたいことがたくさんありゃ良い。それに越したこたぁねえ。けど、県警の山岳警備隊や遭対協は、山がそれだけじゃ済まねぇとこだから存在してんだよ。ちっぽけな人間の力でなんか、到底コントロールできねぇ所だ」

なんだか、無防備だった心をいきなり摑まれたような気がしていた。色鮮やかな高山植物があり、空の青を映す池を抱え、雲の影を映す美しいところ。山に対してそんな認識が強かったのは事実だ。福山の写真を飾ったとき、凍てついた冬の白甲に違和感を覚えたことを、あきらは思い出した。

ここでどんな事故が起こり、どれくらいの人が命を落としているのか、あきらにはまったく想像もつかない。だがただひとつ言えるのは、自分が知っている山の姿は、まだほんの一面だということだ。この場所で医師として働き、そして遭対協に属する武雄と友人でもある宮澤は、きっとここで多くの命を見届けてきたのだろう。

「……大事な、祠なんですね」

あきらは宮澤に倣って手を合わせた。今の話を聞いて願い事をする気にはなれず、ただ同じように鎮魂を祈った。その姿に、宮澤が穏やかに微笑む。

「あきらは、馬鹿素直だな」

「……ええと、それ褒め言葉ですか？」

「褒め言葉に決まってんだろ！　人間素直が一番なんだよ。だからあきらは山に呼んでもらえたんだ」

言葉の内容のわりに、宮澤は吐き捨てるように口にする。それがなんだか彼らしくて、あきらは驚くとともに妙に照れくさかった。そんなふうに褒めてもらったことは少ない。いつも単純だとか、短慮だとか言われるばかりだった。

「山に呼ばれたかぁ。なんか、福山さんにも似たようなこと言われました」

あきらを呼んだ山は、一体ここで何を得て帰れと言っているのか。自分にはまだよくわからないままだ。

そのうちだんだんと陽が昇り、朝靄が晴れはじめる。あきらは清々しい朝の光を見上げて、はたと自分の腕時計を見やった。

「四時十五分!?　やばい！」

まだ時間に余裕があると思っていたのに、いつの間にこんなに時がたってしまったのだろう。朝食作りに遅刻すれば、大樹から責められるのは目に見えている。

「先生、またねっ！」

あきらは急いで元来た道を駆け戻った。また締め出されでもしたらかなわない。大樹という人間は本当にそういうことをやる男だ。

「お、おう、気ぃつけろよ！」

猛然と走っていくあきらを呆気にとられるようにして見ていた宮澤は、そのうち堪えきれないように笑い声をもらした。

「今年の夏は、賑《にぎ》やかだぜぇ」

誰かに告げるようにつぶやいて、宮澤はもう一度祠に手を合わせた。

朝靄を晴らす風のように駆けていった、彼女の無事を祈るようにして。

十二

岩瀬夫妻とカップルは、名残を惜しみながらも午前七時には山小屋を後にした。意気投合した二組は、これから共に山頂を目指すのだという。それを見送った後、あきらたちはいつも通りの仕事に追われた。

厨房での洗い物から始まり、布団干し、部屋の掃除、山小屋周辺の掃除、建物内のトイレ、そして外トイレの掃除、加えてあのゴミ拾い。皆で分担して受け持ちはするものの、武雄は片手が不自由な分できることが限られ、福山も写真業を優先し、大樹はあきらたちにはできない大工仕事なども請け負うため、必然的にルーティンワークの仕事のほとんどは、あきらと曽我部で回すようになる。

「あれ、やっくん？」

ゴミ拾いから戻って来たあきらは、昼食当番であるはずの曽我部の姿が厨房にないことに気付いた。時刻は午前十一時十分。あと二十分後には、従業員全員が食べられるようにしておかなければならない決まりなのだが。

「もうできたのかな？」

今日のゴミ拾いは、例のアレも落ちておらずとても順調に終わった。トイレ掃除も、先日で懲《こ》りたあきらが「ゴミは各自でお持ち帰りください」の張り紙を張った成果か、その量は減りつつある。今日こそは美味しく昼食を食べられそうだと意気込んで帰って来たのだが、厨房のコンロに出来上がった料理の姿は見えない。ご飯を炊く圧力釜も空っぽで、保温器の方のご飯も朝に福山が平らげてしまって何も残っていない。

「やっくん、どこ行ったん……………っ‼」

厨房からぐるりと食堂内を見回したあきらは、一番隅の陰になった席で、魂が抜けたような顔のままヘッドフォンを装着している曽我部を見つけた。目にした瞬間、一瞬息を呑んだほど、生気がない上に存在感もない。ほとんど背後の壁と同化している。

「やっくん⁉」

また初対面の客に詰め寄られでもしたのだろうか。駆け寄ったあきらは、目の前で何度か名前を呼んだが一向に反応がなく、思いきってヘッドフォンを無理矢理むしりとった。

「やっくんどうしたの？」

「……あ、あきらちゃ……」

ようやく目の焦点が合った曽我部は、途端に泣きそうな顔をする。

「……僕もう、もうだめかもしれない」

「何が？　どうしたの？」

一体ここまで曽我部を追い詰める出来事とは何だろうか。尋ねるあきらに、曽我部は震える手でテーブルの上を指した。そこには、野菜か何かが包んであったらしい古新聞の上に、曽我部の愛用しているあの本が無残な姿になって置かれていた。

「……こ、れは……」

ひどい、という言葉を、あきらは呑み込んだ。『初対面の人に嫌われない話し方』は、その表紙の半分が、ペンキか何かをかぶったように赤茶色に染まってしまっている。摘み上げるようにして手に取り、パラパラと中をめくってみるが、どのページも大体同じような状況だ。読めないことはないが、本としての機能はほとんどないと言っていい。

「……ぼ、ボイラー室に箒《ほうき》を仕舞いに行こうとして中に入って、しゃがんだ拍子に、ポケットに浅く入れてた本が、落ちて、……いつもは、あんなとこにないのに、なんか今日に限って、バケツに、赤茶色の、ペンキみたいなのが入ってて……」

その中に、本がダイブしてしまったということだろう。あきらは生気のない曽我部の顔を、複雑な想いで眺める。マニュアルから脱却するにはいい荒療治かもしれないが、ここまで落ち込むとなると少々やっかいだ。

「……おまけに、さっき武雄さんから、キャベツを、」

「え？　キャベツ？」

語尾が聞き取れずに、あきらは問い返した。

「昼食に、キャベツをたくさん使ってくれって。……余ってるから、使いたいんだって……」

昼食のメニューに特に決まりはない。それでも大体、前日の夕食や朝食で使った材料の残りなどをやりくりしてメニューを考える。だがこの『きまり』がない作業は曽我部の最も苦手とするところで、昼食当番に当たった日は前日からずっとそれについて思い悩み、福山からアドバイスをもらってようやく今朝メニューを決めたようだったのだが。

「僕が作ろうと思ってたのは他人丼なのに！　豚肉と卵のあまりがあるから！　それなのにキャベツって！　キャベツをたくさん使うってどうしたらいいの⁉　もう僕わかんないよ‼」

絶叫したかと思うと、曽我部はテーブルに突っ伏した。

これは重症だ。あきらはとっさに慰《なぐさ》めようとしたが、なんと声をかけていいかわからず言い淀んだ。本を失った衝撃に加え、武雄からのまさかのオーダーに完全にパニックを引き起こしてしまっている。これは一体どういう方向に持っていけばいいだろう。あきらは手元の赤茶色に染まった本を見つめながら思案する。とりあえず、これはもうこの機会に彼から遠ざける方がいいのかもしれない。

「わかった。やっくん、あたしも手伝うから、とにかく準備しよう」

昼食の時間まではあと十五分もない。男たちが腹を空かせて帰って来るのは目に見えている。あきらは本を新聞紙で包むと、とりあえず厨房の引き出しの奥底に放り込んだ。

「……でも、準備って、何を、」

涙目の曽我部が顔を上げる。あきらは厨房内をぐるりと見回して、小麦粉の袋に目を留めた。天ぷらなどを作るときに使用している薄力粉だ。キャベツをたくさん使って、豚肉と卵が使えて、なおかつ手早くできるものといえばもうこれしかない。

「お好み焼き！」

正直なところ、あきらは料理が得意ではない。一人暮らしの自分の家では、凝った料理を一人分作るより、惣菜《そうざい》を買って来た方が安上がりであるという理由を武器に、ほとんど台所に立つことはない。それでも聡と付き合っていた頃は、レシピ本を何冊も購入して練習したりもした。聡が中華が好きだと言えば調味料から揃え、和食が食べたいといえば、夜中でも出汁《だし》の材料を買いに深夜営業のスーパーへ走った。何度も何度も試食を重ねて、どうにか人並みの物が作れるようになり、聡が美味しいと言ってくれれば嬉しかったし、今度はもっと手の込んだものを作ろうと励みになった。そうやって、努力していたはずだった。

今、あきらの部屋のキッチンは、大量のスパイスや調味料の瓶が場所を占領し、埃をかぶったままになっている。当初は、またこれらを使うときが来るかもしれないと思っていたし、むしろそう望んでいた。だからこそ処分はしなかった。

だがいつからか見て見ぬふりをし、様々な小瓶は使われることも捨てられることもなく、ただ持て余した置物のように、そこに並んでいた。

「雑」

携帯コンロを二つテーブルの上に並べ、そこで熱したフライパンにお好み焼きの生地を落とす。焼け具合を確かめながら、薄切りの豚肉を上に置いて、フライ返しで勢いよくひっくり返したあきらに、大樹が短くもえげつない感想を述べた。

「食べてる人は黙っててくれる⁉」

先ほど曽我部が焼き上げた美しい形のお好み焼きを早々と貰《もら》い受け、大樹はソースとマヨネーズをかけてすでに食べはじめている。あきらはその幸せそうな姿を睨みつけ、もう一度フライパンに目を戻した。確かにひっくり返した際、少々フライパンの端に生地がぶつかって、一部がコンロの上に落ちた。しかもまだ裏面がしっかりと焼けておらず、形が崩れて割れてしまっている。この状態を二文字の言葉で表せと言われたら、的確な表現かもしれないが。

「いいじゃないお好み焼きなんて！　オレにはない発想だったねぇ。キャベツもいっぱい使えるし、焼くのは楽しいし、一石二鳥だねぇ！　……焼いてるのがあきらちゃんじゃなければ」

焼き上がるのを待っている武雄が、最後の方を早口でつぶやき、あきらはにっこりと笑って応戦する。

「武雄さんは肉抜き」

「ええっそんな！　あきらちゃんオレが誰だかわかってる⁉　この山小屋の主人だよ⁉　主人に肉食わせないアルバイトなんて聞いたことないよ！」

「じゃあ黙って待っててください！」

隣のコンロでは、曽我部がてきぱきと機械のように手早く焼き上げていく。元々器用な方らしく、やることが決まればそれなりのことはこなしてしまうようだった。

「ねぇ、どうしてやっくんの方がそんなにきれいに早く焼けるの？　フライパンの加工がなんか違うんじゃない？」

あきらは納得がいかず、曽我部のフライパンを覗き込んだ。テフロン加工とか、鉄板層の造りとか、何かそういったものが違っているに決まっている。

「え、お、同じだよ！　あ、あきらちゃんは、生地がゆるい上に、焼けるのが待てずにひっくり返すから……」

曽我部が焼き上げた一枚を、武雄が風のようにさらっていく。本気で自分が焼いたのは食べたくないということか。あきらはその後ろ姿を苦々しく見送った。

「……でも、あきらちゃんには本当に感謝してるよ。僕だけじゃ、お好み焼きなんて絶対思いつかなかった」

新たな生地を投入しながら、曽我部がほっとした表情で微笑んだ。先ほどまで背後の壁と同化していた人間とは思えないほど、穏やかな顔をしている。

「やっくんはそれなりに器用なんだから、要は応用力だと思うのよね」

最初こそ挙動不審だったが、話せば人当たりもよく、親しみやすい外見の彼は、この性格でかなり損をしていると思う。すぐパニックになるところを治せば、うまく世の中を渡っていけそうな気がするのに。

「本があぁなったのは、運命だったのかもよ？」

「……うん、でも、厳しいなぁ」

曽我部はフライ返しを持ったまま苦笑する。彼にとっては拠《よ》り所《どころ》にしていたものがなくなってしまったのだ。確かにすぐに慣れることは難しいかもしれない。

「あー、腹へったぁ！」

撮影に出かけていた福山が、胃の辺りをさすりながら戻ってくる。テラスに面した扉は開け放たれており、その入口で福山は靴の泥を払った。無頓着とはいえ、その辺りのマナーはあるらしい。ただ、着ているTシャツの首の後ろの所に、何かにひっかけたような穴が空いてはいるが。

「え、何？　今日お好み焼き!?」

大樹と武雄が頬張っているものに目を留め、福山はぱっと顔を輝かせた。

「うわぁ、山の上でこれをやるのは思いつかなかったな！　でも考えてみれば材料はあるし、ソースもとんかつ用のがあるからできないことはないか。いいね！　久しぶりに食べるなぁ」

福山がフライパンの中を嬉しそうに覗き込む。

「すぐ焼けますから、ちょっと待ってくださいね」

武雄にも福山にも同じように褒められ、若干気分を良くしながらあきらは答えた。こういうふうに言われると、提案のし甲斐《がい》も作り甲斐もある。大樹にもぜひその辺りを見習って欲しいものだ。

福山は、無邪気に笑って頷いた。

「うん。それにしても贅沢《ぜいたく》だね。お好み焼きともんじゃ焼き両方食べられるなんて！」

その瞬間、大樹と武雄がシンクロするように口の中の物を噴《ふ》き出した。

「……福山さんも……、」

二人の反応を訝しんでいる福山に、あきらは冷徹に宣言する。

「肉抜き!!」

「ええっ！　なんで!?」


福山があきらに謝り倒した昼食が終わる頃、受付で鳴った電話を大樹がとった。持ち歩くとどこに置いたかわからなくなるという武雄のせいで、携帯電話のくせに受付に置かれたままになっている電話だ。

結局もんじゃ焼きは福山が責任を持って引き受け、あきらが絡みつくような視線で見守る中、きちんと最後まで食べ終えた。福山曰《いわ》く、味は問題ないとのことだ。ただ、武雄が隠しておいた若干傷んだ饅頭すら食べた福山だけに、その感想はあまり信用されていない。

「曽我部、お前もう動けるよな？」

電話を持ったまま食堂に戻って来た大樹は、厨房で洗い物をしていた曽我部に声をかけた。

「あ、う、うん。どうしたの？」

慌てて顔を出した曽我部の返事に、片手でわかったと合図を送り、大樹はすぐ電話の相手と話しはじめる。

「それにしても暇だねぇ。今日の予約って何人？　どうせまた一桁《けた》でしょ？　シーズン中だっていうのに嫌になっちゃうよねぇ。何かこう、ぱーっと派手なことでもやりたいねぇ」

お茶をすすっていた武雄がそんなことを言い出し、あきらは呆れた目を向けた。

「その腕で何やるっていうんですか。絶対動かすなって先生に言われてるんでしょ」

このおっさんがやりたいことなど、どうせろくなことではないだろう。空になった食器を下げながら、あきらは一応釘を刺しておく。これで余計なところまで怪我をしてくれたら、自分がいつここから解放されるのかわかったものではない。

「タケさん、今日山内《やまうち》くん来るよ」

もんじゃ焼きに続いて二枚目のお好み焼きを平らげ、福山がやかんからお茶を注ぐ。

「山内くん？」

聞き慣れない名前に、あきらは問い返した。

「ああ、県警の山岳警備隊の新人さん。今年から配属されててね、訓練を兼ねて歩荷して来ることになってるんだ」

それよりあきらちゃん、おかわりないの？ と、底なしの胃袋を持つ男前が平然と尋ねる。この男、自分が歩荷してきた食料を、一人ですべて食べ尽くしているのではないだろうか。

「そうか、山内が来るのか。なんだ、そうとわかってたらボイラー室の片付けなんかやらなかったのになぁ。手伝わせたらよかった。ベンガラ運び出すの大変だったのに」

「あ、あれ出したのタケさんだったの？ なんか水に溶いたままバケツに放置してたから、柿渋《かきしぶ》でも入れてテラスとかに塗るのかと思ってたけど」

「……あ、そうか、ベンガラってそういう使い方もできるんだよねぇ。いやいや、便利なもんだ……」

そう言うと、武雄は何やら思案するような顔でふらりと外へと出て行った。

「で、ヒロ、電話は何て？」

受付へ電話を戻して帰って来た大樹に、福山が問いかける。

「綾さんが、倒木を撤去するのと、草刈りを手伝って欲しいって。診療所からテント場に抜ける方の道です」

それを聞いた福山が、脳内に地図を描くように天井を見上げた。

「ああ、あそこかぁ。先月中に終わらせるはずだったのに、忙しくて延びちゃってたからなぁ。確かにお盆で混む前に片付けといた方がいいね」

白甲ヶ山は、七月の頭に山開きをし、その月の三連休に混雑のピークを迎える。それから少し客足は落ち着き、お盆の頃にまたピークが来る。八月上旬の今は、平日は比較的落ち着いている時期で、そういう暇な時間を使って地道に登山道を整えていくのも、山小屋の仕事のひとつだ。

「曽我部一緒に来い。倉庫にチェーンソーがあるから、それと草刈り機持っていくぞ」

何度もこういう経験がある大樹は、曽我部にそう告げて長靴を登山靴へと履き替えた。診療所までは普通に歩いて一時間はかかる。長靴では少し辛い距離だ。

「あ、ちょ、待って！」

濡れた手を拭いて出て来た曽我部が、慌ててジャケットを取りに奥の部屋へと引き返した。そして戻って来た彼を大樹が改めてまじまじと見下ろし、おもむろに首元のヘッドフォンを取り上げる。

「もうそろそろこれ置いていけ。邪魔だ」

「え、えええっ！」

「前から思ってたんだよ。別に聴くなとは言わねぇから、外に出るときくらい置いていけって。死ぬわけじゃねぇし。どうせ携帯も電波入ってねぇだろ」

ヘッドフォンとコードで繋がった携帯ごと曽我部から没収し、大樹は傍のテーブルに放り投げるようにして置いた。

「行くぞ」

「ええっ、あの、ヒロくんっ」

うろたえる曽我部を半ば引きずるようにして、大樹は外へと出ていく。本を失った曽我部にとって、あれまで没収されてしまったらあとはメモ帳しか残らず、ほぼ丸腰に近い状態なのだが。なんというか、容赦がない。

「荒療治だねー。さすがヒロ」

お茶をすすりながら福山がぼやく。倉庫から目当ての物を運び出し、その後何度か食堂を指差して叫ぶ曽我部の声が聞こえていたが、大樹に力ずくで連行され、そのうち何も聞こえなくなった。

「……やっくん、無事だといいんだけど、」

どうか彼があの山猿に負けませんようにと祈りながら、あきらは曽我部が中断していった洗い物を再開する。そこへ、武雄がなにやら嬉しそうな顔をして外から戻って来た。

「ねぇねぇ、オレすごい良いこと思いついちゃった！　……あれ？　ヒロとやっくんは？」

六十を過ぎたおっさんが、小学生のような足取りでテラスを駆け上がってくる。本当に怪我人かと疑いたくなるようなステップだ。

「草刈りに行った。ていうか何、良いことって」

なんだか不穏な空気を察したように、福山が慎重に尋ねた。長年の付き合いの彼だ。武雄が言い出す良いことがどんなことか、大方察しがついているのかもしれない。

武雄は、よくぞ聞いてくれたと言わんばかりに胸を張って得意げに笑い、売店に置かれた福山の写真集を指差す。

「サイン会しよう！」

十三

　菊原山荘のテラスの前にある広場に、どこにあったのか、昔の海辺で見たような赤と黄と緑の三色パラソルが広げられた。そしてその下に食堂からテーブルを運び出してきて、写真集を積み上げる。急遽武雄がコピー用紙に書いた『福山直人　写真集発売中！　今なら本人がサインします！』という張り紙をテーブルの縁に貼り付け、その会場はものの五分で完成した。

「いいねぇ、プロっぽいよ直人！」

「いや、ぽいじゃなくてプロなんだけどね」

「今日はオレとあきらちゃんをマネージャーだと思ってくれていいから！　ね、あきらちゃん！」

「え、あ！　はい」

　福山を真ん中にして、三人は食堂から運び出してきた椅子に腰かける。イケメンのカメラマンとして、福山の存在は登山者の中ではそれなりに知られた存在らしく、ここ数日間に宿泊客から握手を求められている姿をあきらは目撃している。だが、場所が場所だけに、ファンが大挙して押しかけて来るようなことはない。

そう、ないのだ。

見上げれば、晴れ渡った夏山の空を彩《いろど》るような綿雲。陽射しに当たれば暑いが、陰に入ってしまえば薄手の長袖でもちょうどいい気温だ。

山小屋を背にして座る三人の耳に、グルグルという不思議な動物の鳴き声がかすかに届く。

「……あ、ライチョウ」

福山が反応して辺りを見回すが、それらしき姿は見当たらない。

緩やかな風が、パラソルを揺らして吹き抜けた。

登山道の本筋から離れたここは、時折聞こえるライチョウの鳴き声以外、人の話し声も足音も聞こえない。

ただ穏やかな時間が流れる、静寂。

あきらは深呼吸するように息を吐いた。下界と同じ時が流れているとは思えない場所だ。右を見ても左を見ても、雄大な山の姿しか見えない。白く霞むその先までずっと続いている稜線が、ときに柔らかく、ときに荒々しく、空との境目に線を引いていた。真夏でもなお雪を残すその姿は、陽差しや雲によって刻一刻とその表情を変え、その風景を目にする者たちをただただ無心にさせる。すべての雑念を取り払われ、自然と一体になるような錯覚すら覚えさせるほど。

そんな中、武雄がおもむろに口を開いた。

「………………………………寝ていい?」

空耳だろうか。

あきらが嫌な予感を覚えながら武雄に目をやると、山小屋の主はテーブルの上に体を伏せ、すでに寝る体勢に入っていた。

「……いいわけ、ないじゃないですか!!」

あきらは嚙みつく勢いでまくし立てる。

「武雄さんがやろうって言い出したんですよ!? 率先して寝ないでください!」

「だってお客さんが来ないしー」

「そんなの最初からわかってたでしょ!? 今日の予約が一桁って言ってたの武雄さんじゃないですか!」

「いい暇つぶしになると思ったのになぁー」

「暇つぶしにオレの写真集使わないでよ」

あきらと武雄に挟まれた福山が、空を仰ぎながらぼやいた。

「大体、こんなとこまで来てわざわざ写真集なんて荷物になる物買っていく人、いるわけないでしょ！　ただでさえ売れてないっていうし、握手してくださいって寄って来た人たちだって買わなかったのに！　どれだけの人が来る気でいたんですか！」

「あきらちゃん、それなんかスルーできない発言、」

「こうなったらあれかな、お花畑の方まで下りちゃう？　あそこでやれば売れると思うんだよね。一冊くらいは」

「あれ、なんかオレの責任みたいになってる？」

静かだった山小屋周りが、急に騒がしくなる。やはり武雄の言い出したことを真に受けたのがいけなかったか。

「あの、」

三人が言い合いをしている間に、いつの間にかテーブルの正面に男性が立っていた。初めてのお客さん、ではない。武雄に向かってさらに何か言い返そうとしていたあきらは、口を開けたままその男性をまじまじと眺めた。背負っている荷物は、ザックではなく大きな発泡スチロールだ。白のTシャツに、首元にはタオルを巻いている。

「お久しぶりです！」

山岳警備隊の新人隊員、山内佳宏《よしひろ》は、人好きする笑顔を浮かべてぺこりと頭を下げた。

「久しぶり！　元気にしてた？」

さっそく福山が、その荷物を下ろすのに手を貸す。背負ってきた荷物は、以前武雄が持って帰ってきたものより嵩《かさ》は少ないが、ずっしりと重い物のようだった。

「前より早いんじゃない？　七時間切ってるでしょ」

「はい、さすがにちょっと慣れてきました」

身軽になった山内は、武雄とそんな会話をした後、ふとあきらに目を留めた。

「あ、あたし、」

慌てて立ち上がり、あきらは頭を下げる。

「アルバイトの遠坂です。遠坂あきらです」

岩瀬夫妻のときもそうだったが、自分だけ知らない人というのが、この山小屋には多く訪ねて来る。それだけ歴史もあれば、繰り返し訪れる人が多いということなのだろう。

「山岳警備隊、白甲署の山内です。武雄さんにはいつもお世話になってます」

二十代後半くらいだろうか。山内は日焼けした顔で笑って、あきらに敬礼して見せた。

「そうそう、いつもお世話してるんだよ。こういうのは年長者がいろいろ教えてあげないとねぇ。オレは山内のために春山訓練なんかに参加してるといっても過言ではないよ」

武雄はなんだか偉そうにして、左手で鬚の生えた顎の辺りをなぞる。

「え、でも、武雄さんは遭対協で、山内さんは山岳警備隊でしょ？」

山岳警備隊はれっきとした警察官であり公務員だが、遭対協は民間の団体だったはずだ。そんな二組でも接点があるのだろうか。

「山岳警備隊と遭対協は、一緒に訓練をすることもあるんですよ。もちろん情報交換もしますし、救助の際は協力し合います。山岳警備隊は確かに救助のプロですが、遭対協の皆さんは、山小屋のご主人だったり、その山を何度も登られた方が多いので、人事異動で来るオレたちより、地形や道にずっと詳しいんです。だからとても頼りにしてます」

山内がはきはきと説明し、あきらは呆気にとられるように頷いた。なんというか、潑剌《はつらつ》とした人だ。福山や武雄のようにもう落ち着いてしまっているわけでもなく、大樹のように刺々しさもない。山岳警備隊の勤務に、心から誇りを持っている人なのかもしれなかった。

「武雄さんにはいろいろ教えてもらってます。……まぁ主に、春山訓練で雪洞を掘ってるとき逆に埋められそうになったり、下降・引きあげ訓練のときには、体重が軽い人って言ってんのに無理矢理オレの担がれ役になったり、夏山の事前パトロールに同行したときは、雪渓にステップを切るシャベルで足を刺されそうになったりする指導ですけど」

「……なんかそれ、指導というより嫌がらせのような気がするんですけど」

このおっさんは、どこに行ってもそんなことばかりしているのだろうか。ちらりと武雄に目をやると、すでに彼はその会話に目もくれず、山内が運んで来た発泡スチロールの中身を物色していた。

「ところで武雄さん、腕どうしたんですか？」

今頃気付いたように、山内が尋ねた。その健康な人とまったく変わらない動きにあきらもときどき忘れそうになるが、彼はまだ右腕を三角巾で吊ったままだ。

「ん？　ああ、これは名誉の負傷。あ、そうだ山内、持って帰れば駐在所でヒーローになれるお土産があるよ！」

そう言うが早いか、武雄はウキウキと山小屋の中に駆け込んでいく。まさかまたアレを、今度は山内に売りつける気なのだろうか。嫌な予感を覚えながらあきらがその後ろ姿を見送っていると、その武雄と入れ替わるようにして、やかんと湯飲みを持った福山が食堂から出て来た。

「もうテーブル戻すの面倒くさいから、このまま外でお茶しよう」

お茶と言っても、優雅なハーブティーなどが出てくるわけではないのだが、外で飲むというのもまた新鮮でいいかもしれない。あきらは写真集を除《の》けてテーブルに場所を作り、山内に椅子をすすめた。元気そうに見えるが、荷物を背負い、七時間近くかけて登って来てくれた人だ。労るのは当然だろう。

「……あきらちゃん、今オレの写真集をあっさり除けたね。それはもう荷物のように」

「え、だって邪魔だし。お客さんが来るなら別ですけど」

「そうだよね。鍋敷きにされるよりはマシかもね……」

遠い目をして、福山がお茶を注ぐ。ここで写真集を売るより、ネットか何かで販売した方がよっぽど売れると思うのだが。

「山内くん、どうぞ」

「あ、ありがとうございます」

福山からお茶を受け取り、ようやく山内は腰を下ろした。山岳警備隊という職業を聞いたせいかもしれないが、その挙動ひとつひとつがキビキビしているように感じる。

「これこれ！　やっぱ山内は青だなぁ。サイズはLでいけるだろ」

あのTシャツを手にして戻って来た武雄が、満面の笑みでそれを山内に差し出した。

「……これ、武雄さん、ですか？」

「あ、やっぱりジョージ・クルーニーに見える？」

「見えません。微塵《みじん》も」

「それね、すごいレア物なんだよ。絶対人気者になれるから持って帰ればいいよ。あきらちゃんも持ってるんだよ。ねぇ？」

持っているというか、無理矢理買わされたのだが。忘れたい記憶を蒸し返さないで欲しい。あきらは山内から向けられる憐れみのような視線を感じながら、引きつるように笑った。

「どこで着れるかなって、考えてるんですけどね—……」

あはははと乾いた笑い声を漏らすあきらを見て、山内は神妙にそのTシャツを武雄に返却した。

「オレにはまだ早いと思います」

「早くないよ。もう八月だよ。八月にTシャツ着ないでいつ着るの？」

「いや、そうじゃなくて、オレにはまだ着る資格がないっていうか、」

　二人のやり取りを、福山がにやにやと笑って見ている。おそらくこの山内は、武雄の格好のいじり相手なのだろう。もちろん、愛情をこめての話だが。

「だってほら、オレにはこの心を表すような真っ白なTシャツがあるわけで、この武雄Tシャツはもっと他に必要な人がいるんじゃないでしょうか！　転んだとか破れたとか、着替えのTシャツを持っていなかったとかいう人のために、取っておくべきだと思います！　それにオレ、尊敬する武雄さんの顔を腹につけるなんてできません！」

　うまく逃げたな、とあきらは思った。ここで着るものがなくて、忘れ物としてあったものを身に着けるしか術がなかった自分には、思いつかなかった言い訳だ。

「……そうか、そんなに言うならしょうがないな、」

　珍しく肩を落とした武雄は、痛むのか、三角巾の中に左手を差し入れギプスの上から右腕を撫でているようだった。

　だが次の瞬間、三角巾から引き抜かれた武雄の左手には、一丁の水鉄砲が握られていた。それはあきらが初日に見かけたブルーのものだが、なんだか透けて見える水が濁っている。なんですかそれ、とあきらが尋ねる暇もなく、武雄は山内の胸の辺りをめがけてそれを躊躇なく発射した。

「な、なんじゃこりゃー!!」

赤く染まってしまったTシャツを目にして山内が叫ぶ。少し茶色がかった赤味が、妙にリアルだ。

「おお、山内ノリノリだねぇ」

「ノリノリじゃないですよ！　なんですかこれ……あ、もしかしてベンガラっ！」

手に付いた液体をまじまじと見て、山内はその正体に思い当たったようだった。

「完全に水に溶けないから、水鉄砲に使えて、なおかついい感じのリアルさを追求すると濃度調整が難しかったけど、これは傑作！　ボイラー室で見つけた粉の色にピンときたオレは、天才かもしんないなぁ」

ベンガラの沈殿を防ぐように水鉄砲を上下に振って、武雄は不敵に笑う。

「ほら山内、Tシャツ汚れちゃったから、着替えた方がいいんじゃない？」

「さ、最初からこのつもりで!?」

絶体絶命のピンチを描いたような顔で、山内が脱兎《だっと》のごとく走り出す。六十を過ぎたオヤジとは思えない足取りで、武雄がその後を追いかけた。

「……ベンガラって、何ですか？」

被害を受けないよう写真集を抱え込んでいた福山に、あきらは尋ねた。確か曽我部の本にも、あれと同じようなものがついていたと思うのだが。

「ああ、ベンガラっていうのは、残雪の上に登山道の目印として撒く顔料だよ。山開きの前に、登山客が道に迷わないように雪渓とかに粉のやつを撒くんだ。人にも自然にも無害なんだけど、水に溶かして水鉄砲に使うとはねぇ……」

福山は武雄に追いかけられている山内を面白そうに眺める。すでに彼の背中にもベンガラは命中し、奇妙な模様を作っていた。

そして福山は、ぼそりと付け足す。

「ただあれ、服につくと落ちないんだよね」

やめてください！　と絶叫しながら山内が敷地中を走り回っている。さっきまで歩荷してきた人間とは思えないほど、機敏な動きだ。対して武雄は、最小限の動きで獲《え》物《もの》を狙ってはいるが、利き手ではない左手のためか、時々まったく違う方向へベンガラが飛んでいく。

「ちょっと武雄さん！　こっち狙わないで！」

椅子を盾《たて》にしながら、あきらは叫ぶ。洗っても落ちないと聞いたとなれば、一滴たりとも当たりたくはないのが人の心情だ。山内には悪いが、徹底的に的になってもらわねば困る。

「おかしいねぇ、左手だとうまく操《あやつ》れなくてねぇ」

「だからこっち向けないでってば！　わざとやってるでしょ！」

「あきらちゃん、二枚目買ってくれてもいいんだよ」

ヒヒヒと笑ったかと思うと、武雄はあきらと福山もその照準に捉える。

「ちょっ、タケさん！　マジでダメ！　写真集にかかるから！」

「直人も買っていいんだよ。当時は欲しいって言ってたじゃない」

「あれはノリでっ！　うわーっ!!」

写真集を庇っていた福山の背中に、ついにベンガラが命中する。その隙に、あきらは武雄から水鉄砲を奪うべく駆け寄った。だいたいこのおもちゃを、このおっさんに持たせているのが間違いなのだ。

「いい加減にしてくださいっ！」

武雄の背後から回り込んで、あきらは左腕を抱え込むようにして水鉄砲を没収する。右手を使えない武雄は、案外あっさりとそれを手放した。

「子供じゃないんだから、こんな、」

奪い取った水鉄砲を片手に叱りつけようとしたあきらは、腹部に冷たさを感じて目をやった。そこに、赤茶色の染み。

「あきらちゃん、備えがあれば、憂《うれ》いがないんだよ」

そう言って武雄が握る、もう一丁のオレンジ色の水鉄砲。

「どこに隠してたんですか!?」

「こんなこともあろうかと、三角巾の中に最初から二丁入ってたんだよ。ほらほら、あきらちゃんも汚れちゃったね。二枚目は何色がいい？」

「や、やだ、絶対二枚もいらないっ!!」

身を挺《てい》して写真集を守る覚悟の福山は、すでに背中に銃撃を受けて意気消沈している。山内は歩荷の疲れもあってもう足がほとんど動いていない。あきらは奪った一丁で反撃を試みたものの、すでに中のベンガラがなくなっていて役に立たなかった。結果、状況は先ほどと何も変わっていない。

「もう意味わかんない!!」

武雄の攻撃を避《よ》けて走り回りながら、あきらは叫ぶ。もう何がなんだかわからない。

あの暇すぎるサイン会はどこへ行ったのだ。

そしてあきらに代わり、とうとう動けなくなった山内が追い詰められ、地面にへたり込みながら両手を上げる。

「わかりました！　わかりましたよ武雄さん！　Tシャツもらいますから！」

　とうとう観念したように、山内はその言葉を吐いた。真っ白だった彼のTシャツは、すでに八割方赤茶色に染まってしまっている。

「最初から素直にそう言えばよかったんだよ……」

　ニヒルなガンマンを気取りながら、武雄が水鉄砲の銃口を吹いた。その額には、さすがにうっすらと汗がにじんでいる。

「こ、このために、それ用意したんですか？」

　あきらは肩で息をしながら尋ねた。もう自分の服も、再生が絶望的なほどベンガラがついてしまっている。隣では、なんとか写真集を守りきった福山が、自分のTシャツを確認しながら座り込んだ。背中に数発うけた彼のTシャツも、もうだめだろう。とはいえ彼のことだ、一度洗濯してその後は普通に着ていそうだが。在庫処分のためにこんな飛び道具まで持ち出してくるとは、侮れないおっさんだ。

「この水鉄砲さぁ、一昨年にミヤさんの孫が遊びに来たときに置いていって、そのままになってたんだよねぇ。ときどきミヤさんと食べ物賭《か》けて遊んでたんだけど、ヒロに水入れて遊ぶなって言われちゃったから」

「だ、だからって、ベンガラ溶かしちゃったら、結局水使ってるじゃないですか！」

地面に倒れ込んでいた山内が、よろよろと体を起こす。その言葉に、なぜか武雄が得意げに胸を張った。

「大丈夫、洗濯に使ったやつをちょっともらっただけだから。むしろリサイクル！」

「せ、洗濯に使ったやつ!? き、汚っ！ なんかもっと別のものなかったんですか!?」

今更ながらTシャツを確認するように嗅いでいる山内につられるようにして、あきらと福山も自分のTシャツに恐る恐る鼻を近づけた。洗濯に使用した水を使ってまでこの計画を立てるとは、なんという執念か。

「だって水とコレ以外の液体だと、あと灯油くらいしかないよ？ その方が残酷な遊びじゃない？」

「そ、そりゃそうですけどっ！ いつから準備してたんですか!?」

「今朝だけど？ 誰を狙おうか考えてたところだったんだよ。飛んで火にいる夏の虫って、こんなことを言うんだねぇ」

お前は天才だよ、などと勝手に自己完結して、武雄は例のTシャツを山内の元へと持っていく。もう完全に武雄のペースだ。ベテラン遭対協の前に、新人の山岳警備隊が敗れ去る瞬間だった。

「着替えてもいいんだよ。どうせ今日泊まっていくでしょ？」

「……そうですね。ベンガラまみれじゃね、」

遠い目でははと力なく笑い、山内はとうとうそのTシャツを受け取った。同時に、武雄からは催促するように左手が差し伸べられる。

「五千円」

なぜだか三千円も高くなっている。あきらは噴き出しそうになるのをなんとか堪えた。確かに値段をつけるのは武雄の一存だ。自分がモデルになっているオリジナルグッズであればなおさら。だがそれにしたってぼったくりではないだろうか。

「お金とるんですか⁉」

いつかのあきらと一緒の反応をして、ベンガラまみれの山内が愕然と武雄を見上げた。そんな中、草刈り機を担いだ大樹が不意に登山道の方から戻って来るのを、あきらは目にする。

「武雄さん、草刈り機の替え刃……」

言いかけて、大樹はその惨状に言葉を失った。

三人の赤く染まったTシャツと、武雄Tシャツを力なく受け取ってしまっている山内、そしてなんだか嬉しそうに手を差し出している武雄、その傍に転がっているベンガラのついた水鉄砲。突然の大樹の出現に呆然としていたあきらは、自分も水鉄砲を握っていることに気付き、慌ててそれを体の後ろに隠した。

「………まずい、」

福山がぼそりとつぶやく。多少の誤解はあれど、四人仲良く水鉄砲で遊んでいたと思われても仕方のない現状だ。しかも武雄は、自分のTシャツを売りつけようとしている真っ最中だ。あきらは福山と顔を見合わせ、大樹が息を吸い込むのに合わせて身を縮めた。

これは落ちる。絶対に、雷が。

「―――何やってんだ!!!」

穏やかだったはずの昼下がりの夏山に、稲光の幻覚が走った。

十四

やることが多いと、悩まなくていい。目の前のことをこなすことに必死になれば、ぼんやり考え込むような時間もなくて済む。

季節が春から夏へと変わろうとしていたあの頃、あきらは一日の大半を泣いて過ごした。聡と別れたことで、必要ないと捨てられてしまったことで、自分の存在価値がわからなくなってしまっていた。食べ物は喉《のど》を通らず、大学も休みがちになった。心配して来てくれた逢衣が相手でも、別人のように黙り込んでいることが多かった。

真っ暗な部屋の中で、テレビだけが煌々と映っている。

そんな日々を、どれくらい過ごしただろうか。

ただぼんやりと眺めているだけだったその画面に、雪乃の姿を認識するようになったのはいつだっただろう。

テレビの中で、雪乃は潑剌と笑っていた。

女の子が憧れるすべてのものをもって、メディアの中で微笑んでいた。

彼女だったら、こんな風に落ち込むことはないのだろうか。まして振られることなどなかっただろう。彼女のように完璧な女の子だったら、聡だって他に好きな人などできなかったはずだ。

雪乃になりたい。

その日から、あきらの日常はすべて雪乃のために捧げられた。皮肉にもそれがきっかけで、外にも出るようになった。聡の隣に戻りたいという気持ちはある。だが正直、それよりも雪乃になりたいと思う気持ちの方が強かったかもしれない。

雪乃を目指すことで、また笑えるようになった。生きる希望を見出《みいだ》した。彼女と出会えたことを心底感謝し、救われたのだと信じて疑わなかった。

雪乃を追いかけて、前を向いている自分。それが、素晴らしいと思っていた。

それなのになぜ、この胸の空虚は埋まらないのだろう。


「……壊れた」

夕食の支度で、ひたすらジャガイモの皮をむくよう命じられていたあきらは、その途中シルバーの腕時計の針が先ほどから少しも動いていないことに気付いた。

「電池切れじゃないの？」

隣でニンジンの皮をむいていた曽我部が顔を上げる。ミュージックプレイヤーなしで何とか任務を果たして帰ってきた彼だが、現場で大樹以外に初めて会った人などもいたらしく、帰って来てからしばらくは、またヘッドフォンを装着して背後の壁と同化していた。

「電池は先月換えたばっかりだもん。やっぱり今日、手を洗うときに水に濡らしたのがいけなかったのかな。それともさっき外したとき、落として踏んだからかな……」

それは雪乃が雑誌で身に着けていた腕時計で、その日のうちにすぐ買いに走ったものだった。文字盤《もじばん》にスワロフスキーが埋め込まれていて、とても可愛らしくて気に入っていたものだったのだが。

「……たぶんその両方が原因じゃないかな」

曽我部が神妙な面持《おもも》ちであきらを眺める。言外にがさつ戦隊オオ・ザッパという懐かしい称号を彼からも言われた気がして、あきらは憮然としながら腕時計を外してそっとポケットにしまった。

「……それより、僕らが作業に行ってる間、何があったの？」

厨房が狭いため、あきらと曽我部は食堂のテーブルで向き合って作業している。ニンジンの皮をむく途中で、曽我部が恐る恐る尋ねた。

ジャガイモを摑むあきらは、ピンク色の武雄Tシャツを着ている。厨房で大樹と一緒に作業している福山は、白の武雄Tシャツだ。その原因になった本人は、今回のベンガラ騒動の張本人であることをあきらたちから証言され、大樹にさらに雷を落とされたあと、食堂の一番端のテーブルで地道に電卓を叩く伝票整理の作業をさせられている。遭対協の元隊長で、山小屋の主人でもあるはずなのに、二十歳そこそこのアルバイトの尻に敷かれているというのもおかしな話だ。もっともこの山小屋の場合、それでうまく回っているとも言えるのだが。

「ったくよぉ、なんでそんなおもしれぇことやってんのに、オレを呼ばねぇんだよ」

武雄の前では、先ほど騒動が落ち着いた頃にやって来た宮澤が、水鉄砲合戦に交ざれなかったことを悔《く》やんで、禿げ頭を撫でながら頬杖《ほおづえ》をついている。すでに凶器は大樹に没収されてしまったため、再び今回のような事件が起こることはないだろう。それにしても宮澤は、こんなに頻繁にここへやって来て大丈夫なのだろうか。診療所に残されている学生や看護師が苦労していないだろうかと、さすがに心配になる。

「聞かない方が幸せよ、やっくん……」

乾いた笑い声を漏らしながら、あきらは包丁を動かした。自分もまさか一生着ることはないだろうと思っていたこのTシャツに、こんなにも早く袖を通す日が来るとは思わなかった。どうしてよりによって今日、他の服を洗濯に回してしまったのだろう。

「それよりやっくんこそ、手、どうかした？」

自分の腹で微笑む武雄から再び手元へと視線を戻したあきらは、ニンジンを持つ曽我部の手が震えていることに気付いた。特に包丁を持っている方の右手の震えがひどい。あてがった刃の位置が定まらず、皮をむくのに苦心しているようだった。

「帰って来てから、ずっとこうなんだ」

一旦包丁を置き、曽我部は感覚を確かめるように右手を閉じたり開いたりした。

「ずっとチェーンソー握ってたし、そのあと倒木を運ぶ作業なんかもやったから、もうほとんど握力がないよ」

包丁を持ち直して、曽我部は苦笑した。

「山小屋の仕事って、本当にいろんなことやるんだね」

ここ数日であきらも実感しているが、山小屋の仕事は案外土木作業が多い。流れた土を修復して登山道を整えたり、木道が壊れれば補修して、山小屋自体の屋根や壁も修理する。その他にも、今日のような倒木の除去や草刈りなど、決して宿泊客の相手をするだけの仕事ではない。

「でもなんだか、見えてきた気がするんだ、自分のこと」

色白の曽我部の手は、武骨な大樹の手よりもずっと華奢に見える。それを震わせながらも、彼はどこか穏やかな顔をしていた。

「何をやらされるかわかんないけど、そのことにいちいち驚いてたら、山小屋で働くのなんか到底無理だし」

今、曽我部の首元にヘッドフォンはない。あのベンガラまみれになった本も、あきらが厨房の引き出しに放り込んだままだ。

それでも彼は、微笑む。

「ヒロくんが僕をここに連れて来たのは、きっとそういうことだったんだろうな」

あきらは思わず手を止め、曽我部を改めて見つめた。

目の前にいるのは、本当にあの曽我部だろうか。つい先日まで、マニュアル本を読み上げるだけのコミュニケーションしか取れなかったあの彼だろうか。

こんなにも、生き生きとした目をして。

「よし！　オレも手伝いますよ！」

着替えてきた山内が、ハチマキのようにタオルを頭に巻いて、あきらたちのテーブルへとやって来る。元々一泊する予定だった彼は一宿泊客でもあるのだが、あれだけの目に遭ったにもかかわらず、率先して仕事を手伝ってくれる。

「山内さん……似合いますよ、そのTシャツ」

ベンガラまみれの白Tシャツから、まんまと買わされた青い武雄Tシャツに着替えた山内は、あきらの言葉に観念したように笑った。

「見慣れると愛着が湧くもんだよね。あきらちゃんも似合ってるよ」

おそらく彼は他にも着替えは持参していただろうが、あえてそれを着て現れるあたりに、あきらは武雄と彼の信頼関係のようなものを見た気がしていた。年は親子ほど離れているが、お互いにいい遊び相手なのかもしれない。

「……なんかそうやって皆で着てると、僕も欲しくなるなぁ」

あきらと山内のTシャツを見比べながら、曽我部がつぶやいた。その口を、山内が慌てて塞ぐ。

「だめだめ、そんなこと言ったら買わされるから！　五千円も取られたんだよ！　しかもなんか写真集までオプションだとか言って買わされたし！」

「そうよやっくん！　自分から欲しいなんて言ったら、五万円とかで買わされるわよ！」

ひそひそと三人が額を寄せている間に、厨房の方から福山がザルに入った玉ねぎを持ってやって来る。その腹には、当然のように微笑みを浮かべる武雄の顔があった。

「山内くんも来たんなら、これもよろしく。皮むいて、根っこのとこ落としてね。あと、これも」

続いて作り置きするためのきんぴらごぼう用に、大量のごぼうも追加される。それを手渡しておいて、福山は曽我部へ目を向けた。

「やっくん、そんなにTシャツ欲しかったら、オレのこれあげようか？」

「いいんですか⁉　あ、でも僕、緑色のが欲し、」

言いかけた曽我部の口を、再び山内が塞ぐ。

「発言には気を付けて！」

「そうよやっくん！　カモにされたいの⁉」

「おい、どうでもいいけど手ぇ動かせよ！　メシの時間遅らせる気か？」

厨房の中から大樹に一喝され、あきらたちは目を合わせながら肩をすくめた。山内は大樹と訓練などで度々顔を合わせているらしく、その性格もよく理解している。よって、もうこんなことでいちいち驚くような面子《メンツ》ではない。

「そうだね、今はこの大量の野菜をどうやって処理するかが問題だ！」

玉ねぎをひとつ摑んで、山内が意気込むように立ち上がった。

「でも大丈夫、小さなことでも積み重ねれば、いつかはゴールに辿り着く。これこそ我が山岳警備隊渋谷隊長が、我々隊員に言い聞かせる言葉、常歩無げ、」

「うるさい山内！　あーもう計算間違った！」

突然熱く語りはじめた山内を、呆気にとられるように見ていたあきらたちの向こうで、武雄が電卓のキーを連打しながら喚《わめ》いた。

「武雄さん！　オレ今めちゃくちゃいい話を、」

「そういえば、立て替えた飲み代、渋谷に払ってもらってねぇな」

山内の言葉を遮って、宮澤がふと思い出したようにつぶやいた。

「山内、お前代わりに払ってくれ、今」

「今⁉ ていうかなんでオレが⁉」

これは一体いつになったら夕食が出来上がるのだろう。次のジャガイモに手を伸ばそうとしたあきらは、玄関に設置してあるベルの音に気付いて席を立った。

「すいません、ちょっと遅くなっちゃいました」

受付には、今日予約しているという若い二人組の男性が立っていた。高価なブランドのジャケットやザックを持っているあたり、社会人だろうか。登山用品のブランドなど知りもしなかったあきらだが、同じようなロゴを何度も目にしているうちに、徐々にわかるようになってきた。

「大丈夫ですよ。お疲れ様でした」

予約名簿をめくって確認し、あきらは申し込み用紙を取り出す。夕食までにはまだ一時間半ほどある。もっと遅くに到着する客もいるのだから、この程度はまったく問題ない。

「昨日突然電話したんですけど、道のことや花の状況を詳しく教えてくださってありがとうございました。そのとき急に予約を決めたのに、それも快く受けてくださって。本当に助かりました」

その電話に、あきらは覚えがない。おそらく他の誰かが受けた電話だろう。それでも、目の前でペンを走らせる男性の嬉しそうな顔に、どんな対応をしたのか予想がつく。山頂の雪峰ヒュッテに比べれば設備も整っておらず、登山道の本筋からも外れた訪れにくい場所だ。外観も決して美しくはなく、個室もないザコ寝をするような環境。それなのにどうして、彼らはここを選んでくれたのだろうか。

あきらは露《あら》わになった自分の左手首にそっと目を落とした。コットンフリルのボレロの代わりに、山小屋主人がプリントされたTシャツとカーキ色のカーゴパンツ。シユシュの代わりにシンプルなゴムで括った髪と、壊れてしまった時計。とても地味で、華やかさなどかけらもない、雪乃を目指してここに来た最初の頃の自分とは正反対の格好だ。それは、この山小屋とよく似ている。

おかしいな、とあきらは思う。

目指そうとしていたものと、どんどんかけ離れていっている。満足いく身づくろいもできず、ただ一日中走り回って汗と埃にまみれるような生活だ。それはあきらだけでなく、山小屋で働く者すべてに言えることで、ここには飾り立てるアクセサリーも、流行の洋服もない。オーガニックコットンのタオルも、石鹼の香りの香水も。

それでもここには、人が集まる。

「あきらちゃーん！　あきらちゃんどこ行ったのー？」

食堂の方から、武雄が叫んでいる。料金の説明をしていたあきらは、男性にちょっとすいません、と断っておいてから叫び返す。どこ行ったとはのん気なものだ。こっちは真面目に仕事中だというのに。

「ここです！　受付！」

食堂の騒ぎは、廊下を隔ててここまで聞こえていた。

「あのさー、帰りに食料庫からつまみのチーズ取ってきてぇ。もう飲まないとやってらんないよ！　あと、山内の相手したらなんか寒くなっちゃったから、オレの上着もー」

「そんなもん自分で取りに行ってください！」

一喝しておいて、あきらは再び受付業務に戻る。だがそのやり取りを聞いていた客からは笑い声が漏れた。

「頑張ってね、あきらちゃん」

前払いの料金を支払った二人組から、笑顔と共に向けられた言葉。

「あ、ありがとうございます」

戸惑いながら礼を言って、二階へと上がっていく背中を見送る。あんなふうに言葉をかけてもらったのは、初めてだ。

「おねえちゃん、次いい？　予約してたんだけど」

「あ、はい！」

後ろに並んでいた客に呼ばれて、あきらは受付業務を再開する。

お疲れ様でしたと労《ねぎら》い、お待ちしてましたと笑顔を向け、料金を受け取って夕食と朝食の時間を告げる。ともすれば流れ作業になってしまいがちなその業務に、あきらはそのとき初めて充実感を覚えた。食堂の騒ぎを聞きつけて、面白そうな山小屋ねと言われれば嬉しかったし、去年も来たんだよと言われれば心底礼を言い、いつの間にか菊原山荘の従業員として、誇らしく働いている自分がいた。

あの頃よりずっと自由に、笑っている自分がいた。

「お疲れ様でした！」

笑顔でそう迎えるあきらにつられて、自然と客も笑顔になる。心地よい疲労を背負って、ほっとした顔を見せながら。

「あきらちゃーん、上着ー！」

「だから自分で取りに行けって言ってるでしょ!?」

笑い声は絶えない。次第に、食欲をそそる匂いも漂ってくる。

夏山に陽は傾き、紅《くれない》の夕暮れが迫ろうとしていた。

十五

冬になれば豪雪で白く染まる白甲ヶ山だが、夏の間は晴れていることの方が多い。夕立《ゆうだち》や湿地帯にガスが出ることはあっても、日中から雨風が強くなったりすることは稀《まれ》なのだが、今日は昼前になって急に雲行きが怪しくなってきた。

「下界でも、ゲリラ豪雨とかが流行ってるみたいだね」

昼食を終え、あきらと一緒に売店の補充をしていた曽我部が、窓越しに空を見上げる。鈍色の空からは、パラパラと雨が降りはじめていた。その滴《しずく》が、時折強く吹く風に煽《あお》られて、舞い上がるように見える。

「こういう天気やめて欲しいわよね、寒いし」

晴れた日は日陰でも二十五℃前後にまで上昇する気温も、今日は十℃を少し上回るくらいで、室内にはストーブを灯してある。あきらは曽我部と同じように窓から空を見上げ、溜め息をついた。こんな天候のためか登山客の足は鈍く、今日の予約はキャンセルが入り、ついにゼロだ。だが、あきらの気が晴れない理由はほかにもある。

　今朝、朝食の後で武雄に呼ばれたあきらは、そこで正式に告げられたのだ。代わりのアルバイトが見つかったため、あきらは明日の朝までの勤務でいいと。いつかこの日が来ることはわかっていたし、望んでいたことでもあった。だがこうして急に明日までだと言われると、戸惑っている自分がいた。

「下の避難小屋の周りとか、ここから雪峰ヒュッテに続く坂の途中とか、前に雨が降ったとき土が流れちゃって、岩がむき出しになって歩きにくくなってるんだって。それで足を痛める人が多いって、宮澤先生が言ってた」

　それを少しでも防ぐため、本日大樹はスコップを担いで午前中から出ていったきりだ。曽我部の言葉をぼんやり聞き逃しそうになったあきらは、慌てて適当な相槌を打った。その様子に、曽我部が心配そうな目を向ける。

「……あきらちゃん、本当にいいの？　明日帰っちゃって」

　心の中を見透かされたような問いかけに、あきらはごまかすように笑った。

「い、いいも何も、元々そういう約束だったし」

「残りたいならそう言った方がいいよ。せっかく仕事だって慣れてきて、皆とだって仲良くやれてるのに」

今日は大樹だけでなく、山小屋の中には武雄と福山の姿もない。福山は風山にある顔見知りの山小屋へ撮影がてら向かっており、武雄は先ほど宮澤から電話がかかってきて、お茶に誘われちゃった、などと女の子のようなセリフを吐いて診療所に向かってしまった。この天候で暇なのはわかるが、一体どこまで自由なオヤジなのだろう。

「何言ってんのやっくん、もう六日もいたんだから充分よ。早く家に帰ってゆっくりお風呂にも浸かりたいし。ほら、今週のお風呂の日も、あたし結局入らなかったでしょ？　皆ほかほかしてんのに、一人で汲み置きした水で頭洗ってるって、ちょっと虚しいんだから」

毎週火曜の風呂の日、もちろんあきらにも入る権利はあったのだが、男湯女湯と分かれているわけでもなく、武雄が待ち構える中最初に入るのもなんだか気が引け、かといって誰かと誰かの間に入るのも落ち着かず、とはいえ一番最後に入るのは悲惨だと言われ、結局あきらが湯船に浸かることはなかったのだ。

毎日水に濡らしたタオルや、下界から持ってきた制汗シートなどを大事に使って体を拭き、水を使わないシャンプーと水洗髪を一日おきに繰り返すそんな生活の中で、もうそろそろのんびり広い湯船に浸かって、心ゆくまで泡立てたシャンプーや石鹸で全身を包みたいと思っていたのは事実だ。

「それにほら、明日で一週間とか、ちょうどいい区切りじゃん」

あきらは気を取り直すようにして曽我部の背中を叩き、仕事の続きを促した。自分でもこの気持ちの整理がつかないでいる。帰りたい、帰りたくない、そのどちらの言葉も、口にしてしまえば嘘のような気がしていた。

あきらと曽我部が売店から引き揚げようとしたそのとき、テラスへと続く戸が開いて大樹が顔を出した。相変わらずの無愛想なしかめ面に疲労の色をにじませ、着ていた上着を脱いで腰に巻きつけ、黒のTシャツはしっとりと濡れたようになっている。よほどハードな仕事をこなしてきたのだろう、その足元は泥で汚れ、両手の軍手も真っ黒になっていた。

「お帰りヒロくん。……そんなに、ひどいの？」

気遣うように曽我部が声をかけた。確かにあきらの目にも、かなり消耗しているように見える。昼ごはんの時間にも帰って来なかったので気にはなっていたが、彼がここまであからさまに疲れた表情を見せるのは珍しい。

「避難小屋のとこは、診療所の学生も手伝ってくれてなんとかなった。土嚢《どのう》積んできたから、ひどい雨が降ってもだいぶマシなはずだ。あとは上だな」

軍手を取りながら、大樹は額の汗をぬぐった。その姿に、あきらはなんとなく武雄があんなにもあっさりここを出て行ってしまった理由に思い当たる。長年の付き合いか、それとも彼の経験や、人間性や考え方か、もしくはそのすべてを含めて、大樹がいれば大丈夫だという判断だろう。それは絶大なる信頼だ。だからこそ武雄は、大樹の尻にあえて敷かれてやってるのかもしれない。いや、もしかすると、大きな掌《てのひら》で転がされているのは大樹の方か。

「次は僕が行くよ。ヒロくんはゆっくりごはんでも、」

曽我部が言いかけたところで受付の電話が鳴り、彼はそちらへと駆け出していく。携帯電話のくせに、相変わらず携帯の実態がない電話だ。

「あたしも行こうか？　土嚢積むって結構大変でしょ？」

普段の修復作業なら、大樹は涼しい顔で帰って来る。その彼がこんな様子なら、総出で手伝った方がいいのかもしれない。大樹が休憩を兼ねて小屋番をしてくれたら、その間曽我部と作業に当たることができる。それにこんな天候だ。いつ彼の持つ無線で救助要請が来るかもわからない。

あきらの申し出に、外で長靴の泥を落としていた大樹が面倒くさそうに振り返った。

「舐めんな。お前はお前の仕事してろ」

相変わらず愛想のかけらもない返事だ。だがそれもいつものことだと、あきらは肩をすくめて聞き流した。代わりに、分不相応なことを申しましてすいませんでしたあたしが悪うございました、と心中で舌を出しておく。対大樹戦において、よっぽど腹の立つこと以外、真っ向から応戦すると時間と体力を無駄に消耗すると学習済みだ。

外は本格的に雨が降り出し、風も強くなって一層気温が下がった気がする。鈍色の空を見上げながら、あきらは身震いした。せっかく温まっていた空気が外に出て、食堂にも冷気が入り込んでくる。八月だというのに、異常な寒さだった。

「ごはんまだでしょ？　食べる？」

口も態度もよろしくはないが、一応午前中からずっと働いていたことには敬意を表さねばなるまい。尋ねたあきらに、大樹が何か言いかけて視線を動かしたところへ、受付の方から曽我部が電話を持ったまま珍しく慌てた様子で走って来た。

「ヒ、ヒロくん、綾さんから電話で、雪峰ヒュッテに行く途中の道で怪我した人がいるって！　本人がかけてきたらしいし、怪我の具合もひどくはないみたいだけど、今診療所も、お弁当で食中毒が出た小学生の集団が来て手一杯になってて、代わりに行ってもらえないかなって。雪峰の常駐の隊員さんにも、連絡はついてるみたいなんだけど」

綾というよく聞く名前は、診療所にいる看護師だと聞いている。曽我部のその報告に、あきらは顔をしかめた。雪峰へ向かう途中の道というのは、先ほどまさに修復が必要だと話していた現場ではないのか。危惧《きぐ》していたことが実際に起こってしまったということだ。しかも診療所では食中毒とは、悪いことは重なって起きるものだ。

「場所は？」

すぐさま曽我部から電話を受け取り、大樹は綾から詳しい場所を確認する。先ほどまで少し疲れていたことなど微塵も感じさせないほどの強い目が、要救助者のいる山の方へと向けられる。それを見たあきらは、すぐに玄関の受付へと走った。そこには、緊急時の連絡先である県警や診療所の電話番号が書かれた張り紙があると共に、常備されている銀色の応急パックがある。それを摑んで、あきらは再び食堂へと舞い戻った。

「わかった。すぐ行きます。——おい、応急……」

電話を切った大樹の言葉は、あきらが目の前に突き出した応急パックによって、不恰好《ぶかっこう》に途切れた。

「こればっかりは、あたしたちが出る幕じゃないわね」

相手がどんな怪我の状態かもわからず、詳しい応急処置の知識もなく、動けない人を担いで下りる技術も体力もない自分たちが向かっても、何の役にも立たないだろう。シャベルで土を掘り返すこととは、わけが違う。

「……何かあったら、携帯にかけろ」

一瞬戸惑ったように見えた大樹は、それをごまかすように憮然とした表情のまま言った。そして厨房に放り投げてあったレインウェアを羽織り、無線でどこかと連絡を取りながら、パックを担いで雨の中を躊躇なく出て行く。

「……大丈夫かな、ヒロくん、」

降りしきる雨の勢いは強まり、相変わらず空は鈍色だ。この時間の雨なら、落雷の危険もはらんでいる。

「でも、たぶん止めたって行くわよ」

もちろん、冷静な判断ができない大樹ではない。自分の手に負えないと判断したなら、すぐに何らかの手段を講じるだろう。

「はいはいやっくん、あたしたちはあたしたちの仕事やるわよ」

パンパンと手を叩いて、あきらは曽我部を促す。キャンセルが出て予約はなくなったとはいえ、売店はいつも通り稼働《かどう》するし、自分たちの夕食の準備もしなければいけない。あきらは窓から見える空をもう一度見上げ、自分にとってこれが最後となる山小屋の仕事にとりかかった。

聡と別れてから一ヶ月がたった頃、雪乃プロデュースのオーガニックカフェが大学の近くにオープンすると聞き、ずっと目をつけていた。

オープニングスタッフの募集が始まると同時に、逢衣に履歴書を書いてもらって応募し、面接の練習もして、高い倍率を潜《くぐ》り抜けてなんとかホールスタッフのポジションを摑みとった。誰よりも早くメニューの名前も覚えて、試食会には積極的に参加し、食べられなかったメニューは自費で食べに行った。どこの産地の誰という農家から仕入れている野菜か毎日チェックして、お客さんに聞かれたときにちゃんと答えられるよう完璧に頭の中に叩き込んで、バタバタ走ったり大きな声を出したり、食器を乱暴に扱ったりせず、いつものがさつな自分を封印して、スタッフ一人一人がプロデューサーである雪乃になったつもりでやれという社員からの指示通り、完璧にやっていたはずだった。

食堂のテーブルを丁寧に拭いていたあきらは、ふとその手を止めて雨音に聴き入った。屋根を叩く音と共に、風の音が混じる。厨房では、曽我部が豚肉を味噌に漬け込む作業をしていた。

その日も、雨が降っていた。

勢いはそれほど強くはないが、梅雨時の長く降り続く雨の中、よく来る中年の女性が店を訪れた。彼女の姿を見とめるなり、スタッフ全員が渋い顔をして目を合わせたのを覚えている。彼女は料理の味や温度に難癖をつけて、いつもスタッフを困らせる有名なクレーマーだった。社員が頭を下げても納得せず、あげく物品や商品券を言外に要求してくる。その日、契約農家から仕入れたトマトを使ったミネストローネを注文した女は、案の定料理が熱すぎて火傷《やけど》をしたと文句をつけて、対応していたスタッフをさんざん罵倒《ばとう》していた。その日に限って店長は別の店舗に出向いており、今急いで向かっていると言う連絡があった。他のスタッフがハラハラと見守る中、女は、消費者をバカにしているのか、給料泥棒、お前はだめだ、役立たず、責任者を呼べとまくしたて、ついにはミネストローネを、器《うつわ》ごと払うようにして床へと落としたのだ。罵倒され、脅され、もう泣き出している同僚を前に、あきらは動かずにはいられなかった。

いい加減にしてください！

それは決して、してはいけないことだったのに。

雪乃という名前を冠する店で、彼女に憧れる者であればなおさら。

あなたがやってるのは苦情でもなんでもない、ただの営業妨害です！

叫んだ瞬間、我に返った。ようやく到着した店長と目が合ったのだ。しかもさらにまずいことに、本社の社員を伴っていた。

「あきらちゃん？」

不意に曽我部に声をかけられて、あきらは目が覚めるように顔を上げた。

「どうしたの、ぼーっとして」

「……あ、ううん、なんでもない」

ごまかすように笑って、あきらはまたテーブルを拭く作業に戻る。

本社より一週間の勤務停止を言い渡されたあきらは、結局そのまま解雇となった。

確かにあのクレーマーの行為は許されたことではなく、れっきとした営業妨害であることに間違いはないが、一アルバイトであるあきらが、お客様に向かって反論するという行為が問題視されたのだ。問題をややこしくしたことと同時に、雪乃のイメージを売りにしている店にはふさわしくないと言われ、あきらは何も言い返すことができなかった。雪乃はあきらにとって、最も輝いている存在でなければならない。その彼女のイメージを、自分が貶《おとし》めるわけにはいかなかった。

雪乃がデザインしたという制服を返却しに行った帰り、あきらは悔しさを堪えることができず、泣きながら歩いた。自分からあの場所を奪ったクレーマーが憎かったわけではない。雪乃に憧れてあそこで働きはじめたのに、何も変われなかった自分が情けなかった。もっとうまく解決する方法はあったはずだ。怒鳴らなくてもどうにかできたはずだ。

だから自分はダメなんだ。

だから聡も離れていったんだ。

空虚な胸の中を、風が通り抜けるようで虚しかった。

頰の涙を拭って、あきらは鈍色の梅雨空を睨みつける。

今度こそは。今度こそは。今度こそは。

そう誓って、また雪乃を追いかけた。

建物の隙間を通り抜ける風が、ヒュウと不気味な音を立てる。周りに風雨を遮る建物や木立《こだち》すらない菊原山荘はまともにその洗礼を受け、時折曽我部が心配そうに窓の外を眺めた。

二ヶ月も前のことをなんだか鮮明に思い出してしまい、あきらは小さく息をつく。

明日には下界に戻ると思うと、なぜだか心が晴れなかった。少しでも雪乃に近づくための生活を再び始めることは、あきらにとってこの上なく前向きな毎日であるはずなのに。

「……なんでだろう」

山に呼ばれた意味も、結局見つけられないままだ。

つぶやいたあきらに、曽我部が何か言おうとして口を開きかけた瞬間、テラスに面した戸が外から激しく叩かれた。何事かと曽我部と目を合わせたあきらは、素早く駆け寄って戸を引き開ける。

「た、大変だ！　そこで知り合いが倒れちまって！」

そこには、紺色のレインウェアを着た男性が顔面蒼白になって立っていた。外はいつの間にかさらに雨脚が強まり、風も強くなっている。

「え、」

「ブルブル震えてて、様子がおかしいんだよ！　診療所には登山口でもらったチラシを見て電話したんだが、あっちも今手一杯とかで、すぐに向かうとは言ってくれたけど、とりあえずこの山小屋に行けって言われたんだ！」

その訴えに、あきらは何を考えるよりも早く食堂を飛び出した。途端に、風を伴った雨粒が顔を打つ。それを腕で避けながらテラスを跳ねるようにして飛び越え、雨のために滑りそうな坂道を駆け下りる。すると、ちょうどダケカンバの混生する茂みの手前辺りで、数名が立ち尽くしているのが目に入った。

「ちょっとすいません！」

その中に割り込んで、あきらは目にした光景に息を呑んだ。

ホームセンターで買えるような、安価なレインウェアを身に着けた中年の女性が、ザックを背負ったまま泥の中に横たわってる。目は見開いているが、丸めた体はブルブルと震え、口からは言葉にならないうめき声のようなものを上げていた。

「……あきらちゃん、」

後を追いかけてきた曽我部が、そのまま絶句して立ち尽くす。

足をくじいたとか、手を切ったとか、そんなレベルの話ではない。果たしてこれは、自分たちの手に負えるのだろうか。この女性が普通の状態でないことは、あきらのような素人でも一目でわかる。だが一体何が原因なのかはさっぱりわからない。脳なのか、心臓なのか、それとももっと違うものが要因なのか。

「休憩で立ち止まってから、急に寒いって言い出して……。それからなんだかずっと様子がおかしくて、大丈夫かしらと思ってるうちに倒れちゃったのよ。朝はあんなに元気で、初めての登山楽しみだって言ってたのに……。ねぇ、どうしたら……！」

同行していた女性が、おろおろとしてあきらと曽我部を交互に見やった。

どうすればいい？

嘲笑《あざわら》うような雨が、執拗《しつよう》にあきらたちを叩いていた。着ているTシャツが水を吸い、徐々に冷たくなってくる。そこへ強い風が吹きつけて、気温以上の寒さを感じた。

遭対協で、これよりもっと悲惨な現場を見てきたであろう武雄はいない。その彼と十五年以上付き合ってきた福山もいない。

志《こころざし》を受け継ごうとする大樹すら、今ここにはいないのだ。

「……とりあえず、このまま雨に打たれるのはよくないですから……」

あきらはかろうじて、それだけを口にした。

それ以外、何を言うべきか言葉が見つからなかった。

「お、おおお、そうだな！　おい、皆で運ぶぞ！　そっち持ってくれ！」

我に返ったように、女性に同行していた登山客たちが、慎重に彼女を抱きかかえて小屋の方へと運んでいく。力なくだらりと下がった腕を目にして、あきらは無意識に口元を押さえた。

「あきらちゃん、」

曽我部が呼びかける声が、雨音に紛れてどこか遠い。

とりあえず小屋に運び入れるところまでは、間違っていないだろう。だが一体これからどうすればいいのか。何が原因であああなったのかもわからない。その対処法などなおさら、わかるわけがない。

「どうしよう……」

あまりに重すぎる現実に、あきらの呼吸が荒くなる。過呼吸のような浅い痙攣《けいれん》に、思わず胸の辺りを押さえた。たかだか数日山小屋で働いただけの知識もない人間に、一体何ができるというのだろう。

「どうしよう、どうしようやっくん！」

不安をぶつけるように、あきらは思わず曽我部の腕を摑んで揺さぶった。その拍子に、彼のポケットからメモ帳が落ちる。水たまりの中に落下したそれは、みるみる水を吸って変色した。

「落ち着いて、あきらちゃん」

だが、曽我部がそのメモ帳を拾い上げることはなかった。

彼は意外なほど落ち着いた声色で、あきらの肩に手を置く。

「今は武雄さんも福山さんも、ヒロくんもいない。それなら、僕らがやるしかないんだよ」

激しい雨音の中で、あきらは確かにその曽我部の声を聞いた。

肩に置かれた手はかすかに震えてはいたが、真っ直ぐに向けられる双眼に、曇りはなく。

「僕らがやるしかないんだ」

自身に言い聞かせるように、口にした言葉。

お前はお前の仕事をしろ。

大樹に言われたその言葉が、不意にあきらの胸に蘇《よみがえ》った。

大樹や福山のように腕力も知識もない。武雄のように経験もない。そんな自分が今彼女のためにできること。

考えろ。

目の前の曽我部の瞳を見つめながら、あきらは急激に頭が冷えていくのを感じた。動悸《どうき》も徐々に治まり、呼吸が深くなる。知らないのなら、わからないのなら、考えればいい。教えを請えばいい。今自分にできること。やらねばいけないこと。

もし大樹がここにいたら、真っ先に何をしただろう。

あのアルバムの中の、穏やかな笑顔が脳裏をちらついた。

山の厳しさと命の尊《とうと》さを知った、彼がいたら。

「……県警、県警に連絡しないと」

やけに冷静な声色を、あきらは他人の声のように聞いた。とにかく救助要請を出さなければならない。こんな山の上では、骨折ひとつ満足に治療することはできないのだ。こんなときに便利な無線は、大樹と武雄が持って出てしまっている上、たとえあったとしてもあきらにはその使い方がわからない。だが応急パックを置いてあったあそこに、電話番号が書いてあったはずだ。

「急ごう」

曽我部に促され、あきらは山小屋へと走り出した。

正面入口から広間へと運び込まれた女性は、徐々にその意識が朦朧としているようだった。

「あきらちゃん、県警には僕が電話するから、名前とか連絡先とか聞いて！」

「わかった！」

県警への連絡を曽我部に任せ、あきらは改めてその女性の姿に目をやる。五十代半ばだろうか、少しぽっちゃりとした体型だが、今はブルブルと震えているだけで、話しかけても明確な応答がない。

「あの、この人のお名前や連絡先ってご存じですか？」

本人と会話が成立せず、あきらは傍にいた同行の女性に尋ねた。

「吉田《よしだ》さんです。吉田明美《あけみ》さん。連絡先は、ええと、これだわ」

女性は自分の携帯電話を見ながら答え、力なく投げ出された彼女の手を取ってさすった。

「吉田さんしっかりして……こんなに冷たくなっちゃって……」

曽我部へ素早く女性の名前などを伝えたあきらは、同じようにして女性の手を取った。今まで見たことがないほど青白くなった手が、ぞっとするほど冷えている。もしかして雨で冷えたのだろうか。拭いたり、温めたりしてあげた方がいいのかもしれない。そう思い、あきらはリネン室へと走って、清潔なタオルと毛布を持って来る。その頃には、県警と連絡が取れた曽我部が、発見時の状況などを伝えていた。

「そのレインウェア、脱がしてあげた方が楽かしらね？　濡れてるし」

「あ……、そうですね」

手をさすっていた女性に言われ、あきらは協力して倒れている女性のレインウェアを脱がした。その下には、ナイロン素材の薄い上着を着ているが、さらにその下に着ている白のシャツが腹部から見えており、たくしあがらないようそれを引っ張ったあきらは、予想外の感触に思わず手を離した。

「……濡れてる」

念のためにその下に手を入れてみると、ベージュの肌着もぴったりと肌に張り付くほど水分を含んでいる。一体どういうことだろうか。確かに雨は降っていたが、レインウェアを着て、なおかつナイロン素材の上着まで着ていたのに、中だけこんなに濡れているというのもおかしな話だ。

先ほどまでブルブルと震えるだけだった女性は、徐々に意識を手放しかけていた。呼びかけても反応はなく、うわごとのように暑い暑いと繰り返す。

「こんなに冷えてるのに、暑いって……」

一体どういうことだろう。暑いというからには、冷やすべきなのだろうか。だが触った体はありえないほど冷たくなってしまっている。

どうしよう、どうすればいい？　速くなる鼓動に、あきらは胸を押さえた。こんなときの処置の仕方など教えてもらっていないし、知りもしない。

「低体温症？」

電話に向かってそう問い返した曽我部の言葉に、あきらは顔を上げた。低体温症、それはどこかで聞いたことのある言葉だ。

「やっくん、」

何度かメモを取り、返事をしながら頷いていた曽我部は、電話を切ってからすぐにあきらに向き直る。

「発見時の状況や、今の症状で判断する限り、低体温症の疑いがあるって」

再度その単語を聞き、次の瞬間あきらの脳裏に蘇ったのは、空を映した神池の青。

そうだ、そこで福山から聞いたのだ。

低体温症に陥《おちい》り、疲労凍死寸前だったという、大樹の話を。

それはすなわち、このまま放置すれば確実に死に近づくことを意味する。

死？

それを認識した途端に、あきらの足元から鳥肌が這い上がった。

綿素材の下着は汗を吸い、乾くことなく体を冷やす。確か福山はそんなことを言っていたはずだ。速乾性のない綿の服に加え、透湿性のない安価なレインウェアを着ていたことも仇《あだ》になったのだろう。体を動かして噴出《ふんしゅつ》した汗の逃げ場がなく、結果体を冷やしてしまったのかもしれない。

「……どうしたら、いいの？」

震える声で、あきらは尋ねる。

本当は怖い。今すぐここから逃げ出したい。アルバイトにやって来た当初は、こんなことに遭遇するなど夢にも思っていなかった。どうしてこんな騒動に巻き込まれなければいけないのかと、叫んで、うずくまってしまいたい。一人の人間が死ぬか生きるかという場面に、なぜ自分が立ち会わねばならないのか。

……けれど。

「とにかく温めることだって。濡れた服を脱がして、体を拭いて、カイロや毛布でよく保温してくださいって。天候が回復次第、すぐにヘリを向かわせてくれるって言ってたよ」

泣きそうなあきらの強張った肩に、曽我部は手を置く。

「大丈夫」

それは温かくも冷たくもない、同じ体温を共有するような手で。

「やってみよう、僕らで」

彼自身も、自分に言い聞かせるようにその言葉を口にする。

そうだ、彼だって怖いに決まっている。あきらは必死に涙を堪えて瞬きした。頼れる人もなく、その中で必死に自分を奮い立たせているに違いない。

あきらは曽我部と目を合わせ、頷いた。

今は、やるしかない。

「保温します！　皆さん協力してください」

あきらは女性に毛布を掛け、他の女性たちと協力してその下で服を脱がし、タオルで丁寧に体を拭いた。そのとき手に触れる肌が、やはりとてつもなく冷えている。とにかく、この冷えた体を早く温めなければならない。あきらは福山が大樹に施《ほどこ》したという手順を、記憶の片隅から懸命に手繰《たぐ》り寄せる。こんなことなら、もっとちゃんと聞いておけばよかった。

「おおお、おかあさん、あついの、ぬがして、セーターぬがして」

いつの間にか女性の震えは止まったが、うわごとは大きくなった。そしてかけていた毛布やタオルをすべて剝ぎとろうと、身をよじる。意識が混濁しているのだろうか。こんなに冷えた体で暑い暑いと繰り返す女性の姿は、あきらに得体の知れない恐怖すら覚えさせた。

「落ち着いて！　大丈夫、大丈夫ですよ！」

声をかけ、女性の体を押さえながら、あきらは泣きそうになるのを必死で堪えた。

何が大丈夫なのだろう。果たして自分たちで、この女性を救うことができるのだろうか。ヘリが来てくれるまで、彼女の命を繋ぎとめておくことができるのだろうか。やるしかないとわかってはいても、この不安はすぐに払拭《ふっしょく》できない。怖くて怖くてたまらないあきらの心に滑り込んで、絶望の淵を見せつける。

「この雨と風じゃあ、診療所の先生も来れねぇだろうなぁ」

落ち着かないように窓から外をうかがっていた男性がつぶやく。そうだ、せめてここに宮澤がいてくれたら心強い。だが小学生の集団食中毒の処置に追われているという中、ましてこの天候では、すぐに駆けつけてくれる期待はできない。だが、それでももう一度一報を入れておくべきだろうか。そう思って、あきらは曽我部が置きっぱなしにしていた電話に手を伸ばした。

その瞬間、図ったように着信音が流れる。

「も、もしもし！　先生!?」

男性から連絡を受けた宮澤が、心配してかけてくれたのかもしれない。飛びつくようにして電話に出たあきらは、一瞬の空白の後に予想外の声を聞いた。

「……何があった？」

たったあれだけの言葉で、すべてを察知したような大樹の声だった。

堪えていた涙が、ついにあきらの頬を滑った。おそらく思ったより悪化した天候を心配しての連絡だったのだろう。だが、この一本の電話がどんなにあきらの拠り所になったか彼はわかっているだろうか。後藤さん、と呼びかけようとして、声にならなかった。だめだ、ここで泣いてはいけない。他の人を不安にさせるだけだ。そう思っているのに、大樹の声を聞いて、安堵《あんど》に涙が止まらなかった。

「……し、茂みの前で倒れた人がいて、怪我はしてなくて、意識はあるんだけど、暑い暑いって……今、広間に、運んで来て」

あきらの途切れ途切れの説明に、大樹が必死で耳を傾けてくれているのがわかった。

「県警に連絡したら、低体温症じゃないかって……服も、びしょびしょで、体もすごく冷たくて。今、皆で、必死に温めようとしてる」

そこまでしゃべって、ようやくあきらも平静を取り戻す。それを待っていたかのように、電話の向こうで大樹が口を開いた。

「……わかった、よく聞け。それは県警が言う通り、たぶん典型的な低体温症だ。応急処置の方法は聞いたと思うけど、濡れてる服はちゃんと脱がしたか？」

「うん、脱がした」

「だったらあとは、体をよく拭いて保温しろ。ストーブを持って来てもいいが、急激に温度を上げるようなことはするな。カイロがあれば太い血管にあてる。脇の下とか、首元。熱を冷ますときと逆に考えればいい。あと、嚥下《えんげ》可能なら、温かい飲み物を飲ませろ。砂糖を溶かしたりしたものならなおいい」

そこで言葉を切って、大樹は少し間を置くように息を吐く。

「オレは今、雪峰ヒュッテにいる。怪我人は、転倒して手のひらを切っただけで大したことない。ただこの天気だし、オレもいつそっちに戻れるかわからない。ヘリが来るまで、そっちでできる限りのことをやれ」

あきらは頷きながら、自分を落ち着かせるように深呼吸をした。県警と大樹からの指示を受け、やるべきことは明確になった。もう、迷う要素はない。

「……雨が弱まったら、すぐ戻る。だから、」

窓辺にいるのか外にいるのか、大樹が話す声の向こうで雨音が聞こえていた。

そして一呼吸おいて、彼は告げる。

「頑張れ」

それは、背負った幼い子供にかける言葉のように。

頑張れ。

あきらの胸に染み込んで、全身に広がっていくぬくもり。

「……やってみる。……ありがとう」

それだけを伝えて、あきらは電話を切った。泣いても喚いても状況は変わらない。ならばできることをやるだけだ。大樹がいる。曽我部もいる。ここで必死に、仲間を救おうとしてくれている人たちもいる。

一人じゃない。

あきらは涙を拭いて顔を上げた。

「みなさん、カイロを持ってたら貸してください！　脇の下や首元に置いて温めます！　熱を冷ますときと逆の要領で！」

その声を受けて、女性と同行していた登山客が皆慌ててザックの中を確認したり、自分の服の中をまさぐってカイロを探す。

皆を励ますように、あきらは声を張り上げた。

「県警には連絡しました！　遭対協の救助隊員にも連絡がついてます！　だからあとはヘリが来るまで保温して、体温を維持することが大事です。頑張りましょう！」

その言葉に、ようやく落ち着きを取り戻した皆が頷いた。カイロをあてる者、声をかける者、そして手足をさすって励ましている者。それぞれが自分のできることをやろうとしている。

そんな中、何の前触れもなく玄関の扉が勢いよく開けられた。途端に、外からの風と雨が吹き込んで、あきらは避けるように顔の前に手をかざす。

その隙間から見えた、白のギプス。

「武雄さん!!」

曽我部が叫んだ。

雨に打たれ、全身びしょ濡れになり、ズボンには泥が跳ね、邪魔になったのか右腕の三角巾を外してしまっている。左手には無線機を摑んだまま、肩で息をしながら武雄はそこに立っていた。

あきらが見たこともないほど真剣な、遭対協元隊長の顔で。

だがその顔は、あきらと曽我部、そして毛布やカイロで保温されている女性の姿を見て、瞬時にいつもの山小屋主人の表情へと戻った。

「ああ、これなら上出来だねぇ」

張りつめていた空気が、その瞬間に緩んだのをあきらは感じた。

「県警からの無線でだいたい聞いたよ。あとはあれだね、お湯を飲ませようね。やっくーん、お湯沸かしてー」

そう言いながら武雄は女性の枕元へ座り、首に手を当てて脈や体温を確認した。そして傍にいた女性に、要救に怪我や持病がなかったかなどを尋ねる。それから無線機を使って、自分が現場に到着したことと、要救の詳しい容態を伝える連絡を入れた。

「……武雄さ、」

呼びかけようとして、声にならなかった。再び涙を零すあきらに気付き、その背中をあやすように叩きながら、武雄はどうしたのーと、いつものように笑いかけた。

「あ、ストーブはだめだめ、あんまり近づけないでね。急激に暖めると、冷たい血がいきなり心臓に入っちゃって大変なことになるんだよねぇ」

言葉の内容に反して、少しも大変そうに聞こえない声色だが、食堂からストーブを運んで来た男性たちが、慎重に距離をとってストーブを設置する。

カイロをもっと寄越せとか、そっちに毛布を引っ張れとか、騒がしい声が飛び交う中で、武雄があきらの背中を叩きながらさりげなくそう口にした。

「よく頑張ったよ」

見上げた武雄の横顔が、また滲んでいく。

大変だったでしょうと迎え入れ、食事と寝床を提供し、またいってらっしゃいと送り出す。怪我をしていれば応急処置をし、天気を聞かれれば一緒に空と天気図を眺め、道を尋ねられれば危険な場所まで伝えて送り出す。それに加えて、怪我人が出ればそこへ向かい、遭難したと聞けば捜しに行く。普段の彼が決して見せることのない、この地に山小屋を構えてからずっと武雄が繰り返してきた日々を、あきらはその瞬間に垣間見《かいまみ》た気がしていた。

ずっとずっと、そうやって生きてきた人だ。

この山小屋と一緒に。

「武雄さん、沸きました！　人肌でいいんですよね？」

厨房から、曽我部がステンレスのカップに入れたお湯を持ってくる。

「やっくんナイス！　あと砂糖も追加！」

「はい！」

すぐ厨房へと引き返した曽我部が、砂糖とスプーンを持って戻ってくる。武雄はそれを受け取って砂糖湯を作り、慣れた手つきでそれを女性に飲ませていく。

「皆さんありがとねぇ。もうちょっとだから頑張ろうねぇ！」

武雄が皆を振り返り、決して慌てることのない普段のままの声色で声をかけた。その一言でまた、安心したように皆は女性へと励ましの声をかける。

その場にいたすべての人が、自分のできる限りのことをやろうとしていた。どうにかして、その女性の命を救おうとしていた。

あきらは耳を澄《す》ます。雨音はまだ聞こえているが、風は収まってきているようだった。やまない雨はない。終わらない坂道もない。今はただ、目の前の命を、全力で守ることだけを考えればいい。

頑張れ。

その言葉を口の中で唱《とな》え、あきらは再び女性に声をかけ続けた。

十六

菊原山荘の裏手は、まばらに草が生えるだけの結構な広さの平地になっている。そこは本来、山小屋の営業を開始するときに、ヘリが運んできたモッコと呼ばれる梱包された荷を落としていくための広場だ。グラウンドのような広い土地がない限り、基本的にヘリが着陸することはない。そしてそれは、救助にあたる県警のヘリでも同じことだ。

「責任を持って、搬送いたします」

風に煽られながら、胸の所にオレンジ色のチェックが入った独特の制服に身を包んだ山内が、別人のように真剣な顔で敬礼する。

「よろしくおねがいします」

それに応じるように、武雄もいつになく真摯《しんし》な眼差しで頭を下げた。

ヘリから吹き下ろしてくる暴風をまともに受けて、あきらは目を庇うように手で覆う。どうにか正常な意識を取り戻した女性を、ロープを伝って降りて来た山内が抱きかかえるようにして引き上げてヘリへと収容し、その扉が閉められる。いつかあきらが神池で福山と見かけた、青い機体にオレンジのラインが入ったヘリは、そのボディに『ククリ』という名前が刻まれていた。飛び立つ際、窓から顔をのぞかせた山内が、あきらたちに向かって親指を突き立てた。それに応えるように、武雄も手を振る。

そしてヘリは爆音を立てながら小屋の周りをぐるりと旋回して、そのまま麓の方へと飛び立っていった。

ヘリを見送っていた他の登山客が、安堵の声を漏らしながら小屋の中へ引き上げる。その中であきらは、力が抜けるように草の上へしゃがみ込んだ。ようやく緊張感から解放されて、足に力が入らない。

「山内はアレだねぇ、チェックが似合わないよねぇ」

ヘリが飛んで行った方角を眺めながら、武雄がいつもの調子でそうぼやいた。

「格好良かったじゃないですか！　……でもまぁ今回は、武雄さんの方が格好良かったかもしれないですけどね」

今回に限って、と大きな注釈をつけないといけないかもしれないが、彼が来てくれたことで精神的にも物理的にも随分助かったのは事実だ。

「ちょうど診療所がバタついててねぇ、お客さんからの通報をオレがとったんだよ。菊原に行けって言っちゃったもんだから、もう急いで帰らないとと思ってねぇ」

「え、あれ武雄さんの指示だったの⁉」

「だってそうするしかなかったじゃない？　オレは信じてたよ、あきらちゃんとやっくんならやってくれるって」

「危険な賭けしないでくださいよ‼」

やはり武雄はどこまでいっても武雄なのだろうか。あきらの訴えに、ヒヒヒと武雄が笑う。一体どこまで本気なのかわからない。

先ほどまでの嵐が嘘だったかのように、天候は急速に回復していた。雨はあがり、空からは薄日が差している。それを眺めながら、武雄がおもむろに口を開いた。

「もちろん、あきらちゃんとやっくんに全部押し付けるわけにもいかなかったし、何よりね、ミヤさんに早く行けって、……行ってくれって、追い出されちゃったんだよ」

「追い出された？」

診療所は、食中毒が発生した小学生の集団で大変な騒動になっていたと聞いている。幸いどれも症状が軽く、重症者は出ていないとのことだが、それでもかなり忙しかっただろう。人の手はいくらあってもよかったはずだ。まして武雄であればなおさら。

「ミヤさんの奥さんはね、この山で亡くなってるんだよ」

「え、……」

突然さらりと告げられた事実に、立ち上がろうとして体を起こしていたあきらは、とっさに言葉を返すことができなかった。そういえば、武雄の奥さんの話は聞いても、宮澤の奥さんの話は聞いたことがない。確か広間にあったアルバムで、二人で写っている写真を見たような気がしたが、それだけだ。

それ以上何も言えないでいるあきらに、武雄は穏やかな笑みを崩さないまま続けた。

「もう八年も前のことだよ。あそこは夫婦でよく山に登っててね、特に白甲は夫婦揃ってお気に入りの山だったんだ。その日もいつもと同じように二人で冬の白甲を登る予定だったんだけど、前日の夜ミヤさんに急患が入って、当日恵利子《えりこ》ちゃん一人で登りに行ったんだ。彼女は何度も白甲を登ってるベテランだし、家族もいつも通り送り出したらしいんだけどね」

しかし、下山予定時刻を過ぎても、彼女は帰って来なかった。

すぐに警察に連絡し、捜索活動が始まった。遭対協である武雄ももちろん加わり、立ち寄ったであろう場所や、よく通っていたルートを中心に念入りに調べられたという。どこかで怪我をして助けを待っているのかもしれない。ベテランの彼女のことだから、きっと身の安全を確保して待っているはずだ。宮澤をはじめ、家族は皆そう信じて疑わなかったのだと。

「でも、一日が過ぎて二日が過ぎて、一週間過ぎても、恵利子ちゃんは見つからなかった」

当時を思い出すように、武雄は痛みを堪えるような顔をする。

そのうちに捜索の規模は縮小され、ついには打ち切られたらしい。この広大な山の中を人の手で捜索するには限界がある。また、山の事故はこの一件だけではない。公的な警察の手を、いつまでも頼るわけにはいかなかったということだ。

「ミヤさんとこはね、息子も娘も医療関係者で、恵利子ちゃんの装備でこれだけの時間が経過すれば、どんな結果になるかは予想がついてたと思うんだよね。でも、肝心の遺体が見つからないし、きっと実感は湧かなかったと思うよ。……綾ちゃんがね、よく言ってたんだ。何度も何度も、お母さんがただいまって帰って来る夢を見るって。朝起きるたびに、玄関にお母さんの靴を探しに行くんだって」

「え、綾さんって……」

確か、診療所にいる看護師の名前ではなかったか。あきらの問いに、武雄は言ってなかったっけ？　と意外な目を向けた。

「綾ちゃんは、ミヤさんの娘だよ」

「え、じゃあ親子で？」

「そう、親子で働いてる」

「お母さんを亡くしたこの山で？」

「うん、そう」

頷いて、武雄は再び空へと目をやった。

「恵利子ちゃんはね、結局二年かかって見つかったんだ。彼女がよく通ったルートを何度も辿って、もしかしたらここで迷ったのかもしれないっていう道を何度も確認して。そして目星をつけた崖《がけ》をいくつも下りて、その中のひとつ、最後にあとワンピッチと思ってロープで下りた岩陰に、ようやく見つけてあげられたんだ」

その言い方に、あきらは予感のようなものを覚えながら尋ねた。

「……武雄さん、が？」

武雄は、何も言わずに微笑んだ。

もう皮膚や肉片などが残っていない頭蓋骨《ずがいこつ》には、わずかに髪の毛らしきものがあるだけだったという。上半身は、劣化しているものの見覚えのあるジャケットに覆われており、折れ曲がった腰の所に背骨が見えていた。破れたズボンからは大腿骨《だいたいこつ》が覗き、右足と右手がねじれたように妙な方向へ曲がっている。その傍に、投げ出されるようにしてあったザック。

その発見時の光景を、武雄は今でも鮮明に覚えていると言う。

警察で遺体と対面した、宮澤の慟哭《どうこく》もすべて。

それは、生きていた頃の彼女の面影など、一切残っていない姿だった。

それでも彼女は、家族の元へと帰って来た。

「……先生や綾さんは、山を嫌いにならなかったんですか？」

あの日の朝、祠で会った宮澤のことをあきらは思い出していた。あの祠に宿る神様に、感謝と鎮魂を祈っていると言った、彼の横顔。

もしも自分なら、もう二度と山になど登りたくないと考えるかもしれない。妻であり、母である人を奪った場所だ。それなのにどうして二人は、今でもこの山の診療所で働いているのだろう。

あきらの問いに、武雄はさぁねぇ、と独り言のようにつぶやく。

「ただひとつ言えるのは、あの家族にとってここは、母と娘を繋ぐ場所であり、夫と妻を繋ぐ場所であり、父と娘を繋ぐ場所でもあるってことかなぁ」

恵利子を失って以降の宮澤家の暮らしを、自分たちは想像することしかできない。そこにあった軋轢《あつれき》も距離も、すべて当人たちにしかわからないことだ。

「最初は、恵利子ちゃんと同じような犠牲者《ぎせいしゃ》を少しでも減らしたいっていう、医療関係者としての意地だと思ってたけど、最近は、それだけじゃないのかもしれないって思っててねぇ。あの家族にとって、山は楔《くさび》なのかもしれない。だから毎年ここに来るのかもしれないよ。人と人とを結び付けてくれる、そんな場所だってことを、あの家族が一番よく知ってるのかもしれないからね」

恨むことも憎むことも、家族にはその権利があると思う。それなのに、少なくともあきらが宮澤から感じるのは、妻の死を包括してなお、この山で未来を見つめようとする意志だ。彼もまた、自分と同じなのかもしれない。

呼ばれた意味を探して、その先にある何かを目指して、歩き続ける者たち。

「おーい、武雄ー！」

噂《うわさ》をすれば、表の方から宮澤がのん気に手を振ってやって来るところだった。相変わらず、いつもの山伏姿だ。その隣には、途中で会ったのか福山の姿もある。

「ミヤさん、もういいの、診療所は」

「ああ、もう落ち着いた。あとはさっさと下山してもらうだけだな。ったく、弁当で食中毒とか人騒がせだよなぁ。しかも処置より、診療所ん中走り回る元気なガキどもを捕まえんのに苦労したぜ」

やれやれといった感じで、宮澤は肩をすくめる。それに続けて、福山が心配そうに口を開いた。

「で、要救はどうなったの？　ヘリが飛んで行ったのは見えたんだけど。オレもさっきミヤさんに聞いてびっくりしたよ」

「あの様子なら大丈夫でしょ。意識も回復してたし。あきらちゃんとやっくんの適切な処置のおかげ」

「いえ、あたしは……」

武雄に話をふられ、あきらは口ごもる。あの日、福山から話を聞いていなかったら。僕たちがやるのだと言ってくれた曽我部がいなかったら。県警や大樹との電話が繋がらなかったら、武雄が来てくれなかったら。そして何より、あの時周りにいた人たちの協力がなかったら、自分はどうしていたかわからない。

今更ながらあの状況を思い出し、あきらは身震いする。今はただ、あの女性が無事回復してくれることを祈るだけだ。

「武雄さーん、あきらちゃ……あ、先生！　福山さんも！　おかえりなさい」

厨房の勝手口から、お茶が入りましたよと曽我部が皆を呼びに来る。いつの間にこんなにできる子になったのだろう。そういえば、あの女性を自分たちで救うのだと言ってくれた瞬間の彼は、あの人とよく似た目をしていた。

電話越しでも伝わってきそうな、強い強い意志を宿す瞳。

「えー、やっくん、お茶ってほうじ茶？　それともコーヒー？　あ、オレのためのミルクティー？」

「ミルクティーがあるんなら、インスタントでいいからキャラメルマキアートも荷揚げしといてくれよ。オレ専用に」

六十を過ぎた男たちが、何事もなかったようにいつもの調子で甘党ぶりを競いながら、いそいそと小屋へと向かっていく。

そこへ、滑り込むように辿り着いたアルバイトが一人。

「ヒロ！」

荒い呼吸をしながら現れた大樹は、膝に手を突いて上体を折り曲げるようにしたまま、頭に巻いていたタオルをむしり取るようにして外した。そして汗とも雨ともつかない顔の水滴を拭う。跳ねた泥でチノパンの大部分が汚れ、Tシャツにもこすったような跡がある。あきらは思わずポケットの携帯で時刻を確かめた。おそらく、あきらとの電話を切った直後に雪峰ヒュッテを出たのだろう。そう考えても驚異的な早さだった。きっとあの雨の中を、全力で走るようにして。

「遅かったなぁ、ヒロ。もうちょっと早かったら、チェックの制服が究極に似合わない山内が見れたのに」

曽我部から愛用しているマグカップを戸口で受け取って、武雄が大樹に歩み寄る。

「……ど、うなった……?」

息の上がっている大樹からは、切れ切れの言葉が返ってくる。ん? とわざとらしく耳を傾けていた武雄は、ああ、と納得したような顔をした。

「要救の話? それなら安心していいよ。あきらちゃんとやっくんがいい活躍してねぇ、あの感じならきっと大丈夫」

それを聞いた大樹が、タオルで口元を押さえながら頷き、もう一度何か言おうと口を開く。

「……ど、……」

「ど?」

繰り返した武雄が、首をかしげる。

「ど？」

あきらも繰り返して福山と目を合わせたが、彼も意味が呑み込めず首をかしげている。

「ど……ど？」

曽我部と宮澤も思案するように繰り返しているが、ヒントが少なすぎて答えが出てこない。

「ど……ドミソ？　あ、毒蝮《どくまむし》三太夫《さんだゆう》？」

なにやら変な解釈を始めた武雄に、大樹は面倒くさそうに首を振る。

「………どう、……いうこと、」

荒い息の合間に、大樹はそれだけを言った。その瞬間、曽我部と福山と宮澤が、何かに気付いたようにビクリと体を震わせたのを、あきらは見逃さなかった。

「どういうことって、どういうこと？」

未だわかっていない武雄が皆を振り返る。その武雄の右腕を、大樹は物言わぬまましっかりと指差した。

まるでセカンドバッグのように、小脇に抱えられたギプス。お気に入りのマグカップを持っているのは、間違いなく折れているはずの右手だ。いつの間にかギプスからすっぽ抜け、なんの支障もなくマグカップを掴んでいる。

そんな馬鹿な。

あきらは思わず自分の目を疑った。まさかそんなはずはないと思ってよくよく目を凝らすが、どうやら見間違いでも目の錯覚でもないようだ。

「……どういうこと？」

大樹と同じ言葉を、あきらは繰り返す。あまりに自然すぎて、まったく気が付かなかった。

「折れてたんじゃないの⁉」

あきらの叫び声が、雨上がりの空に響き渡った。そうだ、絶対動かすなという指示が出ていたのではなかったか。――宮澤から。

ようやく事態に気付いた武雄が、慌ててギプスの中に右腕を収める。

「いやぁびっくりしたねぇ、人より治りが早いみたい！」

だがもう後の祭りだ。

「んなわけ、ねぇだろ！」

ようやく息を整えた大樹が、仮病疑惑のかかった雇い主に詰め寄る。

「先生、どこ行くの⁉」

あきらは、忍び足で立ち去ろうとする宮澤を呼び止めた。隣で目を泳がせている福山と、一気に挙動不審になっている曽我部も取り調べる必要がありそうだ。

「とりあえず、中で話聞こうか」

武雄の肩をガッチリと組んで、大樹が連行していく。

「え、ヒロ、何するの？　嘘、嘘でしょ？　一応雇い主だよ？　ねぇヒロ、愛してる！　愛してるから！」

奇《く》しくもこれから迎える夜が、あきらがここで過ごす最後の夜になる。

なんだか波乱含みな展開を思いながら、あきらは雲間からその姿を見せはじめた、青空を仰いだ。

十七

ヘリで運ばれた女性と一緒に登っていたグループは、結局予約していた雪峰ヒュッテをキャンセルし、少しでも早く女性の家族と連絡を取ったり、運ばれた病院に行きたいからと、登山口に一番近い山小屋へと下って行った。完全に下山するには厳しい時間だが、そこまで下りてしまえば、明日の午前中には最寄駅まで辿り着けるだろう。よって、菊原山荘の本日の予約は、ゼロのままだ。

そんな中、あきらの送別会を兼ねたその日の夕食は、予想通り武雄たちの弁解から始まった。

「いやね、ほら、うちは凶暴な山猿がいるから、なかなかそれに対抗できる人がいなくてさぁ」

テーブルには、滅多に食べられないエビなどの海鮮の天ぷらや、鶏のササミが添えられたサラダ、それに肉じゃがやカボチャの煮物などもあり、グレープフルーツなどのデザートも揃っている。

「あきらちゃんくらい強い子がいてくれた方が面白いと思ったんだよ。オレはいろんな人がいた方が楽しいし。だから……」

「だから、帰さないために骨折を偽装したと？」

あきらの問いかけに、武雄は肉じゃがを頬張りながらハイと素直に頷いた。反省しているのか、していないのか。

「何考えてんだよ！　いい大人が！」

「そうよ！　結局あたしたちを騙《だま》してたってことでしょ⁉」

ここばかりは大樹と同調して、あきらは悪戯《いたずら》がばれた少年のような顔をする武雄を叱りつける。あんなに痛そうにしていたのに、すべて演技だったというのか。心配して残ってやったこちらの善意はどうなるのだ。

「だってさぁ、こうするしか方法が見つからなかったんだよ」

「そうなんだよなぁ。あきらが明日帰るっつってリネン室に閉じこもった後で、天ぷらつつきながら三人で考えたときは、名案だと思ったんだけどよぉ。なぁ、やっくん」

急に宮澤から話を振られた曽我部の目が、ふわふわと泳ぎはじめる。

「やっくんも知ってたのね？」

あきらに詰め寄られ、曽我部は観念したようにごめん、と口にした。

「でも僕も、あきらちゃんにできるだけ長く残って欲しかったんだ。あんなふうに、ヒロくんと真っ向勝負できる人、見たことなかったから」

「なぁ、それってつまりオレが悪者ってことかよ？」

大樹が憮然としてテーブルに頬杖を突く。

「ちちちちち違うよ！　そうじゃなくて！　ええと、あの、こ、心強かったっていうか！　ほら、あきらちゃん頼りになるし！」

大樹に睨まれ、慌てて曽我部が弁解する。確かに、大樹には決して逆らえない彼にとって、あきらの存在は心強かったに違いないだろう。

「福山さんも、知ってたんですか？」

あきらは一番大きなエビの天ぷらを奪い取ってやりながら尋ねる。彼からは神池でいろいろ励ましてもらった気がしたが、あれも武雄同様、帰さないための罠《わな》だったのだろうか。

「いや、オレは確信はなかったんだよ。なんとなく勘《かん》でね。あきらちゃんと初めて会った日かな。ごはん食べてるときに怪我のこと聞いて、なんとなくピンと……。人一倍体が資本のタケさんが、そんなことで怪我するほど不注意なわけないよなぁとか思って、ミヤさんが絡んでるならなおさら、もしかしたらあきらちゃんを留めておくためかなぁとか」

「さすが直人！　十五年オレと付き合ってるだけあるねぇ！」

「伊達《だて》に男前やってねぇよなぁ！」

「絶賛すんな！」

感心する二人を一喝して、大樹が苛立ち紛れに缶に残っていたビールを一気に飲み干した。まさか自分の雇い主と医者に騙される日が来るとは、彼も夢にも思っていなかっただろう。気持ちはわからないでもない。大体ただの偽装《ぎそう》でも腹立たしいのに、医者というプロがグルになって怪我を装うなど、なんと性質《たち》の悪い大人のやり口だ。

「でもそれくらい、あきらちゃんにここにいて欲しかったってことなんだよ。帰りたいって言ってるのに、無理矢理残らせたのは申し訳ないと思ってる。でもオレの直感は当たったよ。やっぱり少しでもあきらちゃんにいてもらって良かった」

武雄がさらりと口にした言葉に、宮澤が頷く。

「だな。この一週間、ここに来るのが結構楽しみだったんだからよ。本当はこのまま残ってもらいてぇけど、代わりの奴も見つかっちまったし、骨折の偽装がばれたのも潮時《しおどき》ってことだろ」

その言葉に、あきらは口ごもる。そんなふうに言われると、何も言い返せない。騙されていたことには確かに腹が立つ。だがそうしてまでここに留め置かれた自分は、果たしてそれ以上のものをここに残すことができたのだろうか。自分にはその実感がまったくない。

「……なんで、あたしだったんですか？」

箸を動かしていた手を止め、あきらはつぶやくように尋ねる。

「あたしのどこがそんなによかったんですか？」

山小屋に来た初日は、あのひらひらした服装でやって来て、大樹と激しい罵《のの》り合いをこの食堂で繰り広げただけだ。山の知識も持たず、先輩を敬《うやま》いもせず、そんな自分がなぜそこまで気に入られたのだろう。ただ大樹に対抗しうる人間というだけなら、自分でなくても良かったはずだ。

「素直だったからだよ」

答えをくれたのは、福山だった。

カボチャの煮物を口に放り込みながら、福山は続ける。

「良くも悪くも、素直だったからだよ。それってね、ヒロとよく似てるんだ」

あきらは思わず大樹と顔を見合わせた。戸惑い、驚いたような瞳とぶつかる。この山猿と自分が似ているなど、今まで考えてもみなかったし、できれば似ていて欲しくなどないのだが。

「さすがは直人、よくわかってるねぇ」

ヒヒヒと笑って、武雄が天ぷらに箸を伸ばす。

「それにね、あきらちゃんは山の神様に呼ばれて来た子だからだよ」

「あたしが？」

問い返しながら、あきらは福山や宮澤にも同じように言われたことを思い出していた。

「あきらちゃんは、夏の白甲に吹く風と似てるよ。相性がいいのかもしれないねぇ。だからきっと神様が呼んだんだよ」

天ぷらを頬張る武雄の隣で、宮澤が頷く。

「言っただろあきら、お前は馬鹿素直だって。なんでもかんでも思ったことポンポン言いやがるお前の言葉は、爽快《そうかい》なんだよ。夏山の風みてぇにな」

いつものように、褒めているのかけなしているのかわからない口調で言って、宮澤はビールを飲む。それに同調するようにして、曽我部が小刻みに頷いた。

「あきらちゃんが来た初日、僕本当にびっくりしたんだ。あのヒロくんに真正面から言い返す女の子なんて初めてで。大学でも、教授にすらちょっと怖がられてるのに、そのヒロくんに向かってムカつくって、あんなに堂々と、」

やおら立ち上がり、曽我部があのときのことを朗々と語りはじめる。どうやら酒に酔うとよくしゃべるタイプらしい。壁と同化しているときの姿とは大違いだ。

「……曽我部、お前もオレになんか言いたいことがありそうだな」

ぎろり、と音が聞こえそうな目で大樹が曽我部を見やるが、酒が回ってきた彼は一向に気にする様子がない。

「白甲の山猿に向かってちっともひるむことなく、あんたに何がわかんのよ！って、」

「ちょ、やめて！　やめてやっくん！　もう蒸し返さないで！」

「何言ってんのあきらちゃん、これは我が山小屋に語り継ぐ伝説だよ！　なぁ直人？」

「あ、このドレッシングうまい！」

こんなときにも、彼の思考は食を優先するらしい。武雄の言葉に耳も貸さず、何やら感動している福山の隣で、曽我部はどんどん壊れはじめる。

「そのときヒロくんは言ったのです。ムカつくって胃でも悪いのかいお嬢さん。そんなことで頂上を目指そうだなんて、とんだお転婆《てんば》だぜ。振り落とされんなよ？」

「おい、なんか創作入ってんぞ！」

「わははは！　いいぞ、もっとしゃべれやっくん！　おい武雄、ビール！」

この笑い声が絶えない騒がしい夜は、また長くなるのだろう。

あきらは言い知れない切なさを抱えながら、その中に身をゆだねる。

この夜は自分にとって、きっと一生忘れ得ぬものになる予感がしていた。

都会暮らしのあきらにとって、夜空といえば薄明るいものの方が馴染がある。街の明かりでぼんやりと灰色がかっていて、深夜になってようやく星が少し見えるといったものだ。満天の星空というものは、数えるほどしか見たことがない。そして、それが今日ひとつカウントされる。

「……すっ、ご」

もはや曽我部がおもちゃにされている宴会を抜け出してきたあきらは、明かりの少ない小屋の裏で漆黒の天蓋を見上げた。あきらが今まで見たこともない、零れ落ちそうなほどの銀砂が夜空を彩っている。薄《う》っすらと煙のように流れるのは、天《あま》の川《がわ》だろうか。

「こんなに星が見えるなんて、知らなかったなぁ」

知っていたら、毎晩でも外に出るようにしたのに。気付いたのが最終日とはついていない。今までこの時間は、夕食の後片付けや明日の朝食の準備に追われたり、また唯一の自由時間でもあったため、部屋の中でのんびりくつろいでいるばかりで、なかなか夜空を見上げることがなかった。

あきらは腕を後ろで組んで、夜空を見上げたまま深呼吸をした。夜特有の少し湿った空気が、肺の中へと染み込んでくる。武雄たちに勧められるまま飲んだビールの酔いが、少し醒《さ》まされたように思った。

「北斗七星《ほくとしちせい》……ええと、あれがオリオン座？」

あきらが知っている星座は数えるほどしかない。夜空を指差しながらぶつぶつとつぶやいていると、背後から呆れたような溜め息が聞こえた。

「オリオンは冬の星座だ。この季節のこの時間に、北斗七星と一緒に見えるわけねぇだろ」

どこかへ電話をしていたらしい大樹が、携帯を持ったまましかめ面で歩いてくる。

「じゃああれは何座？　あのMみたいなやつ」

独り言に突っ込まれたことで少々憮然としながらも、あきらは尋ねた。

「Wな！　あれはカシオペア」

「ああ、あれが！」

名前だけはなんだか聞いたことがある。

あきらの隣に並んでしばらく夜空を見上げていた大樹は、おもむろに口を開いた。

「……今、山内さんから連絡があった」

あきらは思わず、大樹の横顔を見上げる。

「要救は無事に病院に運ばれて治療を受けたから、もう心配ないらしいぞ。体温も回復して、二、三日で退院できるだろうって話だ」

「……そう、」

あきらは、心から安堵の息を吐く。

「――――よかったあぁぁ！」

両手で顔を覆い、あきらはその場にしゃがみ込んだ。武雄は大丈夫だろうとは言ったものの、どうなったか心配で、明日にでも山内に連絡を取ろうと思っていたところだった。

「本当によかった……。ちゃんと、家族の元に帰れるんだね」

武雄から、宮澤の話を聞いたせいもあるかもしれない。自分が関わった一件だからかもしれない。ただ、あの女性の命が確かに救われたこと。それが、嬉しかった。しゃがみ込んだまま、あきらは夜空を見上げて自然と微笑む。自分の足で家族の待つ家に帰る、そのごく当たり前の誰かの日常を、こんなにも祈ったことはなかった。

微笑むあきらから若干戸惑うように目を逸らした大樹は、おもむろに腕を組んで口を開いた。

「……よかった、けどな、ああいう事態に遭遇したら、普通すぐに低体温症だって察しがつくだろうが！」

来た。

あきらは苦い顔で立ち上がる。どうして最後の最後まで、この山猿とは交戦せねばならないのだろう。

「知らないわよそんなの！　こっちは山小屋のアルバイトに来ただけなのよ？　そんな知識をあたしが持ってるとでも思ってる⁉」

「開き直んな！　だから考えが甘いっつってんだよ！」

「済んだことをごちゃごちゃ言わないでよ！　相変わらず優しくないっていうか、空気読まないっていうか、」

「それを言うなら、お前はいつだって教えを請う態度じゃねえだろ！　がさつだし大雑把だし、無駄に偉そうなんだよ！」

「偉そうなのはお互い様じゃない！」

思わず声が大きくなって、あきらは慌てて口元を手で覆った。大樹もしまった、という顔で耳を澄ませている。だが、数秒待っても、聞こえてくるのは食堂で騒ぐ武雄たちの声だけだ。

「……ごめん」

とりあえず、あきらはその言葉を口にする。熱くなって言い過ぎるのは、自分の悪い癖だ。

　そのうち、場を取り繕うように大樹が咳払《せきばら》いをした。

「……ずっと不思議だったんだけど、」

　そう切り出した大樹に、あきらは目を向ける。濃紺の闇の中に紛れる横顔。

「お前、なんでここのバイトに来たんだよ？」

　何を言うべきか迷って、あきらは視線を巡らせた。そして結局、素直な思いを口にする。

「……あたしね、雪乃になりたかったの」

　隣で大樹が、訝しげな目を向けるのがわかった。

「雪乃？」

「そう。可愛くて優しくて、思わず守ってあげたくなるような女の子。雪乃が重要な充電スポットだって言ってる山に来れば、こんなあたしでも彼女みたいに変われるんじゃないかと思ってた。……そうしたら、別れた彼氏ともヨリを戻せるのかもって」

　あきらは夜空を見上げながら続ける。

「あたし、ここに来る前まで雪乃プロデュースのカフェでバイトしてたの。でも、すごく態度の悪いクレーマーに、ついに我慢できなくて怒鳴っちゃって、それでクビになった」

何かを言いかけて口を開いた大樹が、結局言葉を呑み込んだ。

あきらは無意識のうちに胸の辺りを手で押さえる。今でも、ここに空いた穴を風が通るような感覚が抜けない。

「そんな自分を変えたかったの。……でも結局、ここでは変われなかった。後藤さんだって知ってるでしょ。初対面で喧嘩売る女よ、あたし」

観念したように、溜め息と共にあきらは吐き出す。あのカフェをクビになったとき、絶対に変わってやろうと心に決めていた。生まれ変わった自分になって、雪乃のように可愛い女性になろうと思っていた。

「だいたい、この山小屋で雪乃になろうとすることの方が無理よね。福山さんにも言われたの、ここでなれるのは世捨て人くらいだって」

その言葉に、自覚があるのか大樹がわずかに頰を緩めた。

「……ただ、ここに呼ばれて来た意味があるはずだ、とも言われたの」

果たして自分は見つけられただろうか。

今まで遠くにあるだけの存在だった山に対して、知識や見解は確かに深まった。そこを訪れる人や、働く人に様々な思いがあることも知った。山小屋の暮らしが想像していた以上に過酷だということも体験し、命を救わねばならないという状況にも、図《はか》らずも向き合うことになった。

だが、それらを知ることがここに来た意味だと言うには、何か物足りないような気がしていた。

普段の自分が決して味わうことのなかった生活だということはよくわかる。しかしそれすら、下山してしまえば雲の上の話だと、この身に残らないような気がしていた。

「……で、それは見つかったのか？」

腕を組んだまま、大樹が尋ねる。あきらは再び空を仰ぎながら溜め息をついた。その視線の先にある、どんなに手を伸ばしても届かない星空。

「見つかったら、もう少しすっきりして帰れたかもしれないんだけどねー」

自分が前に進んでいるのかどうかすらわからない。どんどん変わっていく曽我部を前に、あきらは劣等感に似た物すら覚えていた。確かに随分と居心地はよくなった。大樹との衝突も少なくなった。だがもうここにいても、味わうのは焦燥感《しょうそうかん》だけなのかもしれない。

変わりたいと望んでいるのに変われない。

何かを得るために、歩けているのかもわからない。

これから自分がどうなっていくのか、予想図すら描けず。

「……本当にバカだな、お前は」

呆れたように、大樹が短い吐息に混ぜて吐き出した。あきらはこめかみを押さえながらどう言い返そうかと思案する。この男は本当に、言葉を選ばないというかなんというか。

「なによ、自分だけ偉そうに。後藤さんはいいわね、なんか将来が見えてて。迷ったりすることもないでしょ？　どうせ山関係の仕事に就職すれば、このまんまで済むわけだし」

「どうせってなんだよ」

「だってそうじゃない。山に来る人たちの安全を確保したり、命を守りたいっていうのは、わかる気がするの。だからやっぱり、県警に就職したりするんじゃないの？本業持ちながら、遭対協の活動をするのもありだと思うし。福山さんみたいな生活もいいなって、思ってるんじゃない？」

立て続けに言葉を並べたあきらに、大樹は思案するように数秒押し黙り、おもむろに口を開いた。

「お前、福山さんがなんでカメラマンになったか知ってるか？」

予想外の質問に、あきらは戸惑いつつも首を横に振った。そういえば、福山が高校生のときからここでバイトをしていたということは聞いているが、それ以上のことは何も知らない。まして、なぜカメラマンになったかなど。

「オレも聞いた話だけど、福山さんは大学生のとき、友達と一緒に冬の白申で滑落事故に遭ってる」

「え、」

思いがけない話に、あきらは眉をひそめた。そんな過去など微塵も感じさせないほど、今まで見てきた福山は朗《ほが》らかで明るく、後遺症らしきものもまったく感じさせない。だが、不意に思い出した。広間のアルバムで見た写真に、確か福山と仲良く写っている同い年くらいの男の姿があったはずだ。

「幸い福山さんはあの通り無事だったけど、友達の方は命こそ助かったものの重傷で、下半身に麻痺が残った。今でも車椅子で生活してる。福山さんが山のカメラマンになったのは、その友達のためでもある。もう彼が自分の目で見ることができない景色を、写真に収めて見せてあげられるように」

宇宙の端まで見渡せてしまいそうな星空に目をやったまま、大樹は続ける。

「その滑落事故で福山さんたちを救ったのが、武雄さんをはじめ遭対協の人たちと、県警の山岳警備隊の連携プレーだった。ヘリが飛べるギリギリの吹雪《ふぶき》の中を、その二人の命を救うために、何人もの人が命を懸《か》けたんだ。……福山さんからその話を聞いたとき、すごい衝撃を受けたのを覚えてる。そのとき誰か一人でもあきらめてたら、この人はここに居なかったかもしれないって。そうしたらオレも、助からなかったかもしれない」

何を口にするべきか、あきらは言葉が見つからなかった。だがそのとき初めて、彼らを取り巻く絆がはっきりと見えた気がしていた。

時を超え、世代を超えて、繋がっていくもの。

「武雄さんに救われた福山さんが、今度はオレを救ってくれた。オレはその想いを誰かに繋ぐだけだ。そのための肩書なんて、別に重要じゃない」

あきらは静かに息を呑んだ。

隣に立つ、たった一歳しか年の変わらない男の横顔を見つめる。

「ただオレは、いろんな人が来るこの山小屋が好きなだけだ」

自分とは次元の違う、とても壮大な話だ。その道を、彼は確実に一歩ずつ登っている。律儀なほどに恩義を感じて、おそらくは見知った人すべての想いを、その背中に背負い込むようにして。

「……すごいね、」

なぜだか滲んでくる涙を悟られないよう、あきらは上を向いたままつぶやく。

「すごいなぁ……」

改めてそう口にして、あきらは自分を落ち着かせるように深呼吸した。

自分がどう頑張っても、大樹には追いつけない壁がある。福山はあきらと大樹が似ていると言ったが、自分にはそれがまったく理解できなかった。生き方にも、想いにも、天と地ほどの差がある。彼が双肩に背負う命の重さと、その手で紡《つむ》ぐ人と人との絆は、決して今のあきらが持ちえないものだ。

誰と並んでも、結局自分の劣等生ぶりを思い知る。

何か言いたげに、夜空を見上げるあきらの横顔を見ていた大樹が、ふと思いついたように、手元のプロトレックで時刻を確認した。

「お前明日、二時半に起きる気あるか？」

「え？」

あきらは、よく意味が呑み込めずに問い返した。

「会わせたい人がいる」

何かを企《たくら》むような顔で、大樹は告げる。

漆黒の天蓋に銀の矢が走る。未だ夜は深く、食堂から聞こえてくるかすかな笑い声だけが響いていた。

十八
「ちょっと……! どこまで行くの?」

いつもの起床時間より一時間半も早い午前二時三十分、あきらは大樹に連れられて山小屋を出た。幸い、と言っていいのかどうかわからないが、今日の宿泊客はゼロだ。朝食の準備も慌てなくていい。二人が抜けたところで充分手は足りるだろう。

「もたもたしてると間に合わねぇぞ」

急かされるまま、外トイレの前を通ってハイマツとダケカンバの茂みを下り、祠の脇を抜ける。四十分ほどかかって、二人はお花畑のある登山道まで下りた。外はまだ真っ暗なため、大樹に渡されたヘッドランプと、星明かりだけが頼りだ。

ここに来てからこんな夜中に外へ出たことは一度もなく、あきらは興味深く辺りを見回した。昼間とはなんだか景色が違って見える。あきらは闇に沈む湿原に何か光るものを見た気がして、そっとヘッドランプの明かりを消した。途端に、その景色があきらを呑み込むように覆い尽くす。

一面の平原が、星明かりによって銀色に染められている。夜風に吹かれ、遠くから波打つように下草が揺れるたびに、あきらは銀色の海に佇んでいる錯覚を覚えた。昼間見る鮮やかな緑や、花々の美しい色合いは影をひそめ、モノトーンの中にその景色は浮かび上がる。草木も眠る時間というが、もしかすると彼らは、この時間にこそ意志を持つのかもしれなかった。空に宿る星々の恩恵を受けて、ひそやかに息をしながら。

あきらはその光景に思わず足を止め、辺りをぐるりと見渡した。この広い平原に、大樹と自分の姿しか見えない。まるで世界の片隅に、二人だけが取り残されたようだった。そこを去ってしまうのが、あまりにもったいないと思えるほどに。

「おい、」

立ち止まっているあきらに気付いて、大樹が振り返る。

「ちゃんとライトつけとけ」

「……でも、」

その人工的な明かりが景色をかき消してしまう気がして、あきらは逡巡する。

大樹は嘆息して引き返してくると、強引にあきらのライトのスイッチを入れた。

「足元を照らすだけじゃなくて、位置確認のためのライトでもあるんだよ。勝手に消すな」

強引に連れ出したのは一体どちらだったか。それだけを言ってまた歩きはじめる大樹の背中に、あきらは怨念にも似た無言のテレパシーを送る。この男にはロマンとかメルヘンとかそういった類《たぐい》の概念がないのだろう。今に始まったことではないが。

大樹は風山との分岐の立て看板を確認すると、山頂の方へと道を折れる。次第に道は上り坂になってきて、あきらはとにかく大樹の背中を見失わないよう必死でついて行った。この道行でおそらく山頂を目指しているということはわかったが、会わせたい人というのがそこにいるのだろうか。もしかすると雪峰ヒュッテの従業員かもしれない、などと疑問は取り留めなく浮かんでくるが、息が上がってしまって尋ねることができなかった。当の大樹は、息を乱すことなく軽々と足を運んでいる。

そのうちに開けた場所に辿り着いたが、周りが真っ暗なため今どこにいるのかもあきらにはよくわからなかった。夜明け前のため気温は一段と低く、外気にさらされている頬が凍るように痛い。大樹から水を手渡され、そこで少し休憩したあと、またさらに上を目指して歩きはじめる。午前四時過ぎにようやく雪峰ヒュッテに辿り着いたが、水分補給をしているあきらの隣で、大樹はまだ上へ登ると言う。

「どこまで登るの？　雪峰ヒュッテが頂上じゃなかったの⁉」

ひそかにゴールだと思っていたのに、まだ先があるなどトラップもいいところだ。

「山頂はここから四十分くらい登るんだよ。道はいいから安心しろ」

有無を言わさず、大樹はまた歩きはじめる。

そのうちに、雪峰ヒュッテに泊まっていた宿泊客がぽつぽつと山小屋から出て来て、あきらたちと同じ道を歩いて頂上を目指した。先ほどまで誰もいなかった登山道に、まばらに列ができはじめる。

だんだんと夜が明け、空が明るくなってきた。大樹が言う通り、歩く道は小石が敷き詰められ、それを丸太で固定して歩きやすいよう整備されている。それでも結構な上り坂だ。ほぼ空腹のまま出発してここまで連れて来るとは、この山猿は最後までスパルタ方式だ。こんなに歩くとわかっていたら、あらかじめ福山から教えてもらった、武雄のへそくりお菓子スポットなどを漁《あさ》って適当にエネルギーを蓄《たくわ》えてきたのに。あきらは酸素不足にならないよう意識して深い呼吸をしながら、前を行く背中に目をやった。

大樹の足取りは、先ほどからまったく乱れない。時折あきらがついて来ているのを確認しながら、最小限の動きで足を運ぶ。上半身がぶれずに脚までが綺麗な直線を描いていて、歩幅は小さく、足で歩いているというより重心を移動させて進んでいるようだった。やはり山を歩き慣れている人の歩き方なのだろう。この一週間、最悪な出会いを経て彼の様々な一面を知ってきたが、もう明日からは見ることのない姿だ。そう思えばなんだか急に感慨深くなった。明るくなる空に合わせて、徐々に前を歩く大樹の姿が鮮明になる。実際手を伸ばせば届いてしまう距離に彼を見ながら、それが嬉しいのか悲しいのかさえ、今のあきらにはわからなかった。

大樹に連れられるまま辿り着いた山頂では、すでに何人もの登山客がカメラを構えてその瞬間を心待ちにしていた。

「……やっと……着いた」

息を整えながら辺りを見回していたあきらは、皆が同じ方向に目を向けていることに気付いて、一体何事かとその方向に向き直った。もう人の姿がはっきりと見えるほど明るくなってはいるが、未だ頬に当たる風は冷たい。だが今は、その風が心地いいと思えるほど体が火照っていた。

草木もなく、ただ切り立った大きな岩々が乱立する山頂。そこにある、頂上であることを示す石柱の向こう、見下ろした先に、紫とも白ともつかない不思議な色の海が広がっている。そしてその遠くに、いびつな三角形の島が浮かんでいた。

「……なにあれ、」

つぶやいて、目を凝らしたあきらは、それが島などではなく、遠くに見えている山の山頂付近だと気付いた。そして改めて、その光景を眺めて息を呑む。

「これ……海じゃないの⁉」

そこから見える眼下一面にあるのは、どこまでも広がる雲海だ。海原《うなばら》か雪原を思わせるような連なった雲が、遥か遠くまで果てしなく続いている。そしてすでに、その端が薄っすらと紅《あか》く染まっていた。

「ここから海が見えるわけねぇだろ。地理考えろ」

あきらの隣で、大樹が面倒くさそうに腕を組む。

「でも、これ全部雲⁉　あたし今雲の上にいるの⁉」

「見りゃわかんだろ。いいからちょっと静かにしてろ！」

「だってすごくない⁉　あたしこんな景色見たの初め……」

言いかけたあきらの言葉を、周囲の登山客から沸き起こった歓声がかき消した。

雲の海から生まれ出た、とろりとした質感の眩しいほど紅く輝く朝陽。

あきらは半端に口を開けたまま、その生まれたての光を全身で受け止める。

その美しさに言葉はいらなかった。

夜を超えて生まれる、希望の光だ。

「日の出の瞬間、白甲の山頂には神が降りたつと言われてる」

「神？」

振り返った大樹の顔が、朝陽に紅く染まっていた。

「白甲ヶ山に宿る神は、菊理姫神《くくりひめのかみ》。お前に会わせたかった女神《ひと》だ」

その言葉の意味をすぐには理解できず、あきらは呆気にとられたまま数秒大樹を見上げていた。

「え……、か、神様だったの⁉」

会わせたい人がいると言うから、当然のように人間だと思っていた。今日帰るというこんな日のこんな時間に、二時間以上かけて会いに来るとは一体どんな大物かと思っていたが、大物どころか人ですらなかったということだ。

「菊原山荘の名前は、菊理姫神からとってる。先生が拝《おが》んでる祠も、祀ってあるのは菊理姫だ。もともと山岳信仰の対象になってた。……理由を聞くと本人は茶化すけど、先生が山伏の格好をしてるのは、たぶん山への畏怖《いふ》を忘れないためでもあるんだよ」

昔、満足な道具も道らしい道もなく、まさに山に伏するがごとく修行をしていた行者たちは、きっと今の人間よりずっと山が恐ろしいものだということを知っていたはずだ。この山で妻を亡くし、誰よりも人間の無力さを思い知った彼は、そのことを自分に言い聞かせるように、あの装束を身に纏《まと》うのかもしれない。

「……くくり、ひめ、」

宮澤と共に手を合わせた、あの祠にも祀られているという不思議な女神の名前を、あきらはそっと口の中でつぶやいた。

「菊理姫は、その名の通り『くくって』くれる神様だ。自分の緩んだ心だったり、人と人との繋がりだったり」

山は楔だと、家族を繋いでくれる大切な場所だと、武雄が話してくれた宮澤の家族の話をあきらは思い出していた。そして家族だけでなく、そこから広がっていく人の輪。武雄や福山や大樹のように、命を助け、助けられた者たちの絆。山小屋に集《つど》う人々のように、愛すべき場所を語らえる仲間。

すべて結ばれ、くくられて繋がっていく想い。

「山に来ると、ブランド物の鞄《かばん》も、高価な宝石も役に立たない。高山病でゲロは吐くし、足腰立たなくなってふらふらになるし、少しの雨や風で動けなくなって、自分の小ささを思い知る。山小屋で働けば風呂にも入れないし、いい服を着ようがすぐに汚れて、結局多少見てくれが悪くても動ける格好を選ぶようになる」

腕を組んだまま、大樹は続けた。

「でもここに立てば、女神はいつだって誰だって、登頂した人間をただ平等に受け入れてくれる。ありのままに、それでいいんだって。そしてもう一度、折れそうな心をくくり直してくれる」

それはきっと、山で命を失いかけ、それでもなお登ることをやめない大樹本人が、身をもって感じたことなのかもしれない。ともすれば些末な日常の中、忘れそうになる想いや覚悟を、もう一度自身に刻むように。その身にしっかり、くくるように。

「……くくり直す、」

あきらがつぶやくように言ったその瞬間、山頂を一陣の風が吹き抜けた。

夜明け前までの凍てつくような冷たい風ではなく、とても柔らかで温かい風が、あきらの頬を撫でるようにして上空へ舞い上がる。その風を、あきらはどこかで感じたような気がしていた。あれは、福山と訪れた神池で出会った風だったかもしれない。

「……女神の祝福」

思わずその風を追うように空を見上げたあきらと同じようにして、大樹が上空へと目を向ける。

「ご来光のとき、山頂で感じるあんな風を、皆そう呼ぶ。運がいいな、滅多にお目にかかれないぜ」

朝陽に体を染めて空を仰ぐ大樹は、とても穏やかな顔をしていた。

そして、続けておもむろに切り出す。

「……お前は、ここに来た意味が見つからないって言ったけど、本当はもう、見つかってるんじゃねぇか？」

唐突にそんなことを言われ、あきらは戸惑って大樹を見上げた。今になってもう一度その話をされるとは思ってもいなかった。きっと大樹にはわかってもらえないだろうと、話したことさえ忘れかけていたのに。

「近くにありすぎて、当たり前にありすぎて、気付いてないだけなんじゃねぇの？」

彼はその双眸《そうぼう》を、真っ直ぐ朝陽に向けていた。

「……どういうこと？」

意味がわからなくて、あきらは首をかしげる。大樹は少し思案するように視線を落とした。

「オレは雪乃がどういうのかよく知らねぇけど、その雪乃を真似てうちに来たお前、すっげぇ気持ち悪かったぞ」

「は？」

一体何のダメ出しだ。それとも喧嘩を売られているのだろうか。怪訝な顔をするあきらに、大樹はさらに追い打ちをかける。

「全然似合ってねぇあんなピラピラしたの着て、言いたいこともどっか濁したように言うし、やっとはっきり言ったと思ったら初対面のオレに平気で『ムカつく』とか言うし、」

「あ、あれは！」

昨夜の曽我部に続き、また蒸し返さなくてもいいではないか。言い訳しようとするあきらに、大樹はいつもの冷めた目を向ける。

「がさつで不器用で、無駄に偉そうだし、一週間見てても全然変わらなかったけど、それでも今は、初日のあの気持ち悪いお前よりだいぶマシだ」

「……ねぇ、それ褒めてるの？　それともバカにしてる？」

両方だと言われたら、一発殴っても文句は言われまい。密かに拳を握りしめながら、あきらは大樹を見上げた。

大樹は、あきらから朝陽へと視線を滑らせる。

「雪乃になろうとしたところで、雪乃本人にはなれねぇだろ。だとしたらそれは、雪乃によく似た偽者《にせもの》じゃねぇか」

　その言葉に、胸が軋《きし》んだ。

「……え、」

　そう尋ねるようにつぶやく口元が、ごまかすように笑みを作ろうとする。

　どうして大樹に、こんなことを指摘されなければいけないのだろう。変わりたいと思って、それしか方法がなくて、ずっとずっと信じてきたのに。

　それしか希望がなかったのに。

「偽者になるくらいなら、そのままでいいだろ」

　いつもの少し面倒くさそうな声で、大樹は告げた。

　気付いてないだけなんじゃねぇの？

　近くにありすぎて。

　当たり前に、ありすぎて。

「……そんな簡単に、言わないでよ……」

　あきらは眉間に力を込めた。そうしないと泣いてしまいそうだった。恐怖にも似た想いがじわじわと胸を這い上がる。

　雪乃の着た服を集めながら、雪乃の立ち居振る舞いを真似しながら、そうしている間は前向きでいられた。だが、いくら外見を真似して、いくら彼女のように振る舞っても、どこか息苦しかった。変わりたいと望んでいるのに、そう思えば思うほど、身動きが取れなくなっていくような気がしていた。

それでも、やめるわけにはいかなかった。

この先に何が待っているのか、答えなど見えてはいない。ただ、雪乃の後を追いかけて走っているときだけは、前向きでいられた。むしろ前を向いて走り続けなければ、またあの暗闇に呑まれてしまいそうで怖かった。

だから、雪乃のようになれたら、聡の隣に戻れるかもしれないという理由を免罪符にして。それが目標であるかのように、自分の目に蓋をして。

ただひたすら雪乃を追って生きていく以外に、拒絶された空虚な心を、埋める手段が見つからなかった。

「……がさつでも不器用でも、無駄に偉そうでも、それがお前ならそれでいいじゃねぇか。少なくとも武雄さんたちは、そんなお前を必要としたんだ」

素直だったからだよ。

福山から言われたその言葉が、あきらの耳に蘇る。

がさつで、不器用で、謙虚《けんきょ》でもない自分を知ってなお、ここにいて欲しいと願ってくれた人たち。

夏山に吹く、爽快な風のようだと。

「それを、恥じるんじゃねぇよ」

吐息に混ぜるように、大樹は口にする。

それはとても穏やかな声色で。

暗闇の淵から、掬《すく》い上げる。

このとき初めて、あきらは自分が抱えていた空虚の正体がわかったような気がしていた。何をやっても、決して埋まることのなかった胸の穴。それはきっと、恋人を失ってしまった悲しみなどではなく、
自分の個性すら必死で失くそうとしていた、虚しさだったのだと。

あきらは思わず口元を手で覆った。溢れてくる涙と、堪えきれない嗚咽《おえつ》が漏れる。

愛して欲しかったから。

好きだと言って欲しかったから、他人の評価基準に無理矢理自分を当てはめた。そしてそれにそぐわなければ、自分らしさも自分の長所も、すべてを押し殺した。そうしないと、受け入れてもらえないのだと思っていた。相手が求める完璧な人間にならなければいけないのだと。

そうしていくうち、どんどん大きくなっていく胸の穴の正体にも気づかず、また違う誰かになろうとした。

もしかするとそれは、自分に自信がなかったからなのかもしれない。本来の自分を見せることを、どこかで恐れていたのかもしれない。

嫌われたらどうしよう、拒絶されたらどうしようと不安がるばかりで。

遠坂あきらを、誰より恥じていたのは自分だった。

「……泣くなよ」

周りの目を気にして、大樹が居心地悪そうにつぶやいた。

自分らしさを偽《いつわ》ってまで手に入れるものに、一体何の価値があったのだろう。ここで見つけなければいけなかったのは、最初からあきらが持っているものに他ならなかった。素直で、活発で、よく笑う本来の自分。ヒラヒラのワンピースも、すぐに破けてしまいそうなフリルのボレロも本当は好きじゃない。Tシャツにジーンズを穿いて、洗いざらしの髪がよく似合う遠坂あきら。当たり前のように、そこにあった自分。

「でも、……でも、こんな自分が嫌になるときもあるの！　頑張っても空回りするし、考える前に口にしちゃうし、そんなつもりないのに、誰かを、傷つけたり、」

あきらは、震える喉から精一杯声を絞り出す。嫌になるくらい、自分の欠点はわかっているつもりだ。

「そんなあたしでも、いいのかな……」

「バカかお前」

泣いているあきらに、大樹は容赦なくそんな言葉を浴びせて溜め息をつく。

「それが嫌なら成長しろよ。少なくとも今のオレの周りには、そのために歩いてる奴しかいねぇよ。それは無理矢理別人に変わることとは違うだろ」

あきらは涙目のまま大樹を見上げた。

遭対協の隊長を引退してなお、山小屋から離れない武雄も、妻の死を乗り越え今も山で働いている宮澤も。友人のために写真を撮り続ける福山も、弱い自分を変えたいと望む曽我部も。

そしてきっと、今隣に立つ大樹も。

「道はそれぞれだけど、お前だけがもがいてるわけじゃない」

嘆《なげ》きながら、迷いながら、それでも前を向いて。

「皆、歩いてるんだ」

たとえそれが小さな一歩でも、歩き続ける限り前へ進むことを信じて。

歩き続けた者だけが見つける、何かを探して。

「……うん、」

朝陽が滲んでぼやける。頷いた拍子に、またあきらの目から涙が零れた。

夢も目的もそれぞれ違うけれど、山小屋の明かりに集い、ひと時同じ時間を共有して休息し、また旅立っていく。各々が目指す、山頂へ。

そしてまた、朝陽は昇るだろう。女神の祝福と共に。

まだ涙の止まらないあきらに戸惑いながらも、大樹がその場を離れることはなかった。

ただあきらが泣きやむまで、ずっと隣で朝陽を眺めていた。

クライムダウン

大型のショッピングモールは、残り少ない夏休みを余すことなく謳歌《おうか》しようとする人々で溢れているように見えた。家族連れや、若いカップル、仲間同士で連れだって歩いていく学生たち。特設会場では、もう今季で売りきってしまおうと水着のセールが行われている。館内では購買を促進させるべく軽やかなオリジナルミュージックが流され、時折タイムセールの放送が入った。八月下旬、空はまだまだ夏の様相を呈し、湧き立つ白い雲を宿してなお青い。

一階の出口近くにあるカフェで、あきらは窓越しに外へと目をやったままアイスコーヒーを飲んだ。駐車場の入口を示す看板と、アイスクリームを片手に歩いていく親子連れ。アスファルトの道路を走り去る車。夏の陽射しを照り返すビル。その向こうに育つ積乱雲の方角に、白甲ヶ山はある。だがどんなに目を凝らしても、ここから白甲ヶ山を臨《のぞ》むことはできなかった。

「……布団、取り込んだかなぁ」

時刻は午後二時すぎ。山小屋にいた頃は、布団を取り込んで予約人数分のセッティングをし終わり、ようやく一息つける時間だ。もしくはこの時間を使って、崩れた登山道を直しに行ったり、食料庫の在庫を確認したりする。お盆を過ぎて第二のピークは終わったとはいえ、これから紅葉シーズンに入ると白甲ヶ山はまた登山客で賑わうようになる。

「あきら、お待たせ！」

十五センチはあるヒールの踵《かかと》を鳴らして、いくつかのショップの紙袋を肩から下げた逢衣が、カフェの入口に姿を見せた。ミニスカートから伸びる形の良いすらりとした素足に、近くの席にいたカップルの男性が長いこと目を留める。

「せっかくバーゲンなのにいいの？　何も買わなくて」

カウンターから注文したアイスコーヒーを手に取って、逢衣はあきらの正面の席に滑り込むように座った。今日の彼女の爪は、白と水色の爽やかなマリンカラーだ。

「んー、なんか、物欲ない」

下山してから二週間がたつが、まだあきらの調子は戻らない。高度は下がったはずなのに、高山病のようなぼんやりした状態が続いている。

惜しげもなくお湯をたっぷりつかって風呂に入り、テレビでお笑い番組を見て、好きなものを好きなだけ食べ、柔らかい布団でぐっすり眠る。普通に日常としてあった生活をまた始めただけのことなのだが、なんだかしっくりとこないのだ。逢衣に誘われて買物に出て来たものの、これといって欲しい物も見当たらない。

「山に煩悩《ぼんのう》捨ててきたんじゃないの？　本当に山伏になるとか言わないでよね」

そういう逢衣の些細な一言さえ、今のあきらの思考はすぐにあの場所へと結びつける。山伏と言えば宮澤は元気だろうか。また診療所を抜け出して、あの格好でうろうろしているのだろうかと。

「ところで、煩悩と言えば、あんた雪乃になるって言ってたやつどうなったの？」

アイスコーヒーをブラックのまま口にして、逢衣がそう切り出した。彼女の美しく整った爪に目をやっていたあきらは、少し遅れて顔を上げる。

「……雪乃？」

「そうよ、雪乃になるために山に行ったんでしょ！　あの元彼とヨリを戻したかったのかどうか知らないけど！」

ストローでアイスコーヒーをかき回しながら、なぜだか怒ったように言う逢衣に、あきらは靄のかかった頭の中から山に行くことになった当時の記憶を引っ張り出す。そうだ、確かそんな目的で山に向かったはずだった。

「……ああ、あれ」

雪乃が雑誌で着ていた服を買い集めて、彼女と同じアクセサリーを身に着けて、必死で彼女の影を追いかけていた。ついこの間の話なのに、もう何年も前のような気がする。

「なによその他人事《ひとごと》みたいな言い方。あたしがどれだけ心配したと思ってるの⁉」

未だぼんやりしたままのあきらを叱るように、逢衣は美しい指先でテーブルを叩いた。

「確かに代わりの人間を見つけたってことで、先輩から焼肉はおごってもらったわよ。でもね、本当に心配してたの。あんたがなんで雪乃になろうとしたか、なんとなくわかった気がしたから」

なんだか前半部分に気になる言葉があったが、それをさらりと流して逢衣は続ける。

「あたしは、あきららしいあきらが好きよ。多少がさつで大雑把でも、よく笑うあんたが好きなの」

　あきらは目の前の幼馴染を見つめる。どこか不機嫌そうに言う逢衣は、もしかしたら拗ねているのかもしれないとふと思った。ずっと昔から、自分のことを見ていてくれた人だ。たくさん迷惑もかけたのに、それでも見捨てずに傍にいてくれた。食事が喉を通らなくなったときも、部屋から出て来られなくなったときも、彼女だけは毎日連絡をくれた。

　もっとちゃんと、彼女に打ち明ければよかったのかもしれない。自分の存在価値がわからなくなったことも、雪乃になろうとすることでしか立ち上がれなくなってしまったことも。あのときは暗闇の底に一人取り残された気がして、救いの手が差し伸べられていることにも気付かなかった。武装するように自分を偽らなくても、こうしてちゃんと見ていてくれる人がいたのに。話すことを待っていてくれる人がいたのに。

「いつ会っても変わり映えしない服を着てても、中古の原付で爆走してても、あきらが元気ならそれでいいの。足の踏み場がないくらい部屋が汚くても、寝起きで顔も洗わずに学校に来ても、」

「ちょ、ちょっと待って！　顔はさすがに洗ってるから！」

　途中から、励まされているのかけなされているのかよくわからなくなってきた。

「二週間前に賞味期限の切れた牛乳が冷蔵庫に入ってても、あんたはあたしの幼馴染なのよ。わかってる？」

「二週間前のなんて入ってない！　だいたい一週間たてば気付くから！　……ていうかそうじゃなくて、」

逢衣の勢いに乗せられるまま言い返して、あきらは言葉を切る。やはりそうだ、彼女は少し拗ねている。あきらの心の深淵に気付いて、それまで気付けなかった自分を責めるように。

バカだな、と愛情をこめてあきらは思う。

きっと自分が山に行ってから、彼女なりにいろいろと気を揉《も》んでくれていたのだろう。

そんな逢衣と幼馴染であることを、自分はこんなにも心強く誇りに思っているのに。

「心配かけてごめん。……でも、もう大丈夫」

逢衣の目をしっかりと見て、あきらは微笑む。聡への想いも、雪乃への想いも、あの朝焼けの中に確かに昇華させてきた。そのときあの山頂に残っていたのは、空腹で、埃まみれで、泣き笑いしている自分だった。

すべての飾りを削《そ》ぎ落とされた、ありのままの遠坂あきらだった。

「……うん、それならいいの」

あきらの言葉に、逢衣も安心したように笑った。なんにせよ、あきらを一番案じてくれているのは彼女に他ならない。

「じゃ、買物の続きね。あたし欲しいＣＤがあるの」

逢衣の切り替えの早さは定評がある。過ぎたことは過ぎたことと、いつだってあっさりと思考を切り替えるのだ。彼女と一緒にいると、こういう瞬間がとても心地がよかった。飲みかけのアイスコーヒーを持ったまま逢衣が席を立って、あきらもその後に続いた。

外に出ると、相変わらず陽射しは容赦なく降り注ぎ、露出した肌へと突き刺さる。日傘とサングラスとアームカバーで完璧な日焼け対策を施した逢衣の隣で、あきらは無防備に空を仰いだ。山で見上げていたあの空と同じはずなのに、どこか違って見えるのはなぜだろうか。コンクリートに囲まれた街の中では、吹き抜ける風すら熱風で攻撃的だ。

「あ、そういえばさ、雪乃が歌手デビューするって知ってる？」

優雅に踵を鳴らして、前を歩いていた逢衣が振り返る。街路樹の葉の影が、彼女の持つ日傘にちらちらと映った。

「え、知らない」

「来月CD出すんだって。別に歌手デビューしなくてもいいと思うんだけど、」

見えてきたCDショップの店頭に張ってあるポスターを見つけて、逢衣はこれこれと指差した。入口のガラスの壁面に、雪乃のCDデビューをアピールするポスターがずらりと何枚も貼られている。すべて同じものなのだが、こうも多くの雪乃に囲まれると軽く圧倒されてしまいそうだ。

「歌うまいのかな……？」

「ま、たとえ聴覚に異常を与えるくらいの音痴でも、生放送で歌いさえしなきゃどうにでもなるんじゃない？　収録《レコーディング》で音程なんかいくらでもいじれるでしょ」

相変わらずドライな意見を言って、逢衣は冷房の効《き》いた店内へと入っていく。その背中を苦笑しながら見送って、あきらは再び雪乃のポスターへと目をやった。相変わらず完璧な微笑みをたたえた雪乃が、形の良い顎を白い手の甲に乗せて写っている。その姿は、やはり綺麗だと思う。滑《なめ》らかな肌も、濃いまつ毛に縁どられた瞳も。だが今のあきらは、もう彼女になりたいとは思わない。たとえ彼女のすべてを真似したとしても、そこに出来上がるのは虚しい偽者でしかないからだ。

ずらりと貼られたポスターを追って店の端まで歩いて来たあきらは、隣にあるアウトドア用品店のディスプレイに目を留めた。家族で行くキャンプ特集と称して、テントや寝袋をはじめとした道具類が展示されており、その奥の壁に見つけた色彩に、あきらは思わず釘付けになる。

「……ニッコウキスゲ」

神池で見た、あの鮮やかな山吹色の花。その他にも、見たことのある高山植物の写真がいくつも展示されている。しかもそのすべてのアングルに見覚えがあった。

「白甲ヶ山の花の写真ですよ」

背後から声をかけられ、あきらは驚いて振り返る。予想していたよりも低い位置で、その声の主は微笑んでいた。

「僕の友人が撮った写真なんです。宣伝を兼ねて、ディスプレイ用に特別に使わせてもらってて」

そう言った三十代くらいの男性は、車椅子に座っていた。

ジーンズに隠された足が本物か義足かはわからないが、見た目は健常者と何も変わらない。ただ後輪にかけられた腕は筋肉の筋がくっきりとわかるほど太く、Tシャツの下に隠された上半身全体が、明らかに鍛えられている逞しい体をしていた。

「……そう、なんですか」

「写真集も出てますから、気に入ったら買ってやってください。それからこれ、ここに併設してるクライミングジムのチラシです。よかったらどうぞ」

そう言ってあきらに一枚のチラシを渡し、男性は軽く会釈《えしゃく》をして滑らかに車椅子を走らせていく。そのTシャツの背中に、チーム名らしきロゴと、climber の文字。

「あの、」

思わず声をかけたが、街の雑踏に紛れて彼には届かなかった。

手元のチラシには、健常者はもちろん、下半身不随の人でもクライミングが楽しめる施設であることを謳《うた》った紹介文と共に、先ほどの彼が店長という肩書で笑みを浮かべて写っている。その顔に、あきらは確かに見覚えがあった。あの山小屋のアルバムで、福山と一緒に写真に写っていた男だ。

あきらはもう一度、花々の写真に目をやる。それは確かに、あの食堂の壁にこの手で飾ったパネルと、同じ素材を使っているものだった。これから始まる日々に不安を感じながら、それでも新しい何かを見つけようとして、ひとつずつあの食堂に飾った写真だ。そして日々を過ごすうち、山小屋に集まるたくさんの人の想いを知った。ただただ誰かを迎え、送り出す日常も、幸せな結婚式も、妻や母を亡くしてなお山へ来る人の想いも。

あきらは、その花の色を瞳に焼き付けるように眺める。

変わりたいと望む心。友人のためにカメラをかまえる気持ち。救ってもらった命を、誰かへ繋げようとする意志。

そして今日、ただ受け身で待つだけでなく、山を下りてなお決してあきらめない希望を知った。

「あ……」

食い入るように写真を眺めていたあきらは、その中に一枚の鮮やかな朝焼けを写したものがあることに気付いた。あの日と同じような一面の雲海から、紅とも橙ともつかない色の朝陽が昇ってくる瞬間をとらえている。

それを、恥じるんじゃねぇよ。

そう言ってくれた彼の、朝陽に染まった横顔が脳裏へ鮮やかに蘇った。

下山のときには別れを惜しみ、わざわざ診療所から見送りに来てくれた宮澤や、またおいでと言っていつまでも手を振ってくれた武雄たちと違い、大樹だけは何も言わなかった。いつも通り仏頂面で腕を組んだまま、ただずっと皆の後ろで立っているだけだった。

あそこに行かない限り、彼にはもう二度と会えないだろう。二人で山頂に行ったあの日、前を歩く後ろ姿を見ながら、もうこの背中を見ることがなくなるなど信じられずにいた。もう怒られないで済むとか、イライラしないで済むと思えば嬉しいのか、それとも悲しいのかさえわからずに。

だが今は。

その瞬間、不意にあきらのカバンの中で携帯が鳴った。慌てて取り出すと、大型の液晶画面に表示されているのは知らない番号だった。

「も、もしもし？」

一体どこからだろうか。恐る恐る出てみたが、向こうからの反応はない。間違い電話かと思い、あきらはもう一度もしもしと口にする。

「どちらにおかけですか？」

もしかすると子供の悪戯だろうか。それとも、誰かのポケットやカバンの中で勝手にかかってしまったのだろうか。相変わらず相手が沈黙しているため、あきらは一応切りますよ、と宣言して終了ボタンに手をかける。

「…………………ゃん、………らちゃん!?」

何か聞こえた気がして、あきらはもう一度携帯を耳元へ戻した。

「もしもし？」

「……あきらちゃん⁉　ああよかった、やっと繋がった！」

聞き覚えのある声だ。

「え、……やっくん⁉」

若干電波状況が悪いのか、少し途切れがちではあるが、間違いなく曽我部の声だった。

「あきらちゃん、大変だよ！　大変なことが起こっちゃった！　あ、」

「え、何？　どうしたの？」

雑踏の音を遮断するように、あきらは反対側の耳を指で塞ぐ。

「もしもしあきらちゃん？　ジョージ・クルーニーだけど、」

「……すいません、そんな知り合いいないんですけど」

あきらの返答に、曽我部から電話を奪い取ったらしい武雄が、やだねぇもう忘れちゃったの？　などとぼやいている。

「あのさぁ、あきらちゃんにちょっと苦情があるんだよ」

「苦情、ですか？」

あきらは眉をひそめる。二週間がたっているというのに、今更なんだろうか。

「あきらちゃんさぁ、やっくんが持ってた本、厨房の引き出しに突っ込んだでしょ？

だめだよあそこに入れちゃあ！　あそこはオレのへそくりお菓子スポットなんだから、開けといてくれないと！　乾いたベンガラの粉が落ちて大変なんだから！」

その言葉に、あきらは絶句する。覚えがないわけではない。むしろ、鮮明に覚えている。確かにあのとき、曽我部から本を引き離そうとして適当なところに突っ込んだ。そう、突っ込んだままだ。

「あ……ごめんなさ、」

「というわけであきらちゃん、今すぐ帰って来てくれる？」

「は？」

どんなルートを通ればその結論に行きつくのだろう。まさかそのお詫びに労働しろということか。

「どうせまだ夏休みでしょ？　明日からでいいから。お願いね！」

「え、お願いねってちょっと！　武雄さん⁉」

聞き間違いかと思うほど、気軽で強引な誘いだ。駅前に集合するのとはわけが違う。

あきらは電話口で何度か呼びかけたが、代わりに返ってきたのは福山の声だった。

「実はねあきらちゃん、本云々っていうか、白甲はもうすぐに紅葉シーズンがきちゃうんだけど、それに合わせて来てたアルバイトが帰っちゃったんだよね」

「帰った？　なんで？」

「どうもすごく潔癖症《けつぺきしよう》な子だったみたいで、うちが合わなかったというか……。あ、いや、別にヒロの言葉のボディブローを浴びて帰ったわけじゃないよ」

わざわざ言うところが怪しい。あきらは神妙に携帯電話を握り直す。直接の要因ではなくとも、絶対に何割かアイツが絡んでいるだろう。

「だからね、急遽人手が足りなくなっちゃって。それであきらちゃんに……え、何？」

話の途中で、福山が向こうの誰かと話している。ぼそぼそとした声が続き、その直後、何かを床に叩きつけるような激しい音が聞こえてくる。

「た、大変だあきら！」

あまりのけたたましい音に、耳から携帯を離していたあきらは、再び話し手が変わっていることに気付く。

「え、先生⁉」

「今な、その、あれだ、ま、窓からパ、パンダが入って来て、武雄の右脚が折れた！」

「なんですかそれ‼」

街中であることを忘れて、あきらは思わず叫んだ。なぜパンダが窓から入って来て武雄の脚が折れるのか、まったく意味がわからない。

「そんなわけだから、早く帰って来い！　なんならもう来年の予約もしとけ。結婚式もあるしな！」

「結婚式？」

なんだか話の展開について行けない。尋ねたあきらに、宮澤がぶっきらぼうな口調で続ける。

「岩ちゃんのパーティーのときに来てたカップルいただろ？　あの後山頂でプロポーズしたんだとよ。で、来年ここで結婚式したいって、昨日電話が来たんだよ」

「え！　本当!?」

「本当本当。じゃ、そういうことだからよ、よろしくな！」

「え、ちょ、ちょっと待って先生！　それとこれとは話が別じゃない!?」

なんという強引さだ。こちらはまだ一言も行くなどと言ってもいないのに。大体夏休みであることに間違いはないが、こっちにまったく予定がないとでも思っているのだろうか。まして来年の話を今されても困る。

「も、もしもし!?　ねぇ！」

通話はまだ途切れていない。向こうでは何か話し声がしているが、よく聞き取れなかった。そのうちにそれも静かになり、まさか通話のまま放置されているのではないかと不安になるほど沈黙が続いた。

「……もしもし？」

あきらは神妙に呼びかける。だが、向こうからは何も返事がない。

「え、繋がってんのかな？」

自分の携帯の液晶を確認するが、まだ切られたわけではないようだ。

「もしもーし！　福山さん？　武雄さん？　やっくん？」

順番に名前を呼んでいって、あきらはふとこの電話越しの相手に思い当たった。

「山ざ……後藤さん？」

「誰が山猿だ!!」

案の定、その仏頂面が想像できる怒声が間髪容れず返ってくる。

「電話なんだからなんかしゃべってよ！」

「お前としゃべることなんかねぇよ！」

「じゃあなんで電話代わったのよ！」

「知るか！　渡されたんだよ！」

なんという大樹イズムだ。あきらはしばらく返す言葉が見つからず、ただ開いた口が塞がらなかった。相変わらずのゴーイングマイウェイに、こめかみのあたりが引きつってくる。

「だいたい、お前のせいだぞ！」

「何が⁉」

今度は一体何を怒られるのだろう。

あきらの戸惑いも驚きも置き去りにして、二週間のブランクなど感じさせない勢いで大樹がまくしたてる。

「人手が足りないっていうのに紅葉シーズンだし、登山ブームだとかで微妙に客は増えてるし、そんな中せっかく来たアルバイトは帰るし！」

「……だ、だからってなんであたしのせいになるのよ！　わざわざ電話で怒られなきゃいけないようなこと⁉　あたし関係なくない⁉」

理不尽《りふじん》もいいところだ。街中ということを忘れて、あきらも負けじと大声を張り上げた。この男に対して、とりあえず勢いと声で怯《ひる》んではいけないというのは学習済みだ。

「関係ないわけねぇだろ！」

だがそれを上回る大声が、電話の向こうから返ってくる。思わず携帯を耳から遠ざけたあきらに、それでもまだ鮮明に届く声が放たれる。

「お前がずっといれば、何も問題なかったんだよ!!」

親の敵《かたき》にでも吐き捨てるように怒鳴りつける声が、携帯のスピーカーを壊すのではないかと思うほどに響いた。

「さっさと戻って来い!!」

その言葉を最後に、かかってきたときと同じように、通話は唐突に切られた。

「ちょっ……もしもし!?」

切電された携帯を持ったまま、あきらはしばらくその場に呆然と立ち尽くす。

「……信じらんない……なんなのあいつ」

携帯のディスプレイは、三分にも満たない通話時間を表示していた。

「……なんなのよ」

たったそれだけの、繋がっていた時間。

あんな大声を出せるのだから、元気なのだろうということはわかった。声を聞く限り、武雄も福山も、曽我部も宮澤も皆元気そうだ。だがアルバイトが帰ってしまったという状況で、きちんと山小屋の仕事は回っているのだろうか。布団は干せているのだろうか。トイレ掃除は、ゴミ拾いは、食事作りは滞《とどこお》りなくできているのだろうか。お客さんは笑顔で出発しているだろうか。

考え出せばきりがなかった。もう二週間もたつのに、未だ心をあの山小屋へ置いてきたように、あの風景が、あの人々が、あきらの目の前に蘇る。まだ耳に残る彼の声に、言い知れない胸の痛みすら感じて。

「……でも、」

無理だよ、とあきらは口にしてしまいそうになる。まだまだ続く夏休み、今日以外にも逢衣と遊びに行く計画もある。サークルの飲み会も、新しいバイトの面接も、実家に帰ろうとしていた予定も。

それをすべて白紙にして、今更あの山へ戻るなど。

そして、風が吹いた。

立ち尽くすあきらの正面からぶつかり、頬を撫で、髪の毛を弄び、上空へ抜けていく爽やかな一陣の風。街中でまとわりつくような熱風ではなく、すべてを許し解放するような優しい風だ。晴れないあきらの靄を、吹き飛ばすように。

その裾に女神の微笑みを乗せて。

「あきら、どうかした？」

ＣＤショップから出て来た逢衣が、空を見上げたまま立ち尽くしているあきらに声をかけた。

「………あ、逢衣ちゃん、……あたし、」

「何、どうしたの？」

怪訝な顔で、逢衣が問い返す。

あきらは込み上げてくる感情に、吹き抜けていった風を追うようにもう一度空を見上げた。

余計な装備も、美しく見せる飾りも、すべて削ぎ落とした今の自分は、以前よりずっと自由に動けるだろう。ずっと自由に、歩いて行けるだろう。

「……逢衣ちゃん、あたしね、」

戻っておいでと、呼ぶ声がする。

嬉しそうに、困ったように、少し、泣きそうにもなりながら、あきらは微笑んだ。

すべての迷いも、戸惑いも晴れた目で。

「呼ばれたの。だから、行かなくちゃ」

夜明けの山頂に降り立つ女神が手招くから。

遠ざかる彼の背中を、ただ見ているだけでいいのかと。


夏山を風が渡る。

誇らしく咲く花を揺らし、穏やかに流れるせせらぎを撫で、空へと軽やかに駆け上がるどこまでも透明な風だ。

仲間の偉大さも、命の尊さも、偽らない自分も、
誰かを愛することも包括してなお、まだその頂《いただき》は見えない。

それでもあきらは、歩くことをやめないだろう。

それでも彼らは、歩き続けるだろう。

たとえそれが小さな一歩でも、無限に踏み出す確かな意志を持って。
まだ見ぬ未来を、その手で紡いで。
くくられたすべてのものを胸に、
ただ、女神の風に吹かれながら。

了

あとがき

富士山吉田口《ふじさんよしだぐち》の下山道は、つづら折りのジグザグ道が延々二十一ヶ所続きます。

その年は天候不順で、ただでさえ固い地面の土が度重《たびかさ》なる豪雨で流され、表面にはびっしりと火山性の軽石がありました。埋まっていない浮石なので、下り坂に一歩踏み出すごとにズルッと石ごと滑ってしまい、その度に心臓がヒッとなります。重心を後ろに持っていけば尻餅《しりもち》をつきそうになり、前のめりになればそのまま軽石の海にダイブ、オプションで打撲《だぼく》、ご一緒に流血もいかがですか？　という、まさに身動きがとれない状況が、照りつける真夏の日差しの下エンドレス、そしてエンドレス。

普段歩いている下り道が、どんなに平和なアルファルト☆ジャングルだったか、私はこのとき心底思い知りました。自転車でノーブレーキのまま「こいつぁスリリングだぜ！」と風を切って坂道を下りる、あの瞬間《しゅんかん》をもっと大事にすればよかった。嘲笑《あざわら》うような勢いで転がり落ちて行く五十円玉を追いかけ、自分の両脚の限界に挑んだあの坂道の青春を、もっと味わっておけばよかった。どうかお願いです下り道の神様、もう滑り台を逆から上ったりしません。下りのエスカレータの降り口でウォーキングマシンごっこもしません。ですからどうか、この下山道を今すぐムービングウォークに変えてください。ほら、空港にあるあれですよ。それともなんですか、これはお前の人生下り道ウケケというご神託ですか？　などと、おそらくその場にいた七、八割の人が、そこはかとない絶望感を背負いながら思っていたに違いありません。

そんな朦朧《もうろう》としている中で、私は涅槃《ねはん》仏に出会ってしまいました。坂道の途中でザックを背負ったまま右腕を枕《まくら》にし、ごろりと横たわるおばちゃんがいるのです（ぽっちゃり系）。これは入滅《にゅうめつ》の瞬間に立ち会ったのでしょうか。入滅と言うと格好良く聞こえますが、要するに「あの世へＧＯ！」ということです。おばちゃんは下界へ戻ることをあきらめたのか、それとも生きることをあきらめたのか。……アタシは待ってんのサ。この日本で一番空に近い山で、何にも縛《しば》られない自由をサ……などと彼女が言ったかどうかは知りませんが、先ほどまで、口を利《き》くのも困難なほど下り道の神様の試練に打ちのめされていたのに、このとき私の妄想力が暴走してちょっとニヤリとしてしまったことを覚えています。そしてそのとき、山を舞台にした話をふと思いつきました。まさに心の自由を取り戻した苦悩からの解脱《げだつ》！　あのおばちゃんは私にとって確かに仏であったのかもしれません。合掌《がっしょう》。

改めまして、浅葉《あさば》なつです。デビュー後初の書き下ろしである本書を手に取ってくださり、ありがとうございます。

すでに本編をお読みになった方はお分《わ》かりかと思いますが、これは富士山の話ではありません。白甲ヶ山《はっこうがさん》は、いくつかのモデルになった山をごちゃ混ぜにした集合体です。また、これはエンタメ作品ですので、多少誇張した部分があることをご了解いただきたいと思います。決してトランクを担いで山に登ってはいけません。それに山小屋も、あんな変人ばかりがいるわけではありませんので、登山の際には安心して利用していただきたいと思います。

今回の執筆にあたり、たくさんの方からご協力をいただきました。貴重な山小屋での就労体験をお聞かせくださった某登山用品店のT様、遭難《そうなん》防止対策協会の活動についてお教えくださった皆様、そして私の唐突な質問に付き合ってくれた各方面の友人たち。本当に多くの方々のお力添えがあって、書き上げることのできた作品です。心より御礼申し上げます。また、こんな新人の作品を待っていてくださった皆様、なんやかんやのアンラッキーズ、家族親類縁者《えんじゃ》ご先祖様にもいろいろとお世話になったり、応援していただいたりして、本当に心強かったです。

そして何より、超多忙な中私の我儘《わがまま》を聞いてくださり、八月の刊行に向けて多大なご尽力をいただいた担当様。私が思考のドツボにはまり、顎関節症《がくかんせつしょう》を再発させつつ書き上げた初稿をご覧になったときには、あまりのてんやわんやぶりに愕然《がくぜん》となさっただろうと推察しますが、その後の的確なお導《みちび》きにより魔《ま》のスパイラルから救い出していただきました。本当に感謝しております。ですからきっと、ほとんどの山小屋が営業していない、真冬の雪深い北アルプスに、取材と称して私を放り込もうとしたのは、ちょっとしたエディターズジョークだったんですよね？　ね？　ね⁉

最後になりましたが、この本を手に取ってくださったあなたに、どうかいい風が吹きますように。

またどこかで、お目にかかれることを祈っています。

二〇一一年七月吉日　梅雨《つゆ》明けの空に六甲山《ろっこうさん》の稜線《りょうせん》を見上げて　浅葉《あさば》なつ

浅葉なつ　著作リスト

空をサカナが泳ぐ頃（メディアワークス文庫）
山がわたしを呼んでいる！（同）

◇◇メディアワークス文庫

山《やま》がわたしを呼《よ》んでいる！

浅葉《あさば》なつ

発行　2011年８月25日　初版発行

発行者　高野 潔
発行所　株式会社アスキー・メディアワークス
〒102-8584　東京都千代田区富士見1-8-19
電話03-5216-8399(編集)
発売元　株式会社角川グループパブリッシング
〒102-8177　東京都千代田区富士見2-13-3
電話03-3238-8605(営業)
装丁者　渡辺宏一(有限会社ニイナナニイゴオ)
印刷・製本　旭印刷株式会社

ISBN978-4-04-870836-4 C0193

メディアワークス文庫　http://mwbunko.com/
アスキー・メディアワークス　http://asciimw.jp/

本書に対するご意見、ご感想をお寄せください。
あて先
〒102-8584　東京都千代田区富士見1-8-19　株式会社アスキー・メディアワークス
メディアワークス文庫編集部
「浅葉なつ先生」係

吉原陶子24歳元OL、
全国を駆ける!

特急便ガール!

著◎美奈川護

上司をぶん殴って一流商社を辞めた元OL、吉原陶子。同僚のツテでバイク便運営会社に身を置くことになるが……職場の仲間はとんでもなく個性的なメンツばかりだった! しかも仕事を始めた陶子自身も、そんな彼らをも凌駕する「ある能力」に目覚めてしまい——!?

発行●アスキー・メディアワークス　み-3-1　ISBN978-4-04-870385-7

メディアワークス文庫

超特急便ガール!!

著◎美奈川護

荷物を持って
全国を駆ける!
異色のワーキングコメディ。

吉原陶子24歳。いきなり目覚めた「ある能力」に相変わらず振り回されながらもバイク便会社・ユーサービスの風変わりな同僚たちとともに、手渡しで荷物を運ぶ「ハンドキャリー便」担当として騒がしい日々を送っていた。しかしまさかの引き抜き話が降って湧き、彼女は大きな岐路に立たされることに——!?

発行●アスキー・メディアワークス　み-3-2　ISBN978-4-04-870851-7

発行●アスキー・メディアワークス　な-1-5　ISBN978-4-04-870823-4

メディアワークス文庫

有間カオル

サムシング・フォー
～4人の花嫁、4つの謎～

花嫁には、秘密があった——

ブライダルプランナー、間宮菫子。幸せな結婚式を送るため、花嫁たちが彼女の元にやってくる。だが彼女たちは、秘密を抱えていた。サムシング・フォー——花嫁に幸せを呼ぶというジンクスになぞらえた、4つの愛と秘密の物語。

発行●アスキー・メディアワークス　あ-2-4　ISBN978-4-04-870383-3

メディアワークス文庫

発行●アスキー・メディアワークス　し-3-4　ISBN978-4-04-870278-2